如果来日方长

刘醒龙 著

作家出版社

"
人生最苦，莫过于苦中作乐；
生命极难，莫过于视死如归。

xinglong

作者简介

　　刘醒龙，男，1956 年元月生于古城黄州。湖北省文联主席，中国作家协会小说委员会副主任，华中师范大学刘醒龙当代文学研究中心荣誉主任。

　　代表作有中篇小说《凤凰琴》《秋风醉了》，长篇小说《圣天门口》（三卷）、《蟠虺》，长诗《用胸膛行走的高原》。出版有小说集《刘醒龙文集》、散文集《寂寞如重金属》等，共五十余种。作品已翻译为英、法、日、韩、越南、阿拉伯、印地等多种文字。

　　长篇小说《天行者》获第八届茅盾文学奖，中篇小说《挑担茶叶上北京》获第一届鲁迅文学奖，散文《抱着父亲回故乡》获第七届老舍散文奖。

目录

第一章

今年水仙花不开

今年的水仙花不开，

今年的江城谁不悲？

母亲的梦惊窗扉，

父亲的酒才半杯。

你们如此爱着我，

我是如此爱你们，

如果你、如果我来日方长，

人人是奇迹个个天使飞。

没有花生来就开花，

没有人生来就生辉。

雪白的冬女儿美，

雪白的春男儿泪。

我们如此爱着你，

你是如此爱我们，

如果你、如果我来日方长，

日月转江水弯平安来回。

　　困守孤城，今年水仙花不开，是这段日子里最早动手写的句子。

　　这些句子的出现，也让自己有了依靠天赋能量，做困兽之斗，拼一场命的底气，不用再为着那些五金店做的唇膏，铁匠铺做的胭脂，锅炉房做的眼影，海鲜城做的香水憋气。

　　武汉"封城"第三十三天，大姐在家人微信圈里留言。

"各位弟妹，大家好！大姐今天要给你们讲老娘的情况。近段时间老娘的精神不太好，有时清醒，有时糊涂，饭量也减了，特别是大小便不能控制。基本情况就是这些，只是想让弟妹知道。"

大姐向来话语短，她将事情说到如此地步，足见大事不好，赶紧回问详情，同时自己也在武汉这边找医生咨询。瞎忙了一上午，到头来什么也做不了。一大家人，分成五小家，三家困在武汉，两家困在黄冈，都是新冠肺炎疫情地图上深红色地区，纵然可以申请通行证，送老母亲去医院，像这时节的新冠肺炎疑似者那样送进CT机中做检查，别说老母亲自己向来不肯做这个，我们这些做儿女的也断断不会让老人家去做这明知山有虎偏向虎山行的事。这时候，唯有不与外界接触，不犯任何毛病，才是安全可行的上佳方案。家中三叔身体是那样的壮实，父亲与二叔在世时，都说他俩的身子骨加在一起才与三叔有得一拼。三叔八十多岁了，看上去只有六十来岁，疫情期间，只是稍有感冒，后来发展成燎天大祸，面对医院和医院的CT机，其步步惊心，是深入虎穴，更是与虎谋皮。这一点，"封城"之前，自己就曾在武汉这边的CT机上，稀里糊涂地冒了两回险。事后得知，从头到脚直淌虚汗。同时也暗自庆幸，这些年自己还算是做了一些好事，修了一些功德。特别是开始"封城"的那几天，专心请求"封城"之外的作家朋友点对点支持几位白衣天使，还帮助一个素不相识的四口之家脱离险境。乌云紧锁背后，朗朗乾坤自有安排，正所谓：人在做，天在看。

二〇一九年春节，一大家人都来武汉，家里的水仙花开得格外香洁。很多年了，夫人在厦门的朋友，总会在过年之前寄来蒜头一样的水仙花球。临近二〇二〇年春节，母亲临时换了主意，家里人才没有再来武汉。过完春节，本来要上班的那一天，八岁的孙女发现一点异样。小家伙还记得，去年家里的水仙花开得极好，花朵既多又规整，更兼香气袭人。同样出处，同样位置养着的水仙花，今年情况大不相同，不仅花没开，连叶子都不青翠，长得太不像样子了。一开始还以为是水浇得不够，看了一会儿，就得出结论，水仙花长成这种样子，像是大活人被吓破了胆。在《圣天门口》中，曾不惜笔墨先后写了两个人被活生生吓死的情节。人吓破了胆，全身发绿的样子，是长一辈的讲述者亲眼所见。若不是亲历者亲口讲述，仅凭想象力加上民间传说，不可能完成这些文字。在城市生活，水仙花吓得不开花，若非亲眼所见，也是轻易不敢乱说乱写的。

有些话，有些事，不在现场无法真正理解。比如，明明在真心安慰一个人，却惹得对方勃然大怒；明明是由衷为一件事欣喜，却让当事者自此视为半个仇人。那些漫不经心的指点，常常会在短时间内证明是那近乎天机不可泄露的警示。一切的未卜先知，未卜先知的一切，是否就是高深莫测的量子纠缠理论，在日常生活中有意露出端倪，供人启动新的思维系统呢？

去来无痕的人生，还是有些蛛丝马迹。

二〇二〇年元旦前两天，自己咳嗽得厉害。所幸这咳嗽是头一天参加完《当代》杂志创刊四十周年纪念活动，从北京带回武汉的。假如是在武汉开始咳嗽那就惨了，更进一步不仅是在武汉，还是在汉口火车站上高铁后开始咳嗽就更惨了。因为正是这几天，位于汉口火车站附近的湖北省中西药结合医院，发现七例随后被确诊为新冠肺炎的病人，而这七个病例全部来自紧挨着汉口火车站的华南海鲜市场。十二月二十九日，自己一路狂咳嗽，去往罗田县城时，哪会知道接到相关报告的省市卫健委，正在组织市、区两级疾控部门，对后来被称为新冠肺炎的病例，进行传染病流行病学调查。知无不言，言无不尽，闻风三十里的微信朋友圈中，也只偶有关于美国流感大流行的只言片语。

作为家中长子，去罗田县城看望被接到大姐家过冬的老母亲，是要听听老母亲的决定，今年在哪里过年，这也是咳嗽得再厉害也不得不做，也是必须尽快做的家庭大事。见面之后，没说三句话，老母亲就主动表态，就在大姐家过年！这很平常的话，在我们听来不胜惊讶。父亲在的时候，过年的事不需要我们操心，下一年的团圆年在哪里过，头一年吃团圆饭时就会定下来。父亲不在了，这事就由母亲来决定。而母亲的习惯与父亲完全相反，年事越高越像个任性的女孩，问十遍有十种说法，问一百遍就有一百种说法，放在以往，不过小年是确定不下来的。

多数人家的父母，活到八十八岁时，真是比七八岁的小孩还难照料。七八岁的淘气包，不按常理弄些小捣蛋，可以行之有效地高声斥责。在高寿老人面前，绝对不可以如此。谁想大吼老人一句，谁的头顶上就有可能雷声滚滚。二〇一九年春节，母亲来武汉，对我们的新居很满意。本来嘛，为了老人家的生活方便，才特意选择方便接地气的一楼。以往的房子，不是楼层太高没有电梯，就是离市区太远，生活起来不方便。见母亲对新居的满意度符合预期，我们也很高兴。全家二十几口人在一起热热闹闹地过了两天，第三天是大年初一，早上起来，就见到母亲在专门为她布置的那间屋子里忙碌，稍后才出来，冲着我嘴唇动了好几下后才说：我今天回去！母亲像是明白我会生气，说话时怯怯的，像做错事的孩子。就这么一句话，差点让我泪流满面。我努力控制着情绪和母亲说了半天，她才不再作声。过完初一，初二上午，大姐他们要回各自家里时，母亲还是对我们的情绪不管不顾，头也不回地跟着走了。这事过去大半年，中秋节后，母亲时常会在不经意间，与她的孩子们唠叨，还是想来武汉过二〇二〇年的年。她的孩子们一边笑话，要她别再像去年，大年初一就不想在武汉待了，一边也在早早准备，一大家人再来武汉过春节。

如果元旦那天，母亲吩咐她的孩子，像去年一样继续来武汉过春节。全家人也真的如去年一样，来到武汉团聚，挤住在家中。接下来因"新型冠状病毒性肺炎"肆虐而"封城"，一大家人的日子，二十几张嘴，早中晚三餐的食物，就不知该如何煎熬。这还不算，那么多人来过春节，得提前做各种准备。那么多人来了，不可能成天闷在屋子里，一定会去那些大型商圈走走看看买买。在外面的时间一多，不明不白的接触中，潜藏危险的概率越大。只要有一个人不幸中招，接下来的麻烦就会比天还大。常言细思恐极，大约就是这般模样。在人生的重要节点上，出现一丝小确幸，真是恨不能对母亲说一声，到底是至爱至亲，至高无上的老祖宗啊！老母亲不来武汉过春节，我们就得准备去给她老人家拜年。忙前忙后，备了一大堆年货，说好初一去大姐家，再顺路去弟弟妹妹家。还有预备元宵节前，去赣南为岳父庆祝八十大寿的一应物什。实在想不到，元月二十三日凌晨，斩钉截铁的"封城令"，刹那间就将九省通衢的江城变成巨大的铁桶阵。原本要送出去，以食物为主的各种年货、各类礼品，让大家庭之下我们这六口人的小家，在"封城"的第一个十四天，可以很好执行"守住家，守住门"的重大使命，基本上不用为日常生活发愁。母亲耳背，视力尚可。对电视新闻内容知道一些，对她的子女一直没来拜年，还想得通。更何况有手机视频，她想看谁马上就能见到。即便如此，母亲还会在某个时刻自言自语一番。

"封城"的第十五天，二月六日，农历正月十三，还差两天就是元宵节，在老家黄冈，看完元宵灯会，再拖泥带水的春节也会结束。灯如海、花如海的元宵灯会，也从不负家乡父老，年年都在这个时候，将人们的喜悦尽可能映照得更加精彩，以图随后开始新一年的劳作时，继续保有一份好心情。

那一天，大姐又发了一条微信。

"老妈说，今年过年一点也不痛快！"

母亲在一九四九年以前，没有上过一天学堂。母亲所识的字，都是一九四九年以后，在毕生没有改变的乡镇供销社售货员的位置上，一点点地积攒起来的。母亲在对二〇二〇年春节发表个人意见时，一句"今年过年一点也不痛快"，让全家人无不叹为观止。在我们的理解与体味中，这是见多识广的长辈，最为得体的说法！换了任何晚辈，能用来表达春节期间感受的词汇，大约会是压抑、沉重、郁闷、茫然、崩溃几种，远比不上母亲所言的"不痛快"。用那些暗含绝望的话语来形容春节，是对中国人团圆之心的大不敬，是对中国文化中吉时吉地的无知，是对纪念和表彰自己一年三百六十五天辛勤劳作的抹黑。在天大的疫情面前，一位本该享受子孙当面恭祝长命百岁的老人，有权而不滥权，通情达理恰如其分地表达了不痛快！

一位老人，一位母亲，对灾难的审视，对灾难中公众生活的审美，不丧失灾难中个人自尊，不消解灾难中太多不幸，不无视灾难中人性品质与生命能量，对比那些动辄就将形容词和名词运用得眼花缭乱的文本，真让我们这些吃文字饭的晚辈无地自容。

"封城"的第二天，大年三十，在武汉的六口人小家吃团圆饭之前，与孩子一起在门外贴春联。孩子戴着口罩，我也戴着口罩。去年的春联还完好无损，特别是正门上方的"四世同堂"，实在令人舍不得用新桃换旧符。最不好受的还是贴春联本身，双脚跨过自家门槛，站在自家门外，也要全副武装，不敢将口鼻露出半点来。才贴好上联，一位邻家女孩都要进电梯了，又转过身来，问有福字没有，她想要一幅。女孩是四楼的，以往从未见过，估计她也从未见过我。四楼有两户人家，房号尾数为双的那一家窗户上贴有大红"囍"字，于是就觉得这女孩应当就是那家的新娘子。大过年的，人家新娘子为这点小事开口了，自然还是应允为佳。约好半小时后，将新写的福字，用信封装起来放在门外，她自己再下来取。过程中，彼此说话模样，虽不是拒人千里之外，也无异于唇在天涯，齿在海角。贴好对联后，自己回屋写了一沓福字，拿上一张放在门外。这么多开一次门，在内心最深处，就有一种声音在说，这时候，自家门宁可错关三天，也不可多开三秒。在我写福字时，孩子在旁边半是玩笑地说那位邻居，这时候还敢要别人家的东西。意思是对方又不知道我家的情况，幸亏没有那种疑似问题，若是碰上有问题的人家，岂不得吃不了兜着走！邻里之间，多少年来，以春联相送的雅趣，就这样毫无道理地变成了危情。那些给自家写的、准备每个窗口贴上一张的福字，后来一直放在客厅的条案上。孙女问过许多次，为何写好了又不贴。每一次相问，我的答案都不是真心想说的话。我想如实说，小区内大大小小十一栋楼，几千扇窗户，都没有贴福字，也没有贴窗花。别人家的大门两边光光的，就我家贴了红春联，再进一步贴满福字，这么做了并非对不起别人家，是自己心里觉得不合时宜。孙女那颗心，像雪莲花一样纯洁。我只能说，现在"封城"封路封车，外面一个人也没有，贴上去也没人看得见，等到消灭新冠病毒，大家都能出门，再贴到窗户去。孙女就问什么时候能够消灭新冠病毒。听说可能要几十天，她一脸疑惑地反问，只有春节才贴福字，春节早就过完了，还贴福字干什么？

　　一年一度最大的节日，赶上新冠肺炎肆虐，一天比一天糊涂的老人都能感到不痛快，天生欢乐的孩子更不用说。最喜欢与人一起欢喜过年、欢度春节的水仙花，也能感受到从未有过的肃静气氛。水仙花所在阳台，就在小区内中心步道旁边。"封城"的第十六天，二月七号，社区才正式通报，步道的那边四栋一单元，有三位确诊人员被救护人员送去医院，连同二单元一起，还有四个疑似发烧人员住家隔离。之后又有通报，一共有九例确诊新冠肺炎患者，基本上都在阳台正向面对的三、四、五栋。在此之前，阳台窗户每天都会打开几个小时。接到通报后，不只是我家阳台上的窗户，整个小区也见不到几扇窗户是开着的。隔着玻璃向外看，越是阳光灿烂的日子，高楼立面越是整齐得像是一面巨大的镜子。在正式通报之前，还有非正式的电话知会，三栋的一位男士，因为感冒去医院就诊，一连跑了三天，越来越觉得自己患上了新冠肺炎。再次从医院回来时，活生生晕倒在自家楼下的电梯门前。私下里大家都说，那位邻居太过紧张，自己将自己吓成这种样子。这种理解，与真相无关，是说话人内心深处的理想与祈祷。谁也不想有个新冠肺炎患者做邻居，不希望与这样的邻居乘同一电梯，走同一楼道，隔一道明明没有任何缝隙的公共砖墙。不愿意在通往自家的电梯里，出现一团有足够理由疑神疑鬼的面巾纸。不愿意在通往自家的楼道里，出现令人胆战心惊的口鼻喷溅物。即便是国内顶级的流行病学专家，每每出现在电视屏幕上，让我们眼睁睁看到的表情，比白岩松的那张总挂着天下大事的脸色，还要紧张七八倍。否则，当钟南山终于在电视上露出一丝笑意时，就不会成为全体中国人，都能松一口气的网红新闻图片。

据权威统计数据，新冠肺炎疫情暴发之前，武汉地区呼吸道传染病床位数总共只有九百零八个。其中，声名显赫的金银潭医院，因为是全省唯一一家传染病医院，拥有最多的三百零四个床位；后来专门承担抢救重症中的重症患者的市肺科医院有床位一百零二个，公认是国内顶级的同济医院与协和医院分别只有床位七十五个和一百一十个；在医疗水平相当突出的几家医院中，中部战区总医院有二十四个床位，中部战区汉口院区有二十个床位，中南医院有十个床位，人民医院有二十个床位，人民医院东院有两个床位，长航医院有二十个床位；民办医院中的天佑医院有四十二个床位，普仁医院有二十个床位；远城区的江夏区人民医院有二十五个床位，东西湖人民医院有二十四个床位，黄陂区人民医院有五十个床位，新洲区人民医院有四十个床位，蔡甸区人民医院有二十个床位。后来陷入舆论风暴的市中心医院，连一个呼吸道传染病床位都没有。一千多万人口的大都市，只有十七家医院设有能够收治新冠肺炎病患的可怜兮兮的九百零八个呼吸道传染病床位。就是这不足一千个呼吸道传染病床位里，拥有更严格标准的负压病床床位，除了金银潭医院有一部分，就只人民医院东院还有两个。其余像久负盛名的同济医院、协和医院等，连一个负压病床也没有。如此窘境，也是疫情暴发后，拥有众多医院的偌大都市，难求一张病床的现实原因。某些医院医护人员感染人数众多，部分原因在于有自己的职工生病习惯就在本院治疗的传统，一旦该医院呼吸道病床位不够，甚至根本就没有，只能用非呼吸道传染病床位来应对新冠肺炎病患，医护人员之间的传染就很难避免了。为了做到应收尽收，不得不紧急将一些医院整体征用，或将同一医院内相对独立的院区做成隔离病区，是无奈之举，也是唯一正确的应急之举。

武汉"封城"第三天，大年初一，汉口岱山120急救站二十四小时接到了四例死亡报告，疫情的残酷简直要颠覆护士小邱的人生观。上午八点半的时候，一个不到四十岁的患者，独自钻进救护车，样子还很镇定。到了医院门口，保安拦着车不让往里开了，说是没有床位了。再到第二家医院，密密麻麻的病人比前一家还要多，那位患者当时就崩溃了，大声哭喊："我不想死。"经过小邱护士的协调，医院还是收治了这名患者。最严重的时候，小邱坐在救护车上，拉着一名危重病人转了六个小时，走到第五家医院才被接收。武汉"封城"前两天，一月二十一日，市中心医院急诊科接诊一千五百二十三位病人，是往常最多时的三倍，其中发烧的有六百五十五人。从开始排队，到看上病要花至少五个小时。

一位穿着很讲究的中年女子正排着队忽然就倒下了，旁边的人很多，谁也不敢上前去扶一把。在地上躺了好久后，还是当班的急诊科主任喊人来，将那位中年女子弄起来。

疫情还在继续，"封城"还没结束，武汉市政府就开始谋划，各医院增加或改进常设呼吸道传染病床位，专门引进呼吸道传染病方面的医护人才。武汉解除封闭不久，自己因为眼疾住进协和医院眼科病房，护士长小谭见我一进门就伸手将中央空调关掉，便微笑着说，全医院的中央空调都改进过，现在每个房间都是独立循环。末了还补上一句，如果不改造，医院哪敢开门收治病人啊！这语气平常的一句话，深含着武汉三镇上上下下对这场惨痛灾难的深刻反省。

大年初一这天，神农架林区也出现感染者了。二〇一九年十月去俄罗斯赶上一场雪，从俄罗斯回来即去神农架，在那里正好又赶上一场雪。当时还与当地同行说好，二〇二〇年四月再来神农架，看世上再无第二处的万亩野生海棠花。前两天，我还在奢望，以为神农架会是湖北省内的一处例外。想到茫茫楚野再无一处净土，心里的沉重宛如倒下一座大山。

像自己小区内一名男子这样晕倒在公共场所的人和事，基本上都是无声无息。只要意识还很清楚，当事人是不会在自家附近喊救命的，那样做的后果相当于在邻居街坊面前，自我暴露，自废武功。实际上，喊不喊救命都是一样，旁观者别无他法，拿起手机赶紧拨打120急救电话是唯一可行的援手。出现在居民小区的类似情况，不是千篇一律，也是大同小异，都是患者被送走或者带走多日，最近的邻居也不一定会得到准确消息。打电话问物业和社区，得到的回答都是含糊其词。可叹这些待遇低微的基层行政管理人员，家家户户安稳过日子时，将隐私看得比生命还要金贵，他们偶尔打电话催促某家访客挪开乱占别人家车位的车辆都要挨撑，疫情蔓延之后却被家家户户寄希望是千里眼，顺风耳。

"封城"初期的不堪，遇上大年初几最讲究吉利的传统背景，体温三十七度五会被放大到如同高烧四十一度，喝口水不小心呛咳嗽了就会联想到垂危，更要求社区管理人员连谁家有人在放屁都必须弄得清清楚楚，好像这事做起来如同将家里客厅的大灯关了，开启卧室小灯那样简单。冰冻三尺，非一日之寒。这种根本改变，短时间内毫无可行性。在别人眼里基本上是"将村长不当干部"的社区管理人员，自己也是丈二和尚摸不着头脑，又怎么能够以其"昏昏"，使人"昭昭"？

金银潭医院的一位护士负责护理的三十九床的婆婆，在病房住下后，不吃不喝也不说话，用压舌板都撬不开她的嘴，双手攥成两只拳头，像是要憋死自己。熬了一个星期，那天护士对她说起自己去世的奶奶，婆婆忽然哭着说话了，她不理解儿女们为何都不来探望，以为是被亲人抛弃了，才如此绝望。护士说明情况后，她马上开始吃饭喝汤。婆婆好不容易回心转意，病魔却变本加厉，没过几天，婆婆的名字就在病区里消失不见了。

"你们没有去过武汉，就不知道什么叫'封城'！"

这是所有援鄂（援汉）的医护人员安全返家后，都说过的一句话。简简单单的十几个字，包含着所有殉身不恤的刻骨铭心。

武汉"封城"不久，与城外某同行说，武汉的现状不是外面疯传的那样冷血，而是浴血！多家医院曾发生相同情形，医护人员全力抢救一位病患时，另一个病患也不行了，却腾不出手来施救，到头来另一个走了，这一个也没有抢救回来。还是泣血！在一家医院的留观室，一位老人没等医护人员腾出手来打针用药就死在那张留观床上。老人还没抬走，老人的女儿就泣求医生，不要换床单，也不用消毒，就将这张床留给妈妈，她妈妈已经确诊了，还在外面很远的地方排着队。不了解现实危情，将"封城"之下，那些不同寻常的应激反应当成人性大恶，恰恰是对人性和人道的歪曲。假如换成科幻片中那种火山熔岩即将吞没某个失去行动能力的人，众人眼睁睁看上一眼，再万般无奈地坐上快车屁滚尿流地夺路而逃，就不会成为问题。因为火山熔岩的毁灭性人神共知，能逃一个就多一个活人，相当于捡回一条命，都不逃那就都得死。经历"封城"后的第一个十四天、第二个十四天和第三个十四天，一千多万城中人用自己的鼻腔、咽喉和眼结膜弄明白，那种比火山熔岩有过之而无不及，既不带风声，也不带气味，更不会喊死啦死啦的瘟疫，不断侵袭的是每个人的性命。城外的人绞尽脑汁将城中人下意识的求生本能贬低到万丈深渊的最底层，很少考虑一千多万城中人，每一个动作都是与死神共舞。

一位年轻的朋友，平常见面，爱说两件事，一说自己是省预备役某级别的军官，二说自己上初中时反复看《凤凰琴》而立志报国。每次听他说这些，我总是报之一笑。这次战"疫"才知道他真的是预备役军官，还奉命带领预备役军人支援火神山医院。接到命令的那天晚上，年轻的朋友彻夜未眠，紧张得全身发抖，自己害怕不说，更害怕如何在妻子面前开口。从火神山医院开建，到火神山医院封闭，整个过程用不着他出力干粗活，只需要在那里值守。从火神山撤下来后，从头到尾没病没痛的朋友整整掉了二十公斤体重，唯一原因是高度紧张。比如我自己，"封城"期间，毫无忌口，拼命地补充能够增强免疫力的蛋白质，吃下去的脂肪也比平时都多，熬到后来，体重居然不是增加，而是减少了三公斤，由六十九，变为六十六。

武汉战"疫"后期，受邀参加《武汉抗疫日记》新书发布活动，我特意挑选的一件纪念衫，上面印有护士小黎日记中一句话。小黎护士是广东省援鄂（援汉）医疗队的一员，她的日记中有段话格外打动人："在同行群里见到有人就新冠肺炎疫情措辞不当地议论说，要摸清楚目前的湖北省'外逃'人员数，看到这一句，我就炸了！'外逃'？那些是你的同胞，不是犯人，我在一线奋斗拯救我们的同胞，你在这里给我搞地域歧视?!"

在"封城"中人的眼里，城外那些既高且深的道德论述，不过是开在空寂的中山大道、解放大道、武珞路和东湖路两旁自我芬芳的桃花。

二十多年前，一九九七年七月二十日上午八点，在大连周水子机场遇上一次空难，飞机翅膀折断，起落架飞出老远，仅剩下机身在跑道尽头的草坪上滑冲。最后时刻，死神竟然放弃了这架飞机。飞机的残存部分停下来一动不动时，机舱内的乘客哪有什么思想，也不去玩深刻，一番死寂之后，一个女人发出一声长长的恐怖尖叫。用扫帚做的巨笔才爱写思想，用生铁做的键盘才爱写深刻，用扫帚做的巨笔经常是龙门笔或者是脑后插笔，用生铁做成的键盘常常被当成铁算盘或闹一闹盘龙之癖。在真实的死亡面前，一切思想都是虚伪的，唯有那一声长长的恐怖的尖叫，才是生命质量的体现。二十几年后，武汉"封城"战"疫"之际，一千多万人对着自家窗外齐声高喊加油，毫无疑问是对那长长的恐怖尖叫声的宏大叙事。

一个人尖叫，一千万人高喊，全都是肾上腺素在呼唤。

人间之事，即便那从反向做到登峰造极，全身没有一片骨头，一丝血肉能够当真的伪君子，其肾上腺素一丝一毫也假不了。

可以再用一下小黎护士的原话：生气完毕！

生气完毕，还要深表谢意！大过年的可以童言无忌，不中听的声音，往往话糙理不糙，不恰当的关心也还是关心。

春为苍天，夏为昊天。春夏之交，苍生苦痛，了犹未了，谁误谁恤？

如果真有天使，她所看到的只有这两种人。

已经感染者！

尚未感染者！

摆在我们这些城中人面前的也只有这两种选择。

进一步说，相比已经感染者，尚未感染的人生存得更艰难。在感染者那里，只有华山一条路，将生命托付给白衣天使。对于未感染者，唯一能够托付的是命运。偏偏命运这家伙，谁也弄不清楚，她想怎么做，她想怎么说。明明是幸运降临，命运却要将人折腾得脱掉一层皮，好让人体会什么叫喜从天降。明明是大难临头，命运还要将其打扮得花枝招展，让人以为是幸福的花儿在开放。

曾经用比往日相处时悲壮一些的语气试问：我这个武汉人，假如这时候与你不期而遇，你愿意不戴口罩与我面对面说话吗？

你愿意不戴手套与我轻轻握握手吗？你愿意不穿防护服与我来个礼节性拥抱吗？当然，我不需要对方的答案，无论是愿意和不愿意，都不能改变事实与真相：天下人都不会愿意，这是事实。天下人都不可以勉强愿意，这是真相。

武汉"封城"初期，河南驻马店的一位男子，流落在湖北省最东边的黄梅县城街头。男子开着车来黄梅县城卖苹果，苹果还剩下大半车时，新冠肺炎疫情突然从天而降。男子的弟弟在村里当书记，一天几个电话打给哥哥，不是要哥哥回家过年，而是哀求哥哥就待在黄梅，千万不要回去，村里的人都知道他哥哥在湖北黄梅卖苹果，只要他哥哥这时候回家，弟弟的村书记就当不成了。男子没办法回家，又舍不得大半车苹果，天天就在车上吃苹果当饭，陪苹果睡觉。有关方面发现后，主动将他的苹果买下来，分发给社区群众后，男子才去了收容站。

"封城"第六十五天，三月二十七日，武汉全市连续九天三项清零，中心城区疫情从高风险降为中风险。从中央到各省，上上下下已有决定，凭健康绿码即可穿州过省，畅行无阻。武汉东边很远的黄梅县，更是早在十四天以前，连存量病例一起的四项全数清零。黄梅县最东边的小池镇，古称雷池，照理自然不应例外。然而，就在这一天，位于小池镇的鄂赣两省交界的九江长江大桥上，出现一方出动警力，阻止另一方进入，不惜与另一方的同行打斗，让往日的连心桥，瞬间变了样。实际上，在疫情暴发之初，此类事情就曾有过预演。湖北东部地区外出务工人员，沿京九线回家，习惯上在九江站下车。就在站前广场上，当地的一些车辆，打着各种各样的旗号，说是免费迎送湖北人民回家，待车辆开过江西界，到达九江大桥桥头后，就让大家下车，说是家乡的车正在湖北边界等着接他们。其实是没有的事，如此聚集起来的大批人群，一时间弄得黄梅县很被动，几乎用尽了全县能用的车辆，还无法解决，而不得不向省政府求助。新冠肺炎疫情暴发前两个月，我曾经到访黄梅，那是从二〇一八年八月由宜昌开始，计划走遍湖北省各个县市的最后一程。行走当中，听到当地人在传说，九江方面又在向中央打报告，要将小池划归九江，而小池人也将回归九江作为民心所向。不知是野史，还是正史，黄梅、九江两地向来众口一词：一九四六年之前，小池一直就是九江管辖。抗战之前，本决议改归湖北黄梅管辖。直到抗战胜利之后，才有一个涉世未深的官员，将这桩无人执行担责的陈年旧案翻出来做实了。九江长江大桥建成后，九江人开始旧事重提。在九江文化中，有人人都会说的口头禅：一座九江城，半城黄梅人。事实上，黄梅县也有一半的人，不只是生活，生病了，也选择去九江那边的医院，仅此一项消费，黄梅人每年就为九江贡献了两个多亿。然而，在战"疫"即将胜利的前夕，大江之上出现如此情形，岂止一声叹息可以了却?!

晚来天欲雪，能饮一杯无？浔阳城中的白居易，见天要下雪了，想呼唤那也许过江去了雷池的刘十九一起喝一杯！如此深情一直是九江的口碑，那时候过江只靠一条小船，现今连钢铁巨龙一样的大桥都有了，难道就因为一场瘟疫，千年口碑就要抛进长江变成逝水？同是天涯沦落人，相逢何必曾相识！白居易在天之灵有知，看着江州沧桑为浔阳，浔阳沧桑成九江，这后一句，会不会改为——相逢何必曾相煎？

那天晚上，与黄梅县一位主官联系，他正在现场处置，直到第二天才回我话。了解到诸多实际情况后，自己戏称，感谢黄梅替湖北全省闯出一条活路来。当然，我们也慨叹，这事的发生，黄梅也好，湖北也好，都要换位思考，大疫肆虐，人求自保并非原罪，不宜过度诠释。比如武汉"封城"后期，湖北武汉几项疫情主要数据清零后，忽然有输入病例出现，湖北武汉也有人很不满地表示，要那些人不要再来害湖北武汉了。

从未有过如此这般，以邻为壑。

从未有过如此这般，以邻为祸。

在江南武昌的桃山村，几百户人家纷纷举报同一小区的一家三口，还出口转内销利用海外媒体，倒过来施压的那人那事，江北也有类似情形。女儿上高中后陪读的那两年，三天两头要从一处名叫天下国际公馆的独栋居民小区门前路过。在繁华的老汉口一带，该小区的品相也是比较出众的。大楼一至四层是商业用房，楼上五至三十层是居民用房，战"疫"总攻行动开始后，有关部门将一至四楼的一家宾馆征用后作为隔离点。消息一出来，五百一十二家住户，近三千名居民，用各种形式表示抗拒。有人在阳台上敲锣打鼓，冲着楼下的长街声嘶力竭地喊救命。有人在床单上写着"我要活着"四个大字挂在窗外，半个汉口都能看见。大部分人联名写请愿书，要求"居民楼不能设置隔离点"，直到有关部门决定，不安排隔离人员入住才罢休。

上千万普通人将自己反锁在家里，是这段时间里人们普遍能做的与瘟神决战的唯一战略战术。这种人类历史上从未有过的举措，颇似杀敌一千，自损八百。家门关得太紧了，关得太严实了，心灵的窗口也变得不知如何打开了！

"封城"第三十一天，同事小陈发来微信："刘老师，这几天我给您汇报个好一点的消息。我们单元，从'封城'以后一直是发热单元。一共三户居民感染，楼上楼下，把我家包围了。我每天都活在恐惧中，连阳台都不敢去。昨天物业通报我们五单元的最后一户居民终于去医院，我的心才落地。终于是安全单元了！"小陈一家向来有趁春节一起出游的雅兴，新冠肺炎疫情暴发时，全家人正好在新加坡，费尽千辛万苦也要回家的他们，好不容易搭上元月二十六日凌晨三点，从新加坡飞往长沙的MU2046航班。上飞机之前小陈半是认真，半是玩笑地叮嘱家人，在飞机上一定不能说武汉话，要说普通话，不能让别人知道我们是武汉人。上午八点三十分，飞机在长沙黄花机场落地，机上忽然响起广播声："请武汉籍乘客先出舱接受检疫检查。"同机的十几个武汉人应声站起来时，余下来的乘客全都惊恐地看着他们，片刻后，机舱里谩骂声四起，说你们太要不得，为什么要出来祸害我们？！早该滚回武汉！有人甚至哭丧着脸，说自己完了，这一路一直和武汉人坐在一起，会不会死？小陈也是很小资的新一代武汉人，长这么大，第一次觉得自己像只过街老鼠。出了机场，到五一广场商圈旁预订的一家酒店，刚刚凭入住手续进到房间，还没来得及放下行李，就听见有人急促敲门。开门后只见眼前黑压压的一群人，有警察，有穿着防护服的医生，还有酒店经理。二话不说就命令他们赶紧收拾好行李，离开酒店。任凭如何抗辩都无济于事！那些人众口一词，说是有规定，凡是武汉户籍的人员一律不得入住酒店，必须尽快离开长沙市，自己想办法回武汉。小陈原本就是长沙人，回长沙应当是回故乡，只因身份证与户籍写着武汉，一家老少，天寒地冻之际，亦无人怜悯。幸亏长沙有个叔叔，在电话里听到小陈的哭诉后，当即决定："我现在把车开过来，你开着我的车，立马回武汉！回家！"之后，车过汨罗，再过岳阳，一进到湖北境内，往日繁忙的京珠高速上，往武汉行驶的就只有小陈驾驶的她叔叔慷慨支援的这台车。待见到武汉的样子时，武汉生，武汉长的小陈，都不敢相信眼前真的就是苦盼着想回来的武汉。在入城的关口处，一位警察提醒她说："回来了就不能再出去了啊 —— 但是 —— 回来了就好!!!"这句极平常的话，让小陈一时泪奔，很难想象，她是如何大吼了一句：武汉！老子回来了！

回来了，是一种苦辛。回来后，更加苦辛。千里迢迢，奔波不已，只为归家后得享一身安逸。岂不料进了家门来，却出不得家门去，一路上只想着回家！回家！回家！真的到家了，才发现家里连一只口罩都没有。小陈在微信群里无心说事，真心感叹，说哪怕一只口罩也没有，也比身在曹营要好一万倍。岂不料，第二天一早就听到有人敲门，小心翼翼地打开来看，不见一个人影，却见门前放着一只崭新的口罩。接下来，还是相同方式，不仅有再送口罩的，还有送塑料雨衣的，小包裹上还留着纸条，上面写着，没有防护服，出门穿雨衣也能起些作用，并且用过了还能洗净后重复使用。小陈心存感激，又不知去感谢谁，只好对自己说，回头当志愿者去！到家不几天，小区十个单元，有九个单元出现确诊患者。住在别处的妈妈，天天早上来电话，要他们一定不要出门，连垃圾尽量也不要出去倒。撑了几天后，多日没有动静的门铃忽然响了，打开门才知是妈妈给他们送菜和鱼肉来。小陈当时急了，责怪妈妈说，不要你来不要你来，我们这栋楼都封了，是发热门栋！你懂不懂！你怎么这么不听话！到处跑，你要是有事，我怎么办？怎么办！以后不准来了！不准来了！当妈妈的也哭着说，你没有菜吃怎么办？又不敢下楼！你不要出门，我不要紧，我可以帮你送菜。妈妈站在门口，戴着口罩，离女儿一米远，哭着流泪，说完还不忘将女儿放在门口的几袋垃圾拎下楼。妈妈回家后，又给小陈发了消息，要小陈不要害怕，有妈妈在，妈妈就是女儿的110！

风萧萧兮易水寒，壮士一去兮不复还！在这种背景下，妈妈与女儿的相见与小别，用这个句子来形容一点也不为过。

武汉解除"封城"后，去协和医院治眼疾，与护士长小谭认识后，见到一张照片。小谭护士长在岗位上孤单值守几十天，终于有机会回家看一看无时无刻不在彼此惦念的亲人。那张照片上，令她朝思暮想的两个孩子，八岁的老大从家门口露出半张小脸蛋，摇着小手，要妈妈别进来，说妈妈身上可能有病毒。刚刚断奶的小幺更是被家人深藏在卧室里，不敢抱到门口，哪怕只是隔空看上一眼也不成。小谭护士长最终只能隔着家门，接过母亲专门为她做的饭菜，蹲在楼梯间里吃完，转身回去医院。小谭护士长说，那是母亲为她做得最好的一顿饭，也是最差的一顿饭，不仅菜很咸，饭也很咸，因为碗里全是她和母亲的泪水。

类似这无风也萧瑟，无水亦寒彻的情形举不胜举。同事中的一位帅小伙，是当过兵的，隔着一堵墙，听邻居从早到晚的咳嗽声，一会儿石破天惊，一会儿泰山压顶，小伙子夜夜难以入眠，也只能熬着。直到有一天，终于有救护车将那位邻居，还有穿墙破壁的咳嗽声一起载走，这才放下心来一觉睡了二十个小时。"封城"第十九天，二月十日十四点五十七分，江北硚口古田一位刚刚七十岁的长者，因为高度疑似，加上患有尿毒症，冲着妻子说一句"不想连累你"后，从九楼阳台上翻过栏杆纵身跳下。人心之悲，从生到死。人心之累，从生到死。人心之痛，从生到死。从人心之生，到人心之死，可以是人还活着，心已僵死。还可以是人已死去，心还活着。一句"不想连累你"，会让夫妻恩爱，活过一万个世纪。

前面说到的桃山村，与这些普通居民小区不一样，更不是某些人望文生义当成城市黑洞一样的城中村，而是毗邻美丽东湖，与湖北省委大院门对门的公务员小区，住在里面的全是处级和副厅级的公务员人家。"封城"第四十三天，武汉市公布的第一批两千零七十六个无疫情小区名单中，桃山村就赫然上榜。对比之下，与桃山村同属水果湖街道管辖的自己家所在小区，居住人口以正处在创业阶段的年轻人，也就是理论上的新冠肺炎低感染率人群为主体，直到"封城"的第六十二天，公布第七批无疫情小区时，才排在倒数第二的位置上榜。这时候，全市无疫情小区累计有六千七百二十三个，占比已经达到百分之九十四点七，来自全国各地的医疗队开始有序撤离了。通过如此简单的推理，就能看出在当时，桃山村的疫情并非很糟糕。在官场摸爬滚打多少年，才能住进桃山村的人，什么事情没经历过？什么风浪没有见过？纪检部门从那几栋楼里带走的人数，远高于此地新冠肺炎感染人数，面对疫情时却普遍沉不住气，连三口人有两个生病的退休老人之家都容不下，足见新冠肺炎比火山爆发更使人焦虑惶惶。

关于植物的学问说，植物也需要休息，也会睡觉和休眠。本是夜里最香最艳的水仙花，碰上凶恶起来昼夜不分的新冠肺炎瘟神，变得脆弱了，也是天性使然。然而，水仙花再脆弱也不会开溜逃跑，阳台是她的猫耳洞，窗台是她的散兵坑，美丽是她的武器弹药——正如容颜易老，武器可能损毁，弹药可以打光，防线与战位绝对是退无可退。"二战"时，面对纳粹党卫军的铁甲部队，人称战斗民族的俄罗斯人也曾脆弱过，直到敌人的大炮逼近莫斯科，才重新振作起来。同样是"二战"，面对日本法西斯的疯狂侵略，生生不息的中华民族也曾脆弱过，直到鬼子的军刀血洗南京城，才被彻底激怒。面对席卷而来的病毒，武汉人也脆弱过，在最后的防线上，守着自家门口，守着自家窗口，可以战战兢兢，可以哆哆嗦嗦，可以神经衰弱，可以心律失常，可以只有扫帚当武器，可以只有玻璃当屏障，可以只有肥皂当消毒水，绝对不会丢下家园，亡命天涯！

有一个网红段子：晚上十点，楼上传来女人的咆哮声，疑似，啊，疑似什么？你说呀，到底疑似什么？我那疯狂的怕死之心跳跃起来，邻居家中招啦，一户确诊，一栋隔离，我怎么出去啊？我赶紧趴到窗台上，支起耳朵仔细听。楼上的女人气愤地大声说：你是用脑子读书，还是用脚后跟读书？疑似地上霜啊！这个段子曾让全家人都乐不可支，笑过之后，却相互不愿对视，因为每个人的眼窝都笑湿润了！

金银潭医院的几位护士，算是见惯了死亡，深夜脱下防护服下班后，见到路边停着一辆黑色的车，下意识地觉得是殡仪馆的，下意识地觉得害怕，不是怕死亡，是怕病毒。离开还有五十米，同伴酸楚地开玩笑，要趁病毒还没发现她们时，一下子冲过去。"封城"之下，在家里待着尚好，只要出门，就感觉到了小人国，成了小人国的人，自己是那么微小，戴着花冠的病毒是那样庞大，大到让这些小人国的人看不到头和尾。从半空中掉下一只唾沫星子，就要淹没大半个小人国。这种压力带来的恐怖实在难以言表。

"封城"第三天，大年初一，午休起来，见湖北省新冠肺炎疫情防控指挥部发布的第六号公告，明天零点起，中心城区禁止一切机动车通行。从"封城""封区""封家"，再到"封车"，形势越来越严峻。与家人商量后，同儿子一道火速开车到郊区的院子里摘了四箱青菜，路过一家大型超市，又进去抢购一些物资。小孙女最爱的西红柿，普通的都被抢完了，只有高价的有机樱桃番茄，也不管这些了，赶紧拿起一箱。原想再买些酸奶，货架上有很多货，可那位女售货员居然没戴口罩，大声嚷嚷着就将她力荐的四盒酸奶，放在我的小推车上。当着面自己不好拒绝，转过身来，走了几步，就坚决地将这全家都喜欢的食物放回到别的货架上。这之前那女子正在打电话，大约是习惯使然，顺手将口罩掗下来，挂在下巴上。前几天在医院进进出出的经历，连日来传统媒体与自媒体上各种新闻与各类传闻的密集轰炸，让人觉得不紧张、不恐惧的都不是人！说实话，自己很想不通，也就是打个电话，并且嗓门大大的，为何还要将口罩摘下来？这样的武汉嫂子，也算是一种奇葩！给她这样的几分钟时间，谁能保证她不会让天大的灾祸发生在这很少的一点时间里呢？从超市出来，雨突然下得很大，数不清的雨滴击在地面上，发出"闭、闭、闭"的巨大音响。

物理上的封闭！

生理上的封闭！

心理上的封闭！

这样的灾难不是天大的，还有什么是天大的？

"封城"之下，所有人的神经都极度敏感。连失聪者都恨不能听清楚对面楼栋昨夜一共响了多少声咳嗽。阳台上的水仙花，看得见，也听得清，她用对春寒料峭气温变化无常的敏锐，检查阳台所面对的近千户人家中每一个三十七度三以上的人体体温。人不知，花有觉。水仙不开花，她用开花所需要的精神物质，弥补灾难中人所表现的不足和不如意，将寒冬腊月对春暖花开的渴望凝成精灵，像家里没有贴在窗户上的福字那样，收起美丽，让省下来的春意，潜入更需要的人家！

"封城"第十七天，朋友送来几瓶医用酒精和84消毒液。从门岗那里取回来的路上，冷雨潇潇，北风阵阵，得空环顾四周，这才发现自家楼栋墙壁上钉着一块鲜红的铭牌：无感染楼栋，顿时心情大好。这就是说，离家最近的邻居们都是健康的。万一听到他们那里有什么动静，不必过度担心。同样，邻居们也用不着上下楼从我家门前经过时，必须像过封锁线那样提心吊胆，蹑手蹑脚。

从拿到消毒用品，到发现无感染楼栋铭牌，再到推开家门，好心情就无法维持下去。首先进门的动作就将好心情消解了一部分。作为一线医护人员进医院上班，要经过喷洒消毒，换鞋，洗手，换衣服，穿纸尿裤，戴口罩、帽子、手套、鞋套、靴套、隔离衣、防护服、护目镜和防护面屏，下班要进行耳道、鼻腔、结膜、口腔消毒，洗澡，换衣服，回到住处先在酒店外消毒衣物，将外套放在外面，入住的房间内也划分成污染区、半污染区和清洁区，进门第一要务是进卫生间，先洗手，再用最大限度接近五十九度的热水冲淋半小时，脱下来的内衣用有效氯消毒液，手机用酒精消毒，所有程序一项也不能少。相比白衣天使们，普通人进出家门同样丝毫不能马虎。自"封城"之日开始，自己家里的防盗门就没有百分之百打开过。万不得已必须进出，绝不可以像"封城"前那样大大方方大摇大摆，只需要打开四分之一决不随手弄成三分之一。进屋前，先站在门槛外边依次脱下左右两只鞋，再依次将左右两只脚伸进门内的拖鞋里，然后转身将鞋拎进来，与必须脱下的全套出门专用行头一起，放进那只巨大的整理箱中，好心情又去掉了一部分。接下来明知是过度消毒，还是将从头到脚的衣物放进整理箱，用刚刚到手的医用酒精奢侈地喷上一遍，这才严丝合缝地合上整理箱盖。接下来将门钥匙和车钥匙，放进一只小塑料盒里，用酒精喷洒个够，再将自己的双手和手机用酒精喷一遍。最后还要上卫生间，盯着时钟，用洗手液将双手洗够两分钟。若是收到团购的东西，非要用酒精将表面包装消一遍毒，才可以放置到应当放置的地方。前前后后，差不多要用十分钟，等到终于做完这些步骤，仅剩的那点好心情早已烟消云散。看着元月十九号从澳门返家就没出过门的女儿，从放寒假回爷爷奶奶家就没出过门的孙女，心情免不了重新恢复到先前样子。特别是小孙女，这之前她要是有事没事扑过来，一定会大声提醒她，不要这样，爷爷还没有消毒完。

愿意也好，不愿意也罢，这种时候，神经紧绷的程度与家庭人口数量是成正比的。同在一只锅里吃饭的六口之家，在这座城市的单位统计数字里，也是如同堡垒要塞一样的存在。又因为亲身感受过那在网上求助的四口之家绝处逢生之极端困难，实实在在地感受到，自己所紧绷的不只是神经，强烈的牵肠挂肚，连消化系统都在发出一些意想不到的警讯。没有缘由的腹痛，没有缘由的腹泻，没有缘由的头疼，没有缘由的眩晕，稀奇古怪的噩梦，只要情绪发生小小的卡顿，就会整夜失眠，额头冒冷汗。更有时，一家人从早到晚谁也不想说话，也不想听谁说话，莫名其妙的如同人人都在生全家人的闷气。

更严峻的问题在于，"封城"封住的一千多万人，相对而言，还能保持住理性与感性的动态均衡。"封城"之外反而是感性占据压倒态势，不是将"湖北武汉"四个字等同于天灾之下的新冠病毒，就是将"湖北武汉"四个字替代成人祸之上的未死亡灵。殊不知史无前例的"封城"战"疫"，在挑战一个国家的实力，一个民族的素质，更是用从未有过的严酷手段检验每一类人的教养，每一个人的品行。多少个达到"10万＋"的东西，被当成真相加真理。事实上，这类山呼海啸的"10万＋"，更像一九九八年的大洪水和二〇一六年的大暴雨。洪涝之下的江城，只有堵住重重管涌、汹汹溃口，越过深达二楼的渍水，还有浪头不时翻过江堤的洪流形成的洪泛区，才能发现人所渴望的真相与真理。当那些个"10万＋"在声嘶力竭地自我证明：我就是真理，我就是真相！幽幽的水仙开什么花，不开什么花，意味更加深远。

用灾难到来之前的日常生活经验，半拉半扯，半推半就，来应对史上仅见的人生灾难，都是对作为灾难中心的武汉人的粗暴与傲慢。分明是对劫难的无知，硬要摆出先知先觉的架势，这在人类历史进程中，太屡见不鲜了。四川成都附近的三星堆遗址和金沙遗址，发掘出大量的象牙，研究认为那是史前人类祭祀之用。用今天的眼光来看，日食月食，天塌地陷，雷电飓风，全是自然现象，与一根象牙和一百根象牙，没有半毛钱关系，干吗要杀那么多大象？在当初，这却是十分必要。猎杀的大象越多，表明该部落越是强大，战胜不可预测灾害的可能性就越大。同时也是为了体现敢做决定的巫师，不可替代，不可怀疑，是具有超常统治能力的王者。

"封城"之下的生命个体，比平常所见多出半个人，成为一又二分之一个人。以二〇二〇年元月二十三日上午十点为分野，之前活在人间的贩夫走卒，全身细胞一半是英雄，一半是凡夫。那之后开始的"封城"战"疫"，从每个人身子里凭空冒出来的又一半，连本该主宰这又一半的原生主体都不熟悉。一会儿压抑胜过反压抑，一会儿反压抑强于压抑。早上醒来温情脉脉，有心无脑。天黑之后，一不小心就变为汹汹戾气，有脑无心。这多出来的一半一半之外的又一半，无法用军迷们熟知的歼击机武器外挂，侦察机吊舱，甚至普通电脑的外接硬盘来做类比，那些东西全都受控于原生主体。所谓的又一半，貌似派生于原生主体，其实自行其是，自个做主，这才让好好的某个人，忽然变得陌生了。好好的某一群人，忽然闹腾出不一样的动静。

凭空多出来的一半一半之外的又一半，可以称之为"洪荒之力"。

在地球形成的早期，人类能否出现，是混沌天体中的极大疑问。生命起源的化学进化过程，能够在原始条件下，得以自然天成进行，与智能无关，与智慧无关，与老生常谈的理性和情感无关，硬要说与人类有何种相似，只能是谈笑间的"洪荒之力"。

面对天大的灾难，不得不"封城"的武汉三镇，人所获得的"洪荒之力"，部分来自肾上腺素。

当人体经历某些刺激时，如兴奋、恐惧，所分泌的肾上腺素，能使人增强力量，提高反应速度，却并不能使人真正变得强壮，还有可能引发恶心呕吐、头痛失眠、焦虑不安、恐惧眩晕、喘息多汗、心跳异常。如此种种，太像新冠肺炎疫情肆虐之下世界各地某些社会人众的反应，如此表现，一如西北某隐士般同行所指，看上去硬邦邦的，其实是一点骨头也没有的"火腿肠"。

"封城"过后，在协和医院做眼部手术后的那个无法入眠的夜晚，一次次爬起来，站在窗前，从霓虹灯亮到霓虹灯灭，从车水马龙到暗路无人。一次次推开病房门，绕着二十一楼回字形走廊，从一圈转到一百圈，再从一百圈转回到一圈。熬过黑夜，第二天早上，自己向查房的医生护士说了夜里的情形，他们都用同一种司空见惯的表情做了回应，意指这很正常。直到出院时，拿到一应明细账单，见上面有手术时使用肾上腺素的记录，才明白其中事理。

在肾上腺素作用下，人对新冠肺炎疫情反应，不是条件反射，是肾上腺素积累多了，副作用导致的生理反应。就像一盆水浇到炉火中，炉火所做的反应。就像一盆水浇到滚沸的油锅里，油锅所做的反应。就像悬崖上一块石头掉在悬崖下的另一块石头上，另一块石头所做的反应。请相信，"封城"之下，与疫情关联的突发事件、事例与事情，属于应激状态下的生理反应，与平常日子的精神活动无关。

不了解外部还不要紧，最不可思议的事情是对自己的不了解。

将生理反应当成理性思想和感性情怀，是"封城"之后的非常时期，生命个体的极端表现形态。不了解这一点，就无法解释那些多于牛毛的反常行为。

同样道理，真正的无人区不可怕，可怕的是四周全是人，却听不到丝毫的回响。如同正常的水面，扔一颗石子下去，就会泛起大大小小的波纹。若有一种水面，无论是扔一颗小石子，还是扔一个大活人进去，既无音响，也无动静，明明是一种真实，心里所感受到的却是不知何物的魔幻。看起来城中之人，与"封城"之前并无二致，汉口一带的人，那一口汉腔难免带着黄陂话的味道。汉阳一带的人，说话听音可以找到天沔汉川的踪迹。江南武昌南腔北调的普通话，让熟悉的人听了更熟悉，陌生的人听了更陌生。在这些不变之中，硬生生地弥漫出一种类似魔境的氛围。

居住在一楼，对外面有人和无人的感觉更加敏感。从早到晚，透过窗户一个人也见不着，有种无法证明自己是否真实存在的感觉。每天准时出现的清洁工不能算数，从早到晚一刻不停地播送战"疫"指挥部公告的喇叭声也不能算数。偶尔出现一个人时，又是另一种感觉，免不了强烈担忧，仿佛数不清的病毒正在拼命攻击其口罩，口罩质量如何，戴没戴好，都会替人家担心。好不容易见到的这个人，多看了几眼后，感觉变得完全相反，不再为对方担忧，转而猜度对方是不是一路播撒病毒的感染者。于是就在心里呐喊，没事就待在家里，干吗在这个时候出来抛头露面？

"封城"的第四十一天，一直在忙着替俄罗斯一所著名大学翻译其章程的儿子，将完成的译稿发给俄方。闲下来与我们说起那章程，居然连大学倒闭时的种种应对情形都有细致考虑，并进一步推断，或许俄罗斯人早就计划好了如何封闭城市和如何管理封闭的城市。由此进一步谈到"封城"后自己的感觉。儿子强烈推荐一部名叫《寂静之地》的电影，并随手从电视的点播系统中调出来。用了差不多两个小时，看完电影，儿子问感觉如何。很长时间，我所做的回应就是点点头，再点点头，再再点点头。电影中虚构几只只靠听觉感知世界的外星怪物入侵地球，让地球上的一家人，不敢发出任何声响，否则就会陷入灭顶之灾。

此时此刻，这种外星怪物，也侵入到我们心里。小区内定时广播一号接一号的"封城令"，那声音也有此地无银三百两的嫌疑。时间一长，内心出现某种变态，宁肯外面下连阴雨，也不愿见到晴天朗日。下雨时，能听到动静，雨打在窗户上，雨打在地面上，雨打在冬青树上，雨从高处沿着外墙淌下来后，飞瀑一样冲刷在地上，那些淅淅沥沥和哗哗啦啦的声音，让心里觉得外面的世界有着无限生机。相反，冬日暖阳时，春光乍泄时，在窗口站上两个小时，也看不到一个活物，听不见一丝动静，让人不敢相信眼前那将窗玻璃晒得有点温暖的阳光，不是假的，而是真的。

"封城"的第十七天，二月八号，"封城"后一直没有任何消息的一位老朋友，终于有动静了。本以为他一家会像往年一样早早就去南方等着过春节，却原来与一千多万武汉人一样困守江城。不仅两口子在武汉，就连孩子们也逆风飞回武汉。傍晚时分收到信息，整个春节，朋友的儿媳一直有呼吸道方面的问题。从"封城"的第一天开始，无时无刻不在煎熬。别人遇上这种情形只是怀疑，如果只是怀疑，再重的疑心也还好办，朋友的儿媳却极其认真地将自己划到中度感染者之列，躲进房间自我隔离。十四天一到，朋友亲自带儿媳到同济医院做了一次CT检查，结果很正常。别人隔离十四天，查一个CT，如果没事就会如释重负。朋友的儿媳一定还要再隔离十四天，为了以防万一，还写了上谢父母公婆，下致一双儿女的遗书。朋友将部分文字拍照后发来，一向娟秀的女子笔迹，只剩下很少的文静，很少的流丽，很少的俊俏，更多的是没有方向的滞塞，上气不得下气的顿挫，连一个文气的词汇也没使用，全是人在危机四伏时，必须争分夺秒，急着将事情说清楚的大白话和大实话。好不容易熬完第二个十四天，朋友的儿媳不但没有解脱，还加倍痛苦地认为自己感染的病毒，是新冠病毒中最狡猾的，她准备再与这个病毒斗争十四天，假如还是没办法取胜，自己就从十四楼的窗口跳出去，与病毒同归于尽。朋友的夫人一向贤淑温柔，这时候也顾不了许多，费尽九牛二虎之力才张开嘴，用一顿臭骂，将儿媳从屋子里骂出来，再去同济医院做CT检查。医生将真正感染者的肺部照片与儿媳的肺部照片在现场仔细比照一番，还破例地写了一张字条：本人以职业操守保证，某某某今天拍的CT片显示肺部是健康的，谢天谢地，不是新冠肺炎。后面这十个字，六个字是应朋友儿媳的要求加上去的，医生自己在这六个字前面又加了四个字。都"谢天谢地"了，她才略有放心。医生最终确诊是内心高度紧张引起多种不适，所表现出来的症状，与新冠肺炎相似。事实上，朋友的儿媳一直没有放下，后来有机会检测核酸，家里的人都做了，就她不肯做。她还是认为自己肯定被感染了，如果被查出来就得去医院，那样更是死路一条。好在朋友的家人都是三项阴性，作为紧密接触者的儿媳，查与不查，都可以肯定不会是阳性。万般无奈时的万般恐惧，只需一个噩梦，就会演变成心理与生理的双重崩溃。

"谢天谢地，不是新冠肺炎！"

朋友第一次发来信息时，那位在一家三甲医院任医学影像分析首席专家的朋友，还没有告诉我，疫情正式控制之前，我去做过CT的那家医院，是新冠肺炎的重灾区。自己也还不清楚武汉全城每台CT机都在为检查新冠肺炎，昼夜忙个不停。等到自己了解实情，已经"封城"整三十天了。朋友的儿媳第一次做CT检查时，正值收治新冠肺炎患者峰值最高的那一阵，每台机器每天要检查的病患都在三位数以上。凡推开防辐射铁门，躺进检查舱的人，一天当中，若有一两例肺部完好，控制室的医师就像买彩票得中大奖一样开心。那天，朋友的儿媳肺部照片出现在CT室时，简直就是提前一周送来的情人节鲜花，让在场的医师们难得轻松片刻。在CT机每检查一百人，就九十几位感染者的魔镜面前，像朋友儿媳这样百里挑一的幸免者，一旦知道自己那健康如玫瑰的双肺，与多得数不过来的毛玻璃肺，在同一检查舱里深深呼吸过，所引起的过激反应会是何种模样？我自己也是同类检查中的幸免者，事隔三十多天才知道，于身心还有巨大的过激反应，何况疑神疑鬼太久的女子！

"封城"之下，怕不是问题。

一千多万人，人人都怕。

怕已经成了生活的一部分，成了生活的一种形态。

"直到现在，我还记得第一次踏入专门收治新冠肺炎患者的定点医院的感受，一只脚踏入感染区警戒线的那一刻，巨大的恐惧差点压垮我，以至于脚下坚硬的地面走起来都像云彩一样软绵绵的……我还记得在协和医院卸货的时候，手套破了时那种绝望和悲伤；现在想想实在是好笑。在当时，我躲在卫生间泪流满面，一遍又一遍洗手的时候，想到的是年迈的父母无人送终，想到的是年幼的女儿将失去我这个不称职的父亲，唯独没想过当什么英雄和良心！"这是某志愿者联盟一位成员在"封城"后期说的心里话。

似这样没完没了地将双手用酒精喷过来，再用灭菌洗手液洗过去的经历，自己也有过。元月二十八日上午，受省委宣传部安排接受采访，如约到东湖大门。本想进到公园里面，中国新闻社的两位记者拿出记者证说了好一阵也没用，安保人员对战"疫"指挥部封闭公共场所的命令执行得非常坚决，任谁都不许进到东湖公园。于是改为去东湖绿道，也同样被拒之门外。那天天气很好，我们站在东湖绿道入口的荷塘旁，聊了一个小时。除了暖暖的阳光，硬硬的北风，什么也没有接触。自己就像患了强迫症，回家后，第一件事是冲进卫生间，将自来水调到最大，一边洗，一边冲。防疫手册上说，至少要冲洗两分钟，自己至少用了十分钟。这种超常反应，变成了常态，只要出了家门，哪怕只是接收一份值班室派人送来的文件，甚至只是开门与巡查人员说几句话，都要认认真真地洗一次手。当家里灭菌洗手液只剩下小半瓶时，心理就变得很紧张，怀疑尚有贮存的普通肥皂，没有灭菌功效，无法提供安全保证。

真的需要有别样的理解！作为湖北省最大的传染病医院，"金银潭医院"五个字仅仅出现在一些物品上，就足以将许多人吓得落荒而去。金银潭医院的五十几位保洁工，也只剩下十五人。那些从金银潭医院到最小的社区门诊部不辞而别的各类员工，看似离开医院这最明显的感染区，只要还在武汉，谁有本事找到一片不是感染区的净土呢？"封城"之下，"逃"无可"逃"，到哪里去都需要让自己成为勇者，那三十多名保洁工可以与金银潭医院不辞而别，无法与新冠肺炎不辞而别，只要还在江城，依然还是口称"怕得要命"的勇者。

武汉"封城"第十五天，夜里出门放垃圾，返回时才发现自己将口罩戴反了。一时间手脚都禁不住颤抖起来。恨不得给自己一个大耳光，怎么可以犯这种连小孙女都不会犯的错误。那种感觉简直就是到了不可救药地步，又不敢与家人说，一个人跑到卫生间，用洗鼻器反复冲洗鼻腔，前后用了三瓶盐水。才让自己平静了些。

武汉战"疫"后期，参加国内第一部正式出版的《武汉抗疫日记》首发活动时，协和医院的一位医生对我说了许多，其中关于抢救广西援鄂（援汉）医疗队护士梁小霞的过程特别令人震撼。梁小霞发病晕倒在医院的缓冲区，几位医护同行赶过来，抬起小梁护士冲进最近的病房进行抢救。当他们完成急救程序，停下来松口气时，才发现自己已身在隔离病区，而所有参加抢救的医护人员，除了戴着口罩，都没有来得及穿戴上其他防护用具。一时间，这些身经百战的白衣天使，手脚颤抖，全身哆嗦。

也有另一种"最美逆行者"，当别人因为偶尔没戴口罩，没做好防护，紧张得全身发抖时，他们却由于职业所限而不能戴口罩。"封城"的头几天，湖北武汉各家电视台的直播新闻，全都只闻其声，不见其人。一连多日皆是如此，就与家人议论，或许是戴着口罩播送新闻不太合适。知道当地各家电视台的男女主播在做节目时从不戴口罩是后来的事。疫情好转之后，那天在微信里与一位新闻主播说话："疫情期间上直播时，不能戴口罩，你们如何处理？"对方回答："这话说到我心底最柔弱的部分，很少有人发现这个问题。当时只能死命扛着，配音、化妆、上节目都没办法戴口罩。对着摄像机精神抖擞，说话字正腔圆，其实怕得要死。每天上节目时，先拿酒精把主播台喷一遍，再将周围的空气喷一通，求一些心理安慰。都晓得不戴口罩的传染概率很大，所以，只能拼一拼自己的运气。"我说："你们是唯一不能戴口罩的工种。"对方说："做访谈节目，嘉宾戴口罩，我们也不能戴口罩。而且演播室不能开空调，我们都穿着很单薄的西服，我都冻感冒了两次。"我说："没有被人怀疑为新冠肺炎？"对方说："有没有，不晓得。人家内心怀疑，嘴里也不会说出来。不过我去做了CT，为了让大家放心。因为放年假，有三分之一的人在外地没回来，我们这一批没放假的，一直在死扛着。当然了，有的时候，在新闻直播当中，看到冲在前线的医护人员，还有很多志愿者啊，心里就觉得自己这点事儿不算什么。"这也应了那话，在新冠肺炎疫情面前，没有前线与后方，处处都是危情四伏，不可能有真正的安全屋。做对了防护措施，在隔离病区反而更稳妥，防护措施不到位，躲在自家被窝里，也是钻头不顾屁股，祸不远矣。

怕是人的基础品行。只要是人，都有害怕的时候。那从来不知道害怕的只有石头一类。十几万与新冠肺炎面对面的医护人员，每天工作十几个小时，甚至更长时间，在隔离区做事，如同身处战壕中，再长时间也会让自己保持兴奋状态。一旦下班回到休息地，感觉安全一些，整个人躺在床上连翻身的动作都不想做。只有怕，人才能从生理上调动起应激反应，提高人体应急能力，用升高肾上腺素来强化生命力。一千多万人，封在武汉三镇，人人都在害怕，人人的肾上腺素都在升高。

怕不等于屈服，怕也不等于投降。

与武汉同为高风险地区的黄冈市，公告"封城"的时间只比武汉晚十四个小时。二月七日，市委宣传部的老柳，在中心城区的一处小区值守时，成功劝返了三位要外出的人和一位要进入的人。那位要进入的人是一位六十岁左右的男子，住在旁边小区，每天都要到儿子这里来吃饭，顺便看看两个孙子。老柳劝人家，为了两个孙子，你就不应该来，更不应该天天来，这样跑来跑去，来回途中不知跟谁接触，把病毒带到儿子家来了，怎么办？男子转身走开，不到一个小时，一手提着一个小炒锅，一手用布袋提着菜，又出现了。这一次是特地来表示，为了孙子的安全，他自己开伙，再不来了。老柳说话做事，与他在业余时间写的小说一样，在浓浓的乡土味里，潜藏着机锋。

"封城"后的第一个十四天过去，第二个十四天开始后，最初的混乱局面有了根本性改变，举国体制下的紧急动员优势也体现出来。自己最熟悉的文艺界同行们也行动起来，虽然浑身文弱气质还在，骨子里的坚韧与硬气变得尤为突出。同事小李，二月七日，就在自家小区以共产党员身份第一个站出来，去居委会领取的第一项任务，是向小区内四十户没有体温计的人家发放体温计，发完体温计后，整整三天三夜，总感觉自己在发烧。当单位领受战"疫"任务组织突击队下沉到社区时，小李作为书法家中的第一人，毫不犹豫地率先穿上防护服。同事小蔡，是作为作家中的第一人，率先穿上防护服的。小蔡的孩子在上初三，为了家人的安全，从穿上防护服下沉社区那一天起，哪怕是回到家里也不敢取下口罩，担心万一自己被染上了，会连累家人。这样的怕，在心里又是一番滋味。"封城"的第四十三天，三月五日，一直在用药抑制哮喘的夫人，也穿上防护服。早上七点三十分，我亲手帮她穿戴严实，目送出家门，眼望着那种通过电视中的金银潭医院、火神山医院、雷神山医院早就熟悉的千人一面、千篇一律，分不清楚你我他的白衣背影，自己禁不住……当天下午，夫人发微信说回来了。夫人所说的回来，是站在家门外，用医用酒精、消毒液和洗手液，将自己从头到脚，仔仔细细地处理一遍，真进家门，是半个小时以后的事。

协和医院的小葛医生曾对我说，穿上防护服的那一刻，真的觉得自己就是一名战士！之前的朋友圈中，穿防护服的医护人员都被称为白衣天使。当朋友和同事们纷纷穿上了洁白防护服，就像身着铠甲，将作家、艺术家的名头丢在一边，背起装满消毒药水的喷雾器，在二十四层楼的居民小区爬上爬下，在老旧的筒子楼里摸进摸出，整个武汉实实在在已是一座天使之城。

一个人不管做多么大或者多么小的事情，只要是为着掐断瘟神的脖子使劲，每一毫克的助力，都能为胜利添上重重的砝码。

像我这样超级易感人群，又赶上十分麻烦的眼疾，不是突如其来的疫情，这时候应当在协和医院的眼科病房住着，做那医生轻描淡写的"小手术"。刚开始还以为自己只是年龄不符合上火线标准，后来才明白，最要命的是眼疾。人家一句话，你看看市中心医院眼科，几乎全军覆没了！这话指的是眼科医生，但新冠病毒三大传染途径中包括眼睛却是不争的事实。如此累赘，也只有在家庭防线上还能起点作用。夜深人静之时，将自己从头到脚穿戴好，拎上一家六口的生活垃圾，慷慨出门，在已是小山一样的垃圾桶旁，选一个位置轻轻放好。孩子们声称他们是非易感人群，免疫力好，万一中招了也只是轻症，不让我干这事。自己仍一次不落地坚持做到"封城"的最后一天，也算是为战"疫"出了绵薄之力。"封城"之下，一千多万普通市民，判断有没有尽职尽责，尽心尽力，最完美的标准就是没有被新冠病毒击倒。一个人的健康无恙，就是"封城"战"疫"的强大战斗力！每次放完垃圾，用一分钟时间，仰望夜空，深深吸一口气。隔着口罩，仍然感觉到星云之下，清新无比，努力让自己不去想这空气里有可能飘着沾有新冠病毒的气溶胶。如同那天夜里，一千多万人对着窗外同喊一声"武汉加油"，也有可能喷出些许气溶胶。

烛光作证，自己没有因为怕，而放弃冲着窗外，与邻居街坊一道高喊："武汉加油！"没有任何过渡与转换，下一个瞬间就会想到，再过一夜，天亮后，没有谁不眷恋的江城，会有人从此没有了父母，有父母没有了儿女。"我爸走了！""我妈走了！""我老公走了！""我老婆走了！"那些有点动静的音讯都很简洁直白。没有人会倾诉说，自己永远欠爸爸的一餐酒，永远欠妈妈的一次东湖游，永远欠老公的一个抱抱，永远欠老婆的一个玫瑰之约。天上的星星掉一颗到宇宙深处，没有动静也没事。身边的亲人走得很远很远，没有一点哭泣，这样的情景，比死亡还可怕！

长夜作证，自己没有因为怕，而拒绝任何清新空气。

就像与孩子们说的，体会怕多一点，感受怕多一点，让自己体内的肾上腺素分泌多一点，战"疫"的力量也会多一点。

"封城"第三十八天，也是四年才有一次的二月二十九日，意大利确诊新冠肺炎一百二十四例了。一个意大利老爷子说，"二战"都没这么恐慌。在引用这句话的文章下面，有一句神评论：因为"二战"允许投降。

其言所指，历史长河中的那份惨痛，绝对配得上历史真相。人生际遇多多，从不缺少表现个人意志的方式。世界文学史上著名的《德语课》，中国孩子人人学过的课文《狼牙山五壮士》，一东一西，一亚一欧，都是"二战"时期不同民族的共同精神典范。与企图灭国灭族的纳粹法西斯斗，与企图毁灭人类的恶魔病毒斗，方式不同，途径不同，精神上是一致的，那就是务求完胜，任何其他形式的尝试等于自取灭亡。

"封城"第三十六天，二月二十七日二十点，大姐发来一张正伺候老母亲的照片，接着又发了一行文字。

"衣服都换完了，从今天起晚上穿纸尿裤。"

一大家人都在照片后面说大姐辛苦了。

大姐回了一句："不辛苦！大家过得都不容易！"

不由得再次想起，元旦去大姐家时，在县城工作的大外甥，正在冰凉的水池边，清理我们的老母亲、大外甥的老外婆刚刚将自己弄得极脏的衣裤。大外甥在我们这一大家子中率先出任社区网格管理员，在一线参加战"疫"行动。三十多岁的大小伙子一回到家，就动手做这些。连伺候母亲最多的弟弟都感叹，就算戴着橡胶手套，也不是一般人做得下来的。黄冈各地全是重灾区，管控之严，丝毫不亚于武汉，甚至有过之而无不及。大姐之前告知老母亲身体情况不佳后，我们商量的结果，也是疫情管控的必然。现实情况是去不了医院，就算去得了医院，也不会在这个时候去。母亲从八十五岁之后，身体情形变得每况愈下，偶尔有十分难堪的表现，凡是能与她说得上话的家人，都劝她用纸尿裤。只要有人提及，母亲就十足小孩脾气，既倔强又任性地一扭头说："我才不用那种东西！"被说急了，还会再来一句让别人不敢再说什么的狠话。斯时斯地，老母亲为何终于同意穿纸尿裤了？我没有问，群里还有二十来位家人，也都没有多问一个字。在心里，只能让自己认为，是老母亲人生中再次表现出睿智。就像她决定不来武汉过年，就像她用"不痛快"准确表述二○二○年春节的真相，老母亲终于认识到人生中总有这样一种返老还童的日子，不再任性，不再倔强，坦然面对，该来的就让它来好了！在内心最隐蔽的角落里，还有另一种推测，万一呢？是不是人彻底糊涂了，彻底退回去了，回到婴儿状态，不清楚，也不在乎，用纸尿裤与不用纸尿裤的区别在哪儿！我问过协和医院的小葛医生，她提了些建议后，我也不敢再多问。倒不是担心麻烦小葛医生，她从重症隔离区撤下来，正在隔离休息调整，时间上不会有问题的。我怕的是，那些切实有用的建议，这时候变得完全不切实际，上不了医院，找不到药，那种束手无策，更让自己唯有冲天一吼，或者朝天一哭！

水仙花显然知道这样那样的隐秘。那不开花的样子，千般蜷缩，万种无奈。都是由于水仙花在窗台上看见许多我们所没看见的。那些当事人也不希望别人看见，一旦被别人看见免不了惊心动魄，三天三夜才能还魂。从元月十四日到二十日，自己在三家医院的鲁莽奔突，不能说视而不见，只是无知无畏的际遇。在"封城"的第一个十四天里，也像水仙花一样了解得清清楚楚，以当时的紧张气氛，一个人的三魂七魄还能稳妥地守住多少，都快被奉为半神的钟南山也很难把握。

既然已经错过水仙开花的时节，索性在家里试一试铁棒磨针的可能，我就不信熬不到再去黄冈乡下，陪母亲坐，问母亲安，祝母亲长命百岁的那一天。既然自家门口去年的春联"梅谢雪高远，松留云吉祥"，换上今年的"光华新春季，喜上梅梢时"，我就有信心不久之后的某一天，再去大姐家的小院，与老母亲一起看春花烂漫。既然人人都不曾例外地恐惧过，既然我们已经搭乘名叫"武汉战'疫'"的大船，待到战胜瘟疫，除去遮掩神情的口罩和防护服，世界就会看清楚用太多泪水冲刷形成的坚毅面容，看清楚那身不必待伤口愈合就开始努力奋斗的筋骨，看清楚那颗任何时候都不会缺少理想和良知的头颅！同时也会看清楚，躲在瘟疫背后，以伤天害理的病毒做掩护的种种丑行。

二〇二〇年元旦前两天，在大姐家，母亲执意要将沙发让给我坐，自己坐在旁边的小板凳上。我自然会更加执意地请母亲回到沙发上，像当初的少年那样端坐在小板凳上，听任母亲拉着我的手，说自己昨晚做了一个梦，梦见这些年从未梦见的一个人！母亲梦见的正是我们的父亲。父亲不在人世已经七个年头了。从父亲与母亲在人世间初次相遇往回再数七年，父亲就曾尝到在人世与不在人世只隔一个墙角的滋味。那墙角在老汉口的永清街上。几秒钟之前，在永清街那处墙角的这一边，父亲拼着命为了实现心中的理想。几秒钟之后，在永清街那处墙角的另一边，父亲拼着命为了实现活下来的现实目标。父亲后来多次说，那追着后背心而来的子弹，只击中了那处墙角，连屁股毛都没有碰着，简直是人间奇迹。二〇二〇年春天的新冠肺炎疫情中，类似这墙角一样的奇迹比比皆是。

天使一样的母亲创造了我们这些奇迹。如今母亲需要一点奇迹，只有将水仙花当成天使送给她。用水仙开花需要的所有精灵，托寄给母亲。母亲有光明，天就黑不了。母亲好起来，水仙就能藏起所有的凋零和伤残。绿篱上露珠曾经怕过露珠，花园里松鼠曾经怕过松鼠，阳台上麻雀曾经怕过麻雀。白云黄鹤，万象凝固。江南江北，大地可封。日月轮回，山水自转，唯天不相随。今年的水仙没有开花，她用一亿年的进化史来保证，明年会用最灿烂的花容为这个世界唤起春天。

公元二〇二〇年元月二十三日，又为农历己亥年年腊月二十九，原本是我答应过母亲话，要谨遵母亲命，回一趟黄冈老家，为去世多年的父亲做一件至关重要事情的日子，过年的事务，治疗眼疾的时间，如此一应必须排上日程的全都安排好了，断断没有料到，这却是武汉"封城"的第一天！

第二章

你在南海游过泳

武汉战"疫"后期,新浪读书和新浪微博邀请我为他们编辑出版的《武汉抗疫日记》作序,一同受邀作序的还有张文宏医生。书中收录的日记主人,清一色是身在最前线的护士。清一色在火线即时写作,即时在自媒体上发帖。正式出版时,为了保持原始生态,一些可改可不改的错别字都不曾改动。人们在提及医护人员时,首先想到医生,然后才是护士。在治病救人的火线,护士所处的位置比医生更靠前,离病魔更近,在感染区里待的时间更长。这也是来自全国各地的援鄂(援汉)医疗队,绝大多数成员是护士而不是医生的主要原因。同时也符合"火线救护"的特点,那些倒在战场上的伤员,第一守护神是护士,尽管人们习惯称之为医生,经过护士们的手,转到后方医院,那里才有传统意义上的医生。读那将日记原稿清样做成的"假书",每一页都能让人苦痛到流泪。每一次合上书页擦拭眼泪时,都有一种激越情愫与昂扬正气在涌动。从道理上讲,新冠肺炎疫情惨状在很多人那里就是数字和故事。对于护士,没有她们不曾见过的人间凄苦与惨痛。为了最终摈弃这些人间悲剧,她们的柔弱身心必须比勇士更强健。

所以,在《〈武汉抗疫日记〉序》中,写有这样的话:我自横扫天下,傲视群雄又如何?尔等肉眼凡胎,岂能窥得仙人变幻!被称为仙人的全都是真人不露相,"封城"之下的武汉人,也是这样的,人和人都是一样的平凡,每个人的平凡又都各行其是,与别人大不一样。百里千里之外的人,更不用说了。

武汉"封城"的第十六天,二月七日,难得收到一条短信而不是微信:"醒龙,我是一起去三沙的老樊,从小宋的视频中看你一切好,钢钢的,就放心了。特此慰问,多防护,多保重!祝一切好！"远远近近的人现在多用微信联系，用短信的人要么是老到不愿对生活做丁点改变，要么是久不联系。老樊属于后一种。我赶紧回复他说："三沙精气神还在！"老樊同样一点也不停顿地回说："你在南海游过泳，百毒不侵！"

"封城"第十七天是元宵节，在老家黄冈是比春节还要热闹的玩花灯、赏花灯的日子，往年不管春光明媚，还是雨雪交加，大大小小的街巷莫不是被各种样式的花灯填得满满的，今年的这个日子，从早到晚，街上连个人影都没有，亲朋好友发来老家的图片，也见不到一盏花灯。武汉太大了，平常年份的元宵节，某些深巷人家偶尔会挂一挂，有点名声的是东湖公园花灯展。二〇二〇年的情况，自家门外刻有"斯泰"二字的那尊黄河石也想得到，全城上下一盏花灯也没有。在我们家，年前写好的几方福字，一直在客厅的条几上叠放着。孙女问过许多次，为什么不贴在门窗上？我能说与她听的只有一句话，等到像你这样的小宝贝们，都能在院子里开心撒欢时再贴。往昔传到现在的花灯，只能挂在每个人心里。我在老樊那话的基础上加四个字，写了两句话发给朋友们：守好心灯，百毒不侵。半小时不到，就有人将这八个字，当成元宵节辞年的敬语发给我。

不用说，老樊和许许多多的人，所牵挂的都是"封城"战"疫"这件事。

小宋是谁，我的记忆有点模糊，猜他也是一起去过南海的。对老樊的印象，都过去几年了，有在南海同舟共济一个星期的经历，依旧丁点未减。像老樊这样，在内心中默默惦记武汉的大有人在。一般人都是如此，面对武汉"封城"，不知说什么好，好不容易找到机会，该联系的赶紧联系，该说的马上说出来。

老樊这句话给人一种特殊的感动。

二〇一六年七月上旬，正值国际上类似疯狗的那些家伙甚嚣尘上搞事之际，中国作家协会和中国出版集团组织一群作家去南海。老樊是我们的副团长。那天上午乘冲锋舟去往甘泉岛，老樊人长得胖，那样的体重更有资格压住被大浪举得老高的船头，理所当然由他第一个从冲锋舟跳到海滩上。老樊没走几步，就踢出一枚锈蚀斑斑的机枪弹壳。他弯腰捡起来，拿在手里让我们看。弹壳不很完整，上面的裂纹，是被一九七四年一月那场忍无可忍的战火引爆的。当年的甘泉岛保卫战，在汪洋大海中的一座孤岛，四周顽敌环伺，军民死守待援，完全可以看成是眼下正在进行的武汉战"疫"的缩小版，只是对手大不相同。望着那枚弹壳，同行的作家们都激动起来。几年后的现在，老樊致信慰问，也许正望着摆在自家书房的这枚弹壳。老樊将我在南海游泳当成美事提及，当初可不是这样。从一开始他就背对大海，面朝我们，一而再，再而三地强调，为了安全起见，绝对不许下海游泳，谁违反纪律下海游泳，出了问题谁自己负责。后面这话是句套话，集体行动的事情，个人出了问题，集体哪会逃脱责任。老樊说话时，脸上肌肉一跳一跳的样子，至今历历在目。可惜，一到南海深处，就会发生必须对得起来过一次南海的事情，这是不以他人意志为转移的。从离开永兴岛，乘坐由退役军舰改造而成的"三沙综合执法一号"船，到达不对民间开放的军事禁地琛航岛，再换乘冲锋舟去往只有零点零一平方公里的鸭公岛，我就不由自主地将泳帽、泳镜和泳裤带在身边。到了鸭公岛，趁老樊领着大家大快朵颐，贪吃从未见过的鲜美海鲜，自己悄然抽身，在一片热带植物后面，换上了游泳行头。二〇二〇年二月七日，与老樊在短信上聊过，再翻开那一天的日记，自己曾写道：纵身跃入南海的那一刻，一朵开在海浪上的牡丹花，冷不防蹿入腹中。在南海有没有纵情过，就看有没有下海游泳。这也是那次南海之行，自己引以为傲的。内心深处，还有一点隐秘，没有与人说过。在鸭公岛前的南海中游泳，离开海岸不到二百米，自己就调头往回游。并非老樊让人在海岸上大呼小叫，在波峰海谷之间，那些叫声无法抵达。让自己回心转意，是那名叫胆怯的东西在心里敲锣打鼓。

武汉"封城"后，偶尔到小区门岗收快递，每天夜里开门放生活垃圾，甚至待在家里，门窗未开，一见到头一天的新增病患猛升到一万多例，内心深处的感觉比在南海深处游泳的滋味，有过之而无不及。南海深处不可名状的鱼儿，美丽得瘆人的珊瑚，清澈得仿佛能看到太平洋彼岸的水底，反而使人生出难以扼制的恐惧。新冠肺炎正是这样，人所尽知的致命威胁，就潜藏在岁月静好的暗处，纵然有枪有刀，有高效消毒药水，不知道往哪里使劲。往门把手上喷一下后，恨不得将整扇门都喷一遍。往电梯按键上喷两下后，恨不得将电梯上上下下里里外外都喷一遍。有医用酒精，往手上喷过了，还想从头到脚全喷一喷。分明使出百分之二百、三百的力量，感觉还是用高射炮打蚊虫那样沮丧。

从前盼望都市里的安宁终于有了，这样的安宁让人不敢享受。

从前梦想的超长假期终于有了，这样的假期恨不得一分钟也不要。

从前好想出家门就能将车速开到六十公里终于成为现实了，

这样的通畅让人连车门都不能打开。

从前总在诅咒动不动就爆表的雾霾彻底消失了，清洁的蓝天白云就在窗外，却比隔着雾霾还遥不可及。

从前的爱情总被早晚都是迷迷糊糊的时间弄得一地鸡毛，当下迷糊的一地鸡毛没有了，可以天天二十四小时牵手的爱情却变得比用长江大桥将龟山蛇山牵到一起还要沉重。

老樊提到的那个视频，是中国出版集团下属人民文学出版社暨《当代》杂志让做的。在视频中，我示意身后窗外紧挨着的一栋房子里，已经有好几个新冠肺炎感染者。后来证实，整个小区一共有九位，其中一位直到"应收尽收"截止的最后一天，才入院收治。"封城"第六十一天，我们小区好不容易拼命成为"无疫情小区"，才过几天，又来一场虚惊，差一点被打回难受了六十几天的原形。在视频中，自己口口声声表达的意思是：守住心，守住门，守住家，同九百万武汉人一道守住这座城！那时从上到下的口径，都说留守武汉的是九百万人，后来才改为一千多万人。再过几年、几十年，不说武汉三镇以外的人，自己都会怀疑，为何要说这些话，为何要在说这些话时，表现出紧张不安？说句不怕难为情的话，原因在于自身惊魂未定，心有余悸。当然，说那番话时，自己是不是底气不足还不要紧，要紧的是那些话是在给自己打气、鼓劲和加油。

这段视频是"封城"第十五天，孩子们拿着手机在家里录制的。就在前一天，泳友老邹来电话问，你还好吧？我回问道，你也还好吧？接下来老邹很客气地问了我的一些基本情况，包括泳池关门不营业，在家里用什么方式锻炼。元月二十三日上午十点武汉开始"封城",早上七点多钟,自己还如同往常一样去到也如往常一样开门营业的泳池游泳。老邹那天也去了,见面时相互问,明天是大年三十,还来不来游泳。我自己当然要来,他却不一定。从泳池回来不一会儿,服务员就打来电话通知,泳池从即刻起停业,什么时候再开门,再听电话通知。老邹在问话中,自然而然地提及一些与新冠肺炎有关的内容。最核心的当然是他问我有没有事,我问他有没有事。

知道我还好,老邹才告知一个惊人消息,也是他专门来电话的真实目的:一位经常和我们在泳池更衣室"坦诚相见"的先生,被确诊为新冠肺炎,正在做工作,有可能作为火神山医院建成后,收治的首批病患,进去接受治疗。老邹的一番话将我吓得寒毛倒竖。元月二十一日,"封城"的前两天,曾与那人在潮湿狭小的更衣室两肩厮磨。这是没办法的事,那间更衣室夹在桑拿房、热水淋浴、冷水淋浴和存放弃用毛巾的各种小屋中间,只排着两只座椅,从设计理念上也只容得下两个人。从别处泳池调换到此已六七年,天天来此,早就习以为常。不是此次严重到非"封城"不可的新冠肺炎疫情,也许永远不会将此当成问题。我这人话少,不喜欢无事搭讪。寸纱不挂之际,只顾低头穿戴,更不会与旁人多说一个字。早前遇上对方也只是点点头,"封城"前两天那次,依然如故。老邹不一样,他与对方是一个大公司的,又是公司里的元老,不熟悉也熟悉了。元月二十二日,"封城"前一天,我去得早,没有碰上。老邹去得晚,正好与对方遇上了。二人见面,热气腾腾地聊了好一阵。几天后,对方就被确诊新冠肺炎。公司一位领导,因为年终表彰活动,与上台领奖的对方面对面握了握手，再一起照相留影，就被传染了。老邹自己没事，前一阵也是哆哆嗦嗦地煎熬，生怕自己成为第三拨感染人群中的一员。熬过十四天的潜伏期，危情没有波及自己，老邹才有心思给我来电话。

说话之间，便要老邹感谢我。因为受到我的影响，从不桑拿的老邹改为每次游泳后，也到桑拿房里蒸上五分钟，虽然不及我至少要蒸十五分钟，但对比疫情发生后，所有正式发布的对付新冠病毒方法，在摄氏七十度的桑拿房里待上五分钟，足够实现对刚刚触及肌体表层的病毒进行灭活。老邹对此深以为然。因为老邹想不出别的原因，相比那位被感染的领导，老邹哪一方面都处于劣势，百分之百属于易感人群，与那位应当属于第二拨感染者的接触更密切，侥幸杀出重围，唯一的优势就是比他们多做五分钟高温桑拿。

关于桑拿，年轻时我是很排斥的。那时"桑拿"二字是色情的代名词。在我这里还因为不适应里面的高温，如同泡温泉，别人一口气泡上两小时，自己最多半小时就虚脱得不行。我喜欢游泳，是从小就有的习惯。人到中年后，为了找到一个适合自己的锻炼方式，曾经一样样尝试过，发现还是游泳最好。从二〇〇六年开始，直到如今，只要在家，每天必定早起去泳池。爱上桑拿的时间要晚一些。那一年从别的地方换到这家有桑拿房的泳池，因为听中医说自己身上湿气重，就想试试桑拿祛湿。一个月还不到，就有些神奇效果出现。最明显的效果，一眼就能看明白：从游泳到桑拿，过程中至少要喝两瓶矿泉水，从体重计上看，下水之前的体重，与桑拿之后的体重差不多一个样。也就是说，在一个小时的锻炼过程中，一千毫升矿泉水，在急速代谢后变成汗水排出体外。对于长期待在书房的人，这种效果还有哪里找得到？

"封城"之后，宅在家里想了许多，对付从未有过的新冠病毒，人体必须正常排汗、医用酒精足以杀毒一类的基本常识，仍旧是行之有效的科学。

武汉战"疫"后期，最后一位活着离开市肺科医院的患者，得益于国家医疗资源越来越丰富，这个世界上所有可以用于抢救新冠肺炎患者的器材与方法，全都在其身上一一使用过。终于拼得一线生机后，竟然还得重新练习如何走跑，重新练习如何呼吸，重新练习如何说话。

新冠肺炎疫情在武汉三镇横行肆虐，让人们再次记起"非典"偷袭中国时，横空出世的钟南山，甚至更进一步将其推崇到神一样的境界。二〇二〇年元月十八号之前，多少人在念叨，为何不见钟南山的动静。元月十九号之后，钟南山的每一句话，钟南山每次在电视中露面，甚至只是风闻了钟南山的什么，都能让千万人感怀不已。战胜"非典"的那一年，钟南山就是受人崇敬的老人。十七年过去，当年被称为壮年甚至青年的人，也已经被称之为老人了，钟南山老人还是钟南山老人！十七年前风尘仆仆，十七年后仍旧风尘仆仆。十七年前目光如炬，十七年后还是目光如炬。十七年前敢担大任，十七年后还敢担大任。有多少人崇拜科学，就有多少人崇拜以科学示人的钟南山。有多少苦寻学问的人，就有多少人崇拜学问深奥的钟南山。为了保障自身能够更加科学，为了保障自身能够承载更多学问，钟南山几十年如一日，坚持健身活动，练就铁打的身子骨，其方法有多少人崇拜和学习过？在学术泰斗钟南山面前，一万个人里至少有九千九百九十九种崇拜，剩下一个不崇拜的是钟南山自己。在不设学术贡献的前提下，换成单纯的健身达人钟南山，会有多少人崇拜他呢？若有统计结果，那一串数字不会太好看。在不太好看的数字里，哪怕只有一个人，那也一定会是我。在我们家，爷爷从不抽烟喝酒，前半生受到太多屈辱与折磨，也活到八十八岁。父亲和母亲也从不抽烟喝酒，父亲八十八岁去世，母亲已年近八十八，还能先知先觉地决定全家人在哪里过春节。我的二叔和三叔，同样从不抽烟喝酒，二叔同样活到八十大几，三叔活到八十一岁时，还能夏天上大别山避暑，冬天到海南岛驱寒。所以，我从不相信"抽烟喝酒不锻炼"的长寿秘诀，只相信"生命在于运动"的常识。

武汉"封城"第三十五天，都快到三个隔离周期了，新增确诊人数可以说成是以往存量，新增疑似还有四百零三人，就太说不过去了。曾几何时，由武汉率先施行的严格隔离方式，被那些心怀鬼胎的人骂得惨不忍睹，很快成为更多国家的战"疫"撒手锏。隔离就是用最简单的常识，让智商低于五十的人，也能清楚明白的方式，解决迫在眉睫的天大问题。钟南山们正在探索研究，需要时间才能解决的那些医疗问题，并非其他专业的谁谁，智商到了二百五十几，就有权利和义务必须大声嚷嚷的。只要将常识稍稍放在心里，就算"封城"之前有这样那样不到位的可能性，那么第一个隔离周期里就当明白如何应对。即便第一个隔离周期没有应对好，还有第二个隔离周期作为弥补，断断不可以因为极少数人在原本行之有效的常识面前我行我素，让亿万民众跟着受罪。人不能只崇拜钟南山们的学问，而不在乎钟南山们每分钟都在遵从的常识。没有常识，学问靠什么做保障？那些在方舱医院里跳广场舞的新冠肺炎患者，更懂得"生命之树常青"的常识。在运动常识上，这些人已经达到与其景仰的钟南山们平起平坐的境界。

"封城"第三十一天，夫人非常认真地说，家里快没盐了，你不能再用盐水漱口了！我有些不相信，赶紧上厨房看过，先前满满一袋盐基本空了，灶台上方装盐的小瓶倒是满的，那只小瓶装得再满也不会超过一两。我有些犯傻，不用盐水漱口，这种时候，要是口腔溃疡了怎么办？夫人也犯难，这么多年，每一回春节，我都逃不过口腔溃疡之痛，今年春节到现在，都"封城"三十一天了，也还没有溃疡，这样的纪录太难得。若是不用盐水漱口，这纪录不定哪天就中止了。

在作家同行中，自己这口腔溃疡小有名气。二〇一九年四月，在江苏兴化看垛田油菜花，溃疡又犯上了，大家在一起说说笑笑时，自己疼得连嘴都不想张开。上海一位作家在旁边脱口而出，说每次见面，你都在口腔溃疡。为此他还推荐一种名叫菊米，专治内热的神奇之物。对方说话时，别的人都不作声。绝对不是自己想多了，这样的话题引申出来，肯定会指向文学界曾经的长兄陈忠实。陈忠实就是因为一年到头口腔溃疡不断线，又不愿上医院，等到发现情况不妙，已是万事皆休。在家里，为这事，儿媳也一次次用他们单位血淋淋的例子警示我。无论如何，自己还是觉得，假使有谁因为一点点溃疡，便大张旗鼓地跑去看医生，百分之百不是男人。二〇一九年十月底，受中国作家协会安排去俄罗斯访问，武汉这边还是初秋，俄罗斯那边已是隆冬，按以往的经验，短时间内气温变化越是剧烈，越有可能出现口腔溃疡。也不知是怎么想的，忽然记起，前几年刘富道老师代夫人转告，防治口腔溃疡的简单方法：每次餐后用淡盐水漱口。世事就是这么奇特，出发之前，我专门备了一个小瓶，里面装了些盐。从武汉到北京，再到莫斯科和圣彼得堡，中途小瓶里的盐用完了，还请一位俄罗斯女孩到餐厅里要来一些。结束全部行程回到北京，再回到武汉，又再到北京，又再回武汉，接下来，又在武汉与北京之间跑了两次，来来回回多少折腾，口腔里什么毛病也没有发生。从此以后，只要出门在外，有两样东西是不能少：一小盒白茶和一小瓶盐。用淡盐水漱口，喝超级浓的前面不带"大"的白茶，都成了个人的特殊嗜好。从去年十月到现在，都快半年了，口腔情况也一直很好。

武汉"封城"之后，为了防止新冠病毒对人体呼吸道的侵犯，互联网上出现过不少奇葩办法，淡盐水漱口的升级版，就是仰头向后，让盐水在嗓子眼上呼呼啦啦地停留两三分钟，是较为经典的。新冠病毒说起来很狡猾，防范起来也就是人人知晓的那些招数：戴口罩，勤洗手，不生食，不会饮，不熬夜，不过度紧张，屋子里勤通风。这也是对付一切病患的常识，幼儿园的孩子也都懂得。问题在于，很多人瞧不起常识，不拿常识当回事。

为防止感染新冠肺炎，还有一种居家经典，每天至少吃一到两个脐橙，用大量维生素Ｃ来对抗病毒。说起来也算是天意。夫人是赣南人，岳父退休那年，欣逢赣南地区全民种植脐橙。岳父也到山里承包了一面山坡，一家人吃住在山里，经过四年深耕，脐橙开始挂果，自此以后，远在武汉的我们，年年都会收到由赣南亲人寄来的一箱箱脐橙。为了完整接受远方亲人的美意，家里也随之配上榨汁机。每年从十一月底开始，直到第二年的二月，香甜的鲜橙汁是家里最好的饮品。今年春节，来自夫人家乡的脐橙，刚好让一家人度过"封城"之后的第一个十四天。然而，这话也不能太公开地说，弄不好就会被人当成如"双黄连"那样，说成什么利益输送的软广告。

人是不能将常识不当学问的，常识是科学的基础，是学术的源起。一旦看不清常识，接下来就会看不清自己，再好的学问也没有什么能做保障了。

"封城"之后，再熟悉的武汉人，联系对方时，也会先用"你还好吧"四个字作为江湖帮会间暗语一样的试探。"封城"第三十天，二月二十一号上午，那位在一家三甲医院做到医学影像分析首席专家的朋友来微信：

"你还好吧？"

这很平常的问候，使人想到上中学时，那位乡村学究一样的语文老师，第一次给我们讲文言文，一反常态地脱离课本，站在讲台上很忘情地说，如今的人见面的第一句话会问"吃了没有"，因为几百年来中国经历太多饥荒，大家都饿急了，吃了上顿愁下顿，慢慢形成习惯。古人每天见面时，打招呼的习惯用语是"无恙乎"。语文老师说，恙是一种在草丛中聚居的毒虫，这种毒虫喜欢吃人心，就像是食人虫。古人非常害怕这种吃人的毒虫，每天早上醒来，见到别人，很关心对方夜里有没有被毒虫咬食，必定开口问上一句："无恙乎？"

新冠肺炎疫情在林立的高楼大厦之间肆虐，通过移动通信基站隔空传来一句"你还好吧"，无异于草居露处，茹毛饮血的先祖古人面对面问一声"无恙乎"。

自己回答"还好呀"，朋友才将电话打过来。接下来的对话是对三十多天前一段经历的还原。朋友毫不拖泥带水地告知，元月十七号在协和医院，带我做核磁共振的那位教授，感染新冠肺炎，好在后来康复了。不待我回过神来，他又说，那段时间里，所有医院的CT机，都在昼夜不停地工作，他的几位年轻同事，累得号啕大哭，说宁可辞职也不干了，哭过了还得再接着干。一台机器每天要检查一二百人，绝大部分人的肺上都蒙上一层水膜。朋友说的水膜，就是各种消息里说的毛玻璃和磨砂玻璃。朋友说到这里还没有打住，他进一步说明，元月十五六号以后，医院CT室才开始进入防疫状态，改为每四小时用紫外线消一遍毒。在这以前，还是按平时的操作规程，二十四小时用紫外线消一遍毒。后面的这一番话太吓人了，之前很难知道自己是否与感染者有过接触，协和医院的那位教授就是活生生的例证了。元月十四号十二点左右，我曾在市一医院做过CT检查。按朋友的说法，将时间分割成六等份，一台机器一天检查一二百人，上午按四小时计算，也有几十人。几十名新冠病毒携带者，先后在CT机里平躺着同呼吸，共命运。自己连口罩都没戴，就在那台机器中平躺二十分钟。如果事先知道，谁还会要这样的命运！三十多天，相当于最长潜伏周期的二点五倍，自己一直还好。闻听其言，还是跳起来大呼小叫地责怪朋友，以咱们这种情分，为何不早点说？朋友回答，你不是没事吗，只要没事什么都好！这话倒是真的。这些天来，各种各样的消息中，有说毫不相干的两个人，一起近距离站了十几秒钟，就中招了。似我这样，还能全身而退，若不叫好，就没有什么可以叫好！朋友没有实时告知相关情况，主要还是担心，知道真相后，我免不了会恐惧，再加上焦虑，产生过度反应，会对免疫机能产生不必要的负面影响。而我确实害怕了，通电话时分明没事，在心里，也还有无法抑制的强烈战栗，身上起了厚厚一层鸡皮疙瘩，好一阵才消退。

包括武汉在内的国内疫情得到全面控制之后不久，青岛市出现一起在极短时间内重新得以控制的散发性疫情，经中国疾控中心和山东省疾控中心开展的病毒核酸全基因序列测序，调集分析不同场景一万余小时的视频资料，利用通信大数据等技术分析各类人员时空轨迹信息数亿条，综合现场流行病学调查、大数据排查和实验室检测结果分析，判定本起疫情是一起医院聚集性疫情，确切原因是，两名青岛港输入性疫情感染者在市胸科医院隔离观察期间，与普通病区的患者共用CT室，因防护、消毒不规范致使CT室被病毒污染，进而传染了次日上午到同一CT室检查的住院患者，引发医院院内聚集性疫情。听闻这则消息时，"封城"之前在没有任何防护措施的CT机上做检查的经历都过去好久了，自己的手脚还是像触摸到十二伏的电流一样，麻酥酥的。

朋友说我命大福大。我与他说，命大是好事，福大之说不能当真，否则就会想歪心思，生出贪念来。由于膝盖不好，多年来自己一直坚持游泳和桑拿。武汉"封城"之后，实在没办法，就在家里的跑步机上，每天用半小时快走三公里。而我家的跑步机，也是一个意外。二〇一八年年底搬进新居，家里各个位置都摆设停当了，夫人又不声不响地买了一台跑步机，还脑洞大开地安放在一间卧室的大床旁边，让人觉得这是不是准备做梦时跑步。想不到非常时期，试过几次，自己就喜欢上了，运动健身非常方便。

奇妙的是，从前在东湖边慢跑，膝盖越跑越不舒服。在跑步机上，刚开始还戴着护膝，不到十天，连护膝也不用戴了，越跑越带劲。从泳池停业到上家里的跑步机，一天也没间隔。当初装修房子，我曾开过脑洞，与夫人软磨硬泡，获得恩准，在一处角落里装上一套家用桑拿房。"封城"之后，上完跑步机，再接半小时桑拿。连同坚持用淡盐水漱口，多吃脐橙，要说命大福大，那也是用人皆知之的常识修炼的。就说脐橙，按医生的意思，每天至少要吃两个。真的每天拿来两个脐橙硬吃，再好的胃口也撑不住，榨成汁就容易多了。可是，每天榨橙汁，清洗榨汁机，真的比小时候让家长逼着刷牙还痛苦。到这一步，也只能像小时候被大人逼着刷牙那样，不想做也必须做。

人到紧急时，再痛苦也会拼命一试。临时抱佛脚式的拼命，是生死关头自然生发的应急机制，想达到良好效果，多半要依靠天佑。真正善于拼命的人懂得细水长流，从俊帅的年轻时代，到沧桑的人生暮春，每天挤出一个小时，将那种"抽烟喝酒不锻炼"的歪理踩在脚下，拼六十分钟的命。当年的钟南山学长，现在的钟南山老人，一直坚持做细水长流，吃穿不愁的事，值此八十三岁高龄，才有气贯长虹的力量。

老樊提及南海游泳那次，其实只有一半是潇洒，另一半是对海洋深处的恐惧。人心有所畏惧，就能回味日常当中的各类正确。天下的生物医学工作者都在琢磨如何对付狡猾阴险的新冠病毒，科学家有科学家的头脑，科学家有科学家的方法，即便是钟南山这样顶级的专家，也是将生活中的科学，当成一以贯之的生活方式，尽最大努力让自己的体魄强壮起来，才是最靠得住、最方便，也是最佳保护措施。老樊说"你在南海游过泳",让我一直在想,一直在恐惧地设想,换一种情境,自己没有十四年如一日坚持游泳,没有七年如一日坚持桑拿,没有五个月如一日坚持淡盐水漱口,没有三个月如一日坚持喝橙汁,没有几十天如一日坚持上跑步机跑步,能否躲过泳池更衣室没有任何遮挡的传染?能否躲过协和医院已感染者的感染?能否躲过还没来得及消毒的CT机里累积的致命病毒?

武汉市中心医院急诊科艾医生也有她自己的说法。一月中下旬,他们医院的人,包括三位副院长、门办主任,医务科科长的女儿等,开始一个接一个地病倒。一月十八日,早上八点半,病倒了第一个医生。医生自己说,我中招了,不烧,只做了CT,肺部一大坨磨砂玻璃。一会儿,隔离病房的一个责任护士也病倒了。晚上护士长也病倒了。艾医生以为自己也逃不脱倒掉的命,结果一直没有倒。别人都觉得她是个奇迹,她自己分析可能因她本身有哮喘,在用一些吸入性的激素,抑制了病毒在肺内的沉积。艾医生的分析不是没道理,对新冠肺炎中的危重症患者,有一套标准的激素冲击疗法,用大剂量激素与死神对冲,效果颇为明显。"封城"后期,医生们有空了,讨论起我的眼疾,其中一种方案也是用激素冲击疗法,注射甲基强的松龙,每周一次,每次零点五毫克,共六周;再接每周一次,每次零点二五毫克,也是共六周。我毫不犹豫地拒绝了。像艾医生治哮喘所用的吸入性激素,则是相当普遍的用法。我患过敏性鼻炎,"封城"之前在几家医院跑来跑去时,武汉上空的空气质量相当不佳,为了不使自己涕泪横流,喷嚏连天,每天用曲安奈德喷鼻剂,早晚各喷一次,这样的招数不也是艾医生所分析的有效预防吗？

"封城"第六十四天，三月二十六日上午，受武汉市政府邀请，去天河机场送别新疆援鄂（援汉）医疗队，从武昌到汉口，经过长江二桥，曾经每天上班都要走过的那些地方，眼前那些标志性景物，比"封城"之前去市中医院时所见，多生长出好几种美丽，虽然视力不好，看得模模糊糊，但那种亲切感告诉自己，一切都还在，一切都将往前进，一切都可以在后来的人生中，更加丰富，更加美好。长江二桥上的通行车辆密度，差不多接近平常时候的二分之一了，拐到机场通道上，车辆一下子少了很多。在机场高速收费站，值勤人员上前查问，听说是给援鄂（援汉）医疗队送行的，他们一挥手，闸口就开了。闸口那边，往昔车辆多如虫蚁的路面上，只有两台车在跑。一会儿前面那台越野车拐进机场办公区通道，路面上就只有自己这台车了。三号进站口前，曾因扛着女儿上学要用的巨大行李箱，在进站口接受危险品检查，多待了一阵，夫人驾车在外面用极缓慢的速度行驶，等到我回来上车，通过时间只超过三十秒，就收到一张毫不留情的电子罚单。这时候完全可以放一百个心，大大方方将车停在路边。由于道路通畅，来送行的人都很准时，大家见面，刚打过招呼，一支大巴车队就过来了。令人格外震撼的是，第一个从车上下来的女孩，是那么年轻，遮去大半个脸的口罩，也挡不住青春的美丽。一开始还以为是让腿快的年轻人走在最前面，不曾料想，从每一台大巴车走出来的每一个人，女孩都是那么靓丽俊秀，男孩都是那样帅气阳刚，男男女女的眼神里，都还带着校园生活留下的青涩痕迹。若不是他们身上那些特有的标记，这些来自天山脚下年轻人，结队走过的风格与气度，与这个时节，江南各地行走踏青的青年旅行团队丝毫不差。

这一天，经武汉撤离的还有贵州、山西、河南等省市的援鄂（援汉）医疗队，一共有九百六十九人。大都像新疆援鄂（援汉）医疗队的男孩女孩那样青春洋溢，活力四射。在一般人的体会中，横草不沾，竖草不拈，实事不做，虚事不谈，仅仅只是在隔离病区睁着眼睛看几十天，没病也能吓出病来。来自全国各地的四万多名援鄂（援汉）医务人员，却没有一例感染新冠肺炎。除了身体健康，勇于献身，在他们身上所体现的十四亿中国人的决胜信念，也让新冠病毒看着就不敢招惹。

二〇一九年七月，国际知名医学期刊《柳叶刀》（The Lancet）发布了以二〇一六年的数据所作的《全球一百九十五个国家和地区的医疗质量与可及性排名》，冰岛以九十七点一分排名第一，后来在新冠肺炎疫情面前只搞"群体免疫"的瑞典排名第八，由于新冠肺炎疫情无法控制而不得不宣布放弃救治老年人的意大利排名第九，德国、法国、美国分列第十八名、第二十名和第二十九名。在《柳叶刀》报告中，位列第四十八名的中国是医疗水平进步最大的国家之一。这份报告从全世界最常见的三十二种疾病中，计算了各国居民每一千人可分配到的医生和床位资源，以及各类疾病治愈的百分比，加权而成。一般情况，人口越多，就越难以保证所有人都能接受到高质量的保健医疗服务。中国能拿到七十八分也已经很不容易了。数据还显示，中国在上呼吸道感染、白喉、破伤风、麻疹、阑尾炎、疝气、百日咳、药物副作用治疗、孕产妇疾病、慢性呼吸系统疾病等疾病治疗控制上表现十分突出，获得满分或高分。而意大利在新冠病毒所属的"呼吸道感染"这一项得的是满分。最终疫情的流变显示，抗"疫"效果好坏和《柳叶刀》上的排名没有太大关系。一次大规模传染病疫情，考验的是整个国家公共卫生资源合理调配的能力，国家公权力适度介入的水准，不同区域、不同人群，克服差异融会贯通的守信程度，用通俗简明的说法，也就是全体人民对公共制度的认可，对私人利益的克服，在疫情面前是否阻力小小的，动力大大的。中国能在极短时间内，动员四万多名医护人员紧急援鄂（援汉），这样的能量，用人的状态来表达，足以配得上"健康"二字。

我庆幸自己那些源于健康的近乎偏执的坚持，而在南海游过泳！

二〇一六年七月在南海的那几天，整个团体最关心的，在一起谈得最多的是落在武汉头上的大暴雨，导致整座城市完全瘫痪。用二〇二〇年春天的眼光来看，那一次，长江隧道罕见的禁行，市内大大小小通行隧道全被淹没，有点近乎极简版的"封城"。这才过去几年，就已经没有几个人还在意那场"到武汉去看海"的洪灾了。就像二〇〇三年的"非典"，要不是二〇一九年年底至今的这场"新冠肺炎"，太多人已不太在乎日常生活中本当铭心刻骨的那场教训。武汉战"疫"对瘟神的决胜是必定的！在走出"封城"之前，每个人最强大、最有力和最有效的武器是自己的健康，任何一个人，坚守住自身的日常健康，就是坚守住一个家庭的日常健康，每一个家庭的日常健康都不再有疑似问题，千万人口的武汉也就恢复正常了。

第三章

问世间情为何物

陆游说，只道真情易写，哪知怨句难工。

武汉"封城"前几天，自己的经历，现在心惊肉跳，将来还会心惊肉跳。在心惊肉跳中，有两段稍显特别的经历，也让自己对人世间何为真情，有了不一样的想法，也对陆游的佳句，有了自身的体会。

自媒体出现之前，新闻报道用"据消息灵通人士透露"开头，一定是国际时事。凡是内政内务，都必须有清晰的来源，最大限度地杜绝来历不明的消息，避免出现假新闻误导公众。相比那些煽情的"酸爽言语"，权威媒体发布的权威消息要稳妥许多。当然，新闻的即时性特征，可能顾后，无法瞻前。再怎么努力，也只是尽量少犯错，不可能不犯错。正常人不应当羡慕那种有着猫耳朵的八面玲珑人，有着警犬鼻子的绝顶聪明者，有着黑白通吃左右逢源本领的老江湖。某些人从特殊渠道，得到真假难辨的消息，提前准备预案，抢先规划下个动作，占些小便宜的事时常有之，吃大亏的也不在少数。比如炒股，太多听到"内部消息"提前布局某只股票的人，结果都被弄得血本无归，真正靠建"老鼠仓"赚大钱的，从来不是那些整天盯着大盘的平常之人。从普通人或者干脆称为弱势人群的角度上看，"酸爽言语"是对大多数人的不公平。

武汉是座大城市，平时习惯说是有一千三百万人口，"封城"之初，将放假的大学生，返乡的打工者，还有提前回老家过年的那些人去除后，说是留在城里的还有九百万人。大数据起作用后，这个数字又变成一千一百万左右。对于武汉，人口统计是一道大的难题，仅仅每天途经此地，去往东西南北的过客就有二百万人。

在地理上，两条江穿城而过，将城市划成事实上的三大部分。这三大部分，又因十座（马上就要变成十一座）跨长江而过的长江大桥，两条穿长江而过的长江隧道，六座（马上要变成九座）跨汉江而过的汉江大桥，被逐渐形成的出行习惯再次分割成许多区块，说是人在武汉，其实就只在汉口、汉阳或武昌的某个角落，除非有必要，通常情况下，能不跨界过江尽量不跨界过江。说是大城市，那种盛行酸爽言语的小地方遗风还在。

"封城"第七天，不知从哪里传出来消息，说是武汉三镇外围方向，各驻扎了一支紧急调防而来的防化部队。从听到这亦真亦假的消息开始，心里就憋着一句话，没有与任何人说，也无法与任何人说。自己也很明白，家人中除了八岁的小孙女，他们也都憋着同样的话不肯与亲人们说。"九八抗洪"时，一位从北京紧急赶到武汉的军报记者私下告知，有关方面已将"告全国人民书"草拟好了，一旦荆江大堤不保，武汉陷入灭顶之灾，改革开放二十年的成果毁于一旦，就会公而告之。这个很少有人听说的细节被自己写入散文《大功》中，刊载在以严谨著称的《人民日报》上，并获得该报当年的一个奖项，足见此事不是空穴来风。又过了二十多年，武汉三镇再次面临威胁更大的灭顶之灾。一道"封城令"，接着又来了几支防化部队围在城外，只要与那些描写生化危机与世界末日的电影场景稍作联想，其中意味，不言而喻。武汉"解封"之后，终于可以与人说这些时，都会发出劫后余生的慨叹。得幸政府，得幸中国共产党，得幸全国人民，反过来看，同样可以说得幸武汉，得幸一千多万武汉人！所幸没有出现万一中的万一，只有一千万个胜利！

过于重磅的消息，既不酸，也不爽，流传范围反而有限，就像上面两个例子。

所以，一般说来，酸爽言语没什么大不了，多数是为了逞口舌之快。

元旦之前去见老母亲，请示春节如何安排，她就拉着手说了我们家的一件事，实在让人哭笑不得。以她的年岁从不与外面接触，脑子里怎么会出现我们在武汉都没有耳闻的东西，想来只能是人生最后阶段，那些分管思维的神经不好使了。所谓酸爽言语，同样没什么大不了。有人活出的品性就是那样，人叫不应，鬼叫飞跑，大路不走走小路，小路不走钻草丛，草丛不走爬地洞。怕就怕假装是茶余饭后有口无心的"酸爽"，其实另有不可告人的目的。假装"酸爽"，常见于恶意人身攻击。用得最多，用得最熟练，用得最无耻的是国际政治中的舆论战，从二〇一九年针对香港，到二〇二〇年针对武汉，一次比一次恶毒，一次比一次疯狂。

"新冠肺炎"这个名词还没出现之前的那些相关消息，绝大多数传播者只是为了传播而传播，说不上是听信还是不听信。市中心医院的一位球迷医生，选择了相信，在医院足球群里奉劝同行们不要聚集搞什么"一周一练"，因为别人都不信，他愤而退群，就是很典型的事例。人们普遍以为，政府和个人早有抗击"非典"的经验在握，再厉害的传染病，总不至于超过"非典"吧！只记得天外有天，山外有山，高手之上还有高手，也就这么一点点大意，就忘记了还须防范，恶毒之上，没有最恶毒，只有更恶毒！

像我这样向来对医生敬而远之的人，对"封城"前后关于医院的事情，除了心惊肉跳的后怕，最是觉得对不起从单位领取医疗联单，送到市一医院交给我，然后陪着我在医院上蹿下跳的那位年轻的同事。"封城"后十几天，对多数同事我都问过"你还好吧"，就是害怕问他。直到二月八号，算起来最长十四天潜伏期过去，才小心翼翼地给他发了一条微信："你家情况还好吧？"他马上回我："谢谢关心，家人目前都还好。已经半月没出门了。小区上周确诊了三例后开始封闭管理。我们正在请求社区协助买点菜和药品。您最近也千万不要出门了，外面太危险了。"自己这才说："那我就放心了，特别后怕，不该带你去医院！"也是因为这事，武汉解禁前后，一般人也可以做核酸检测时，一帮同事集体做过，包括那位年轻同事在内，所有人的核酸三项全部为阴性，才最终放下心来。

去市一医院看眼科，是元月十三日下午在省政协全会分组讨论会时请假定下来的。

追溯起来，二○一九年夏天去山西平顺县西沟乡川底村，也就是《三里湾》中的三里湾时，眼睛就出毛病了。站在赵树理住过的窑洞前，抬头看黄土崖顶，有些眩晕。当时大意了，以为是眼睛老花度数加深。回武汉后，还去紧邻协和医院的一家眼镜店，配了一副价格有些"土豪"的多焦点眼镜。国庆节过后，参加一个画展，与一家民营眼科医院的投资人相识后，当即去她那里，见识全武汉市最新的一种仪器。那台仪器的检测结论是保证我的眼底十年之内没有任何问题，当时还挺开心。元月十一号上午，省政协全会开幕前半小时，被安排走委员通道。面对密密麻麻的摄像镜头，居然没有一个看清晰了。之后几天，眼眶明显红肿。十三号那天下午，同为省政协常委的一位同事在会上请假看病，自己也跟着请了假。十四号上午，进到市一医院，还没弄清楚情况，就接连被两位年轻人撞了个满怀。细看之下，那人山人海的阵势形同电视新闻里的难民潮。在人海中穿来穿去好几遍，记不清自己撞了几次别人，别人撞了几次自己，昏头昏脑的连排队挂号的地方都找不准。"封城"之后，关于新冠肺炎的文字多起来，才知道那几天的医院门诊是交叉感染的高发期。好不容易找到与就诊卡对应的窗口，那地方已有一长排老态龙钟的男女。人还没有站定，不是一声，也不是两声，而是一连串的咳喘扑面而来，躲不能躲，退无可退，更没有去想上医院来怎么就不戴上口罩呢？能做的事只有与身后的人打个招呼，假装打电话，去人少的地方待上一阵，再回来排队，再去一旁打电话，再回来排队，来回折腾几次，总算挂上号了。那天上午，整个医院就数看眼科的人少，等了两小时，一位副主任医师接诊后，用一根小棒在我眼前晃动几下，她自己先吓了一跳，说你的眼睛怎么这样了？你自己怎么没发现？

人可以看清楚自己想看的东西，却看不清楚自己的眼睛，这是人类与生俱来的致命缺陷。

得知眼疾相当复杂后，自己心情相当复杂地与眼科医生说了这句话。

因为要做各种检查，在市一医院各个楼层来回跑了个够。再回到眼科医生那里，她明确告知，自己的专长是看青光眼。我马上说，就是担心青光眼。她也马上回应，说你的情况比青光眼复杂多了。她大概能判断是哪方面的问题，而这类眼疾，只有协和医院眼科姜教授看得最好。这天是夫人的生日，自己本不想扫她的兴，可我们家的习惯，凡是有事，基本上是不能过夜的。回家后还是忍不住与她说了。夫人二话没说，上协和医院网站一查，近几天的号都没有了，只挂上了十九日下午眼科姜教授的专家号。

省政协全会于元月十日报到。一年一度的"两会"时间，除了政协开幕早一天，人大闭幕晚一天，中间的时间完全重叠。在汇聚全省精英的"两会"上，代表与委员们无不为全省近两年社会生活的巨大进步而欣喜，私下里有人偶尔提及华南海鲜市场那事，也就说说而已。知道的人只知道有种新型冠状病毒出现，内心里从没去想，不久之后就会酿成一场大灾难。可以这么说，元月中旬以前，全世界七十多亿人中，包括最早发现这种病毒的那几位医生，都不曾有过对这种病毒大流行的过分担心与惊慌。像我这样病毒知识为零的人，实在是连参与这个话题的兴趣都没有。元月十五日，省政协全会散会后，自己的眼疾似乎更重了些。于是想起协和医院唯一认识的小葛医生，就试着与她联系，说明相关情况。经过小葛医生的沟通，姜教授同意在十七日限定的专家号之后再追加一个。

武汉解禁前一个星期，四月一日，市内交通开始恢复，由于在屋子里闷得太久，那天下午四点，太阳非常之好，自己突然脱口问女儿，想不想沿着武汉内环转一圈？此话既出就收不回来，一家人马上开车出门，沿内环绕城一周，凡遇到红灯停车时，车上的我们就会开心地笑个不停。还有意在绿灯显示还有几秒钟时，放慢车速等着红灯出现，好将车停在路口，然后像做了坏事那样相互对视着怪笑。唯独车过协和医院正门时，感觉有点恍若隔世。当初来这里看眼科，沿着楼梯一层层爬，修电梯的工人席地而坐的样子，一点也没忘记。更没有忘记进门诊大楼时，一个女人用手撩起挡风的塑料门帘，迎面送来一通连珠炮般的咳嗽。在六楼眼科候诊时，一位一点也不显老的奶奶，抱着出生才几天的婴儿，在旁边晃来晃去。自己就想这么小的孩子眼睛都没睁开，怎么会有眼病呢？问过才知，是来做新生儿疾病筛查。还有在核磁共振室候检时，一名穿警察制服的男子不停地盯着我看。自己比对方先进检查室，用的时间比较长。对方稍晚进了另一间检查室，用的时间比较短。自己检查完出来时，对方已经离开了。陪诊的夫人说，对方听到叫号叫我的名字后，主动与她搭话。原来是黄冈老家的一位堂弟，快二十年没见面，彼此都不敢认了。这位堂弟有没有与那位感染新冠肺炎的教授接触不得而知，当时又没有留下电话，后来情况是不是问一声"你还好吧"就能听到"我还好"也不得而知！人生变与不变，皆在弹指之间。

按小葛医生的约定，元月十七日上午十点半，由夫人陪同去到协和医院六楼眼科，前面正常挂的号快看完时，小葛医生赶过来，看到我们后，第一句就说：你们怎么没戴口罩？听她说这话时，我们还有些不在意，只是碍于情面才表示，忘记了，下次来一定戴上！浑然不觉，这是武汉战"疫"初期，自己直接获得的预警信息！小葛医生陪着我们看完眼科专家门诊，又领着我们到旁边的小楼里，做核磁共振。隔了一天，十九号再来，拿到核磁共振诊断结果，再次由小葛医生陪着去看眼科专家门诊。见我和夫人都戴了口罩，小葛医生很灿烂地笑着说，蛮好嘛！

这一次，眼科的姜教授说，要住院做个小手术。我都同意了，他又将话收回去，改为年后再说。元月二十日上午，我去市中医院继续看眼科，在候诊室等着扎针灸时，眼科张主任不停地问前来就诊的男男女女，为什么不戴口罩？也许说得太多，她忽然冲着我说，你还没开始扎针，就怕成这种样子！张主任笑话我看着她给旁边的人扎针灸，嘴角眼角在不自主地抽搐。我有些不好意思地回答，自己从小就怕，那么长的银针，要一直扎到身子里，感觉有点吓人。张主任笑一笑，转头又问旁边一位也是扎针灸的女子为何不戴口罩。与协和医院的小葛医生明显不同，张主任说话口吻颇为严厉。女子回答说，看着别人戴口罩，都觉得心烦。也是之前听了小葛医生说话后，心里认真想过，自己在一旁忍不住说，别人戴口罩，是对你的尊重，你戴口罩，是对别人的尊重。这么说话，也是由于武汉三镇普遍警觉起来。十九号下午和晚上，国家卫健委派来的专家组和湖北省暨武汉市两级政府的主官同赴北京，参加二十日上午，我们在扎针灸时，国务院正在召开的紧急会议。一夜之间，整个武汉对新冠肺炎的警觉程度大为增强，但也还没有强到必须强令"封城"，人人强制戴口罩的地步。

人必须相信直觉，直觉是集自己过往人生之大成，凝练而得的超常智慧。

直觉从不曲里拐弯，直觉就是直来直去，一点多余想法也没有的觉悟。

在市一医院看眼科，电梯里的人太多时，干脆走费时费力的自动扶梯。去检验科查血化验时，因咳嗽发烧在那里等着要查血象的人太多太多，反正是要叫号的，就去北风呼呼没人愿意靠近的，通往室外的廊道口独自待着。再去做脑部CT，那里的人比检验科查血窗口的人少很多，候检人好像不是来看病，而是比赛谁的火气更大，一个比得上十个，另一个就比得上二十个，吼声震天，唾沫横飞，都说自己等了若干小时。于是就想着，索性去朋友所在的另一家医院去做。电话打过去后，朋友一反常态，顿了顿后，建议我不要多跑路，可以去市一医院住院部那边试试，一般情况下，住院部那边人会少很多。朋友也是省市医学影像分析方面的资深专家，按他指的路径去后，果然只等候十几分钟就轮上了。

有些选择是没得选的。比如许许多多拍胸片的人共一台CT机，别人仰躺着进检查舱后保持正常呼吸，不管前面有多少人中了新冠病毒的招，自己也不能趴着进检查舱，更不可能憋十五分钟不呼吸。那时候，人人都不戴口罩，也就没有想出做眼部检查时，可将口罩里的夹鼻铁线取下来，戴着口罩做的办法。比如做核磁共振，人家是教授级医师，并不知道自己被感染了，人声鼎沸之际，为了将彼此的话说清楚，听明白，尽量凑近一些，自己总不能退避三舍。

常说患难见真情，真情常在，人却不能常懂。

在市一医院，眼见CT检查超常火爆，一向好说好商量的朋友却不让我去他那里检查，也没有明确说出原因。"封城"第三十一天，他才打电话来问"你还好吧"，说起当初我们通话时的情形，他已经一连数日加班加点，那些一个接一个的水膜肺，将他们科室的几个年轻人都折腾哭了。几十年的专业素养让他心知大事不好，却没有轻易将未经权威验证的事情，用酸爽言语传出来。小葛医生也差不多，在陪我们候诊时，有很多机会，说说她所了解的从"不明原因的肺炎"到"新冠肺炎"的种种，宁肯用女子常用的温柔、艾怨与嗔怪，深深感动我们。这样的感动，不只作用于一时一事，还可以成为典范，在往后的日子里，树起一道每每使人容易记起来的标识。那些看上去脍炙人口的酸爽言语，准确和不准确，科学与不科学，只是一锤子买卖，说对了会被别人当成半个铁嘴，说成驴唇不对马嘴也没有什么亏本的，下次再来点猛料，继续沿着"酸爽"滋味一路说去。一般这类话题，要的就是"酸爽"，能适度通经活络，不可以血脉偾张。在"酸爽"趣味中，时政才是大热门。只有与时政搭上边，才引得起"酸爽"效果。也只有与时政紧密关联的如此这般，作为传染病的"不明原因的肺炎"，才能引爆世情。传染病是一年到头天天都有的事情，二〇一八年元月一日零时至十二月三十一日二十四时，全国（不含香港、澳门特别行政区和台湾地区）共报告法定传染病发病七百七十七万零七百四十九例，死亡二万三千三百七十七人。其中，甲类传染病，鼠疫无发病死亡报告，霍乱报告发病二十八例；乙类传染病共报告发病三百零六万三千零二十一例，死亡二万三千一百七十四人。假如这些数字的万分之一，一例接一例全都弄得很"酸爽"，结果无非两种：一是情绪崩溃，二是心理麻木。国家卫健委平均每天要判断和处理两万多病例，这简直就像咱老百姓出门看大街上的车水马龙，不是出了擦碰撞毁事故惹人围观，车辆越多，越熟视无睹。惯于欣赏"酸爽"的，就像有人当了多年股民，对所持股票的品质知之甚少，全部机巧都用在想方设法打探该股票背后的故事，最终亏就亏在太相信故事。设身处地去想，身为医学影像分析资深专家的朋友，在雄峙武汉三镇的协和医院工作二十年的小葛医生，没有将还不确定的疫情随口说一说，放在大环境中理性思考，自己更多的是感谢。如此情愫，是一千多万武汉人共同的。覆巢之下，安有完卵。火山口上，岂能独活？就像"封城"，军令如山，命令既达，不分彼此，唯有同舟共济，共度时艰。

人，对正途，要信守；遇捷径，要慎行。那样机巧的空城计，诸葛亮都不敢用第二次。最便捷的华容小道，差一点成了曹操的人生绝路。为了少吃亏，少吃苦，不误入歧途，互通有无可以理解。为了得到别人得不到的好处，互相"酸爽"的不一定是真朋友，剪径大盗多藏身于天知地知你知我不知的去处。在大灾大难面前，比如天干地旱时，小溪流来得再亲密，也不能指望它来补水，能源源不断帮忙灌溉的只有浩大河流。能将个人情感适当融入这源远流长，这样的人生会很充实，也很可靠。

一段真情，风前孤驿，雪后前村。

此情此景，有说患难见真心的意思。

"封城"前夕，一个星期里前后四天，泡在三家医院，自己这辈子很少有。假使元月二十三日没有"封城"，之后任何一天都不"封城"，这种少有也会风云飘散，了无痕迹。协和医院的小葛医生那里，每天接诊病人两百上下，几天下来，提醒别人要戴口罩的次数，有成百上千。那位医学影像分析的资深朋友，慕名上门拍片的人不在少数，因故婉拒一些是很正常的事。他们说的那些话，甚至不是有意而为，只凭着职业习惯。真的知道新冠病毒，是那样的狂暴肆虐，绝对会是另一种态度，另一种模样。

突如其来的"封城"，突现人性高度，发掘命运深度。

一句平常话，一件日常事，都有了很大的意味。

"封城"的日子里，让人有别样感动的是一位朋友在电话里说："列宁同志已经不咳嗽了！他已经不发烧了！他可以下地走路了！他已经没有痛苦啦！"这是少年时看过几十次的苏联电影《列宁在一九一八》中的一句台词。成年后难得再看这样的电影，却有朋友记得这部电影的大部分台词，相聚之际，往往只要对方开始模仿，管他说没说完全部句子，满场子的人就已经笑得人仰马翻。一九一八年八月三十日，列宁遭到暗杀后，数不清的群众经过焦急的等候，终于等来一纸让人欢呼的病情简报。二〇二〇年春天，朋友在电话里说这话时，自己实在忍不住泪眼模糊，感觉像是听到有人在宣布：

——武汉已经不咳嗽了！

——武汉已经不发烧了！

——武汉可以自由行走了！

——武汉已经没有痛苦了！

"封城"第一天，大家忙得不亦乐乎，到处抢购物资，顾不上紧张。

"封城"第二天，大年三十，本来就是没事不再往外跑了，加上"封城"，四面八方突然安静下来，那种不知所措的慌乱，突然被一阵接一阵的紧张所替代。上午十一点，铁凝主席来电话，问过家里的情况，再三再四地表示问候。从年三十开始，来自各方的问候与祈愿，使得手机每天要充三次电才能保持通畅，一块新换的电池很快又变成浮电占到差不多一半。往年这时候拜年的吉利话也是一阵阵，今年情况特殊，每一个来自远方的问候，都是那么令人感动。所谓物极必反就是这样：越是关心得不同凡响，越是表明事态严重，因而心情越是沉重。从未有过的"封城"，激起的悲壮感，让心里壮烈得融不了，化不开。自己也免不了意识到，只有足够坚强，才对得住远方来的惦记！于是就写了四句话回复诸位：不说谢谢，只致坚强。因为有你，我心昂扬！

真理从来是刻板的。灾难发生之前，任何人都无法预料灾难会可怕到何种程度。关于灾难的真理，那模样也像是三生三世还没翻过身来的苦大仇深。在应对极度恶化的疫情时，因为有全中国的你，身陷孤城的我才能坚强与昂扬！这么说来，从道理上讲毫无问题。这不是真理，而是真情！前几天，在几家医院所碰上那些表面上略显不通人情的事，骨子里是世上最真的真情。

也是"封城"第二天，也是大年三十，收到由兰州寄出的十包医用口罩。

这是武汉"封城"战"疫"，自己亲身感受全国人民爱护武汉、支持武汉的第一例！

"封城"前四天，元月十九号，在协和医院看完眼科专家门诊，刚进家门，就接到兰州诗人叶舟打来的电话，说自己正好在兰州最大的一家药店门前，听说武汉这边疫情严重，要买些口罩寄过来。那一天，武汉全城对疫情的轻视态度在越来越大的范围开始扭转。在现实里，这种改变只是重视程度的初步强化，不用说武汉和湖北，整个中国，乃至全世界，都没有人能够预料，四天之后，这座千万人口的都市，六千万人口的省份，一夜之间就被彻底封闭起来。我有理由哈哈大笑地对叶舟说，没有这么夸张，家里有几只口罩就够用了。电话那边的诗人坚持要寄，一直不肯放下电话，不得不将地址给他时，很无可奈何，觉得局外人就是喜欢小题大做。"封城"前三天,元月二十日,再去市中医院继续看眼科专家时,在电梯里听两位医院职工议论,科室发了一点口罩,要求他们每一只要用两天。这之前到协和医院被小葛医生面带愠色地提醒,自己终于戴上口罩,内心并无显著变化,否则,就不会自投罗网再来市中医院看中医眼科专家。在电梯里无心听到的话,提醒自己是不是也要准备一些口罩。接下来才发现,中医院所在的黎黄陂路,来回蹿动的全是想买口罩的人,那几家从不缺医疗用品的药店,一只口罩也没见着。所幸,诗人叶舟从兰州寄来的这些医用口罩,保证了全家六口人在"封城"之后的应急之用。正如防盗门和纱门,前者可以应对小偷,后者只能阻隔蚊虫。"封城"之后,了解到预防感染的知识,细看之下才发现家里先前存的那些口罩,是防尘用的,是那弱不禁风的纱门,而新冠病毒岂止是小偷,是那明火执仗,杀人越货的强盗。再看从兰州寄来的口罩,还是自己老家黄冈一家工厂生产的。谁说大难来时各顾各?人与人的情分,想都不用想,总会有某种金丝银线连在一起。

武汉"封城",让北京人也跟着空前紧张起来。"封城"第一天,腊月二十九,《文艺报》一位副主编从北京来微信提前拜年,顺便问及有没有难处需要帮助。她这一说,自己就不客气了,要她尽可能寄些口罩,还有连花清瘟颗粒或胶囊。对方马上下楼上街,将近处两家药店里的口罩与连花清瘟全买下来,并随手发了顺丰快递。

"封城"之前,武汉全城的医护用品就已经严重紧缺,当时还以为医疗卫生系统不会有问题,有问题的只是民间。"封城"第二天,大年三十上午,随着各类消息的广泛流传,疫情和舆情变得越来越严峻，新冠病毒也在口口相传中变得越来越恐怖。在铺天盖地的求助声浪中，特别要命的是，以协和医院为首的武汉各家医院，医护用品全都是零库存，没有哪家医院不在公开呼吁社会各方紧急支援。我问过协和医院的小葛医生，发在互联网的求助函是真的，实际情况比求助函里写的更严重。

正好老家在湖北老河口的作家陈怀国来短信：醒龙好，给你和全家拜年，祝新年一切都好！我因为孩子春节值班，留在北京。你在武汉吗？有信息说武汉口罩紧张，如你和亲朋需要我给你寄些过去。我赶紧告诉他，连协和医院都在走公开与私人求助两条线，急需口罩、防护服、护目镜这些。特别是口罩和防护服，都是一次性的，消耗很大。请他在北京想想办法！陈怀国真够义气，年三十到大街上跑了一圈，找了几家大一些的药房问过，全北京都断货了。原本以为这事不行了，想不到下午四点多钟，陈怀国来电话，他在石家庄找到四千五百只口罩，让我赶紧将地址发给他。

同行朋友的仗义，也让自己有了别样的信心。

"封城"第五天，元月二十七号，上午得到消息，协和医院的小葛医生要上火线，直接到发热门诊的重症隔离区，更严重的问题是医院配给的防护服太少，原本四小时一换班，不得不延长到八小时，甚至更长时间。防护服穿戴好了就不能解开，在重污染区解开防护服，人就不是人，要么是将人当成铁打的医疗机器，要么就是抱着爆破筒的杨根思，用自己胸膛去堵机枪眼的黄继光，横下心来要与敌人同归于尽。也是情急之下，不去想那么多，便直接给在北京一家部队医院工作的一位青年作家发去微信，要他一定想办法找些防护服寄过来，还不管合不合适就将小葛医生的联系方式给了他。柔弱得可能只有四十几公斤的小葛医生也要上火线，不知道也就罢了，一旦知道了，是不可能无动于衷的。首先是军人，其次才是作家的黄冈同乡，没有让人失望，最终找到四件防护服，第二天一早就快递来武汉。

其实，我与小葛医生前后只见过三次面。第一次是去新疆，我们一行名叫院士专家援疆团，小葛是随团医生，一路上说话最少，最受大家欢迎。第二次是前几年去协和医院体检时偶遇。武汉"封城"之前去协和医院看眼疾是第三次。自打初次见面，就有一种无法改变的印象。觉得她太像阿列克谢耶维奇在《战争中没有女性》里描写的女医生和女护士，那些女子体重在四十五公斤上下，上火线拼死抢救战友时，往往能背起体重接近一百公斤的苏联大兵。战争结束多少年后，那些女医生与女护士回忆起来，人人都不敢相信，不知自己当年将负伤的战友背下火线的力量从何而来！小葛医生上火线十四天，撤下来轮休，在微信上说过一句话，自己穿上防护服时，真有一种上战场的感觉。可见我的感觉是对的！

武汉战"疫"后期，协和医院给我寄了一封感谢信，还以为是小葛医生知会了院方。后来才知道，寄给小葛医生的快递，被医院的"公家"在半路上打了秋风。非常时期，寄到医院的物品，只要写明防护服、护目镜或者口罩什么的，一律收起来统一配置使用，从道理上讲也是无可厚非。比较世界各地疫情暴发后，某些国家强行截取其他国家医疗物资，类似海盗行径是必须谴责的。那一阵，凡是寄往武汉的物件，若不写明医疗用品，任何快递公司都不收寄。这种等同于"此地无银三百两"的效应，后来询问时才弄清楚。听说这些东西都没到小葛医生手里，自己就近与卓尔集团的阎志联系，请他将刚从海外采购回来的医护用品匀出一些。还将小葛医生的手机号给了他，让具体办事的人，直接将防护物品送至小葛医生手中。这办法很管用，二月二号上午，二百件防护服，一百只护目镜，中途没有任何拦截，直接交到小葛医生和同她并肩作战的医护人员手里。一般人做同一类事，是不可以重复相同套路的。这一次，这个规律也破例了。随着战"疫"行动从医院深入到社区，省文联党员突击队要下沉到疫情最严重的硚口区下属的一个社区，却没有一件防护服。同一栋楼办公的省作家协会也来告急，我不得不再次找到阎志，用俗话说的，从猴子嘴里抠出枣子来，要他再拿出一百件防护服，两百双防护手套，五百只口罩，分给省文联和省作协。说这些话时，真的很不好意思。阎志再三说，这是太小的事。在他那里，动辄是震撼社会的过亿捐赠。相形之下，这种点对点的小事，同样令人动容。

站在生命个体角度，有时候，一只口罩，一件防护服和一只护目镜的意外获得，会是人人都能感觉到的至上道德。

人在拉萨的次仁罗布，寄来两件防护服。"封城"第三十天，协和医院的小葛医生在微信中发了一张收到快递的照片，上面有寄件人的名字。小葛医生此时已撤离火线，一边休息，一边隔离，她上网查次仁罗布的名字，知道是一名作家，就想是不是我的朋友。我这才想起来，当初给他发过求助微信后，他满城跑了个遍，大年初一那天找到两件防护服，却无法寄出。若不是次仁罗布终于将两件防护服寄到协和医院，我都快忘了这事。

人在徐州的周梅森，从深圳寄来一只护目镜。多少年前，我的文学上的兄长姜天民，向《青春》杂志投寄后来获全国短篇小说奖的《第九个售货亭》，责任编辑正是周梅森。姜天民不幸英年早逝，留下四岁的女儿若知，与母亲相依为命，极为困难时，姜天民的妻子宁肯到学校门口摆地摊卖小商品，也不向姜天民的生前好友求助。若知大学毕业后在市中医院当医生，秉承母亲的品格，天塌下来也不向亲朋好友求助。武汉"封城"后，我曾询问过，她说没事。疫情越来越严重时再问，她也只是说，正在等通知，通知一到，就要进隔离区。这样时刻，当然会想到周梅森。夜里一条短信发过去，他即刻回复：好的，马上办！随后他不断发来短信，告知各种曲折，才终于将四十八只口罩和一个护目镜，由顺丰快递发给同行作家的遗孤。

为了若知医生，还联系了赵本夫。若知也清楚，赵伯伯是父亲生前最为看重的朋友之一。她不想麻烦人家，我却管不了这些，毕竟若知是中国作家的女儿。再往深处想，所有在火线战"疫"的医生护士，又有哪个不是中国文学的儿女？一条短信发完，本夫兄隔天就回复：收到，很着急。这边也买不到，女儿几天前网购三百个N95口罩，几天没来，昨天要求退购，说是无货。我让女儿再想想办法！珍重！第三天，本夫兄再来短信说，已让女儿买到二十套防护服，二百只护目镜，直接寄若知了。

"封城"第六天，中国新闻社记者采访时曾说过，自己请朋友帮忙找来的这点东西在这场武汉保卫战中起不了太大作用，它所传递的天下中国人都是自家人的情怀，才是孤城不孤的力量所在。更多的人，明知N95口罩用黄金也买不到，凌晨两三点，仍旧在那里四处帮我想办法。比如济南一位曾在医院工作过的女作家，与她说过后，她比孤城中人还着急，实在弄不到时，还要一遍遍地道歉，像是犯了天大的错。

"情怀"二字，说的时候很多，用到的时候也很多。如何面对情怀，当然是一门大的学问。真实的情怀，往往没有学问那么复杂，她的得来，她的付出，总是在不经意间。人在危难之际，首先想到的总是熟悉的人和熟悉的环境。在文坛几十年，手机里保存下来的两千多位联系人，多半是自己的同行。"封城"之下，与外面联系并求助的自然多是同行。这么多年，唯有武汉"封城"这一次，自己将全部联系人，从头到尾重新阅读一遍。不仅见到陈忠实、红柯这样去世多时，却不忍删去的兄长和老友的名字，也见到一些被记忆尘封的熟悉的陌生人。原则上只要觉得对方可能与医疗机构有关联，就不管三七二十一，将短信或者微信发过去。手指刷屏的那一刻，根本没有去想，自己这么做，合适不合适。

武汉全城危情稍有缓解，心情踏实了一些，再想此前一系列冒昧唐突之举，竟然得到那么些作家同行的支持，想来只有一句话才能解释：同舟共济，相互信任！文坛很小，其间三六九个人，大都耳熟能详。文学很大，大到高山仰止，海阔无边。像家在老河口的陈怀国，当初读他的中篇小说，写一个普通农家的军人梦想，简直佩服得五体投地，与其见面已是多年以后。像周梅森，今人熟知由他编剧的《人民的名义》，而他早在八十年代就以一系列中长篇小说傲视文坛。二〇〇三年，我们一起在重庆参加最高检举办的一个活动，他就萌发念头，写一部关于检察官的作品。当时大家都不看好，不是才华问题，是题材太敏感，十几年后，他竟然真的拿出这部高难度大作。还有赵本夫，本夫兄雄峙一方之际，自己还是个青涩的文学青年。所有我致信求助的这些同行，都是淡淡交往，像本夫兄，已记不得前次见面是在何时。像周梅森，也只依稀记得多年前参加一个活动，我们坐在一起，他戴着刚刚配上的助听器，说了几句话后，忽然生气地将助听器摘了下来，宁肯大声与我们交流，也不再戴那恼人东西，而我已不去南京久矣。世上之事，是真性情，反而不会俗到三天两头通话见面，扯些鸡毛蒜皮婆婆妈妈的淡事。

文坛之上，是真作家，三十年不见面，没音讯，一朝有话带到，断不会袖手旁观。

"封城"第二十五天，二月十六日，第一次从媒体上看到精确到个位数的统计数字：二月十五日统计数据显示，当日防护服库存七万二千二百一十九件，日需求量七万七千六百八十件，缺口五千四百六十一件；N95口罩库存十三万六千四百五十五件，日需求量十二万五千二百四十六件，库存剩余一万一千二百零九件；医用口罩库存五十六万二千七百件，日需求量二十七万二千六百二十八件，库存二十九万零七十二件；面屏口罩库存一万六千七百五十八件，日需求量一万五千五百三十六件，库存一千二百二十二件。消息还说，拓展各类供给渠道势在必行，情况还是不容乐观！

"封城"第二十六天，贵州省文联主席兼作协主席欧阳黔森从贵阳来电话。作家们说话普遍讲究艺术性，欧阳黔森不一样，向来说话干脆，不拖泥带水，这时候更加开门见山，开口就说，我个人给你们捐一万只医用口罩，支援一下湖北文艺界的同志们。

收到这一万只口罩，省文联几百号人都很感动。文联下属十几个协会，有那么多的活动要做，突击队员和志愿者们天天要到社区协助战"疫"，实在太需要了。"封城"的第二十八天，又收到河北省作家协会党组书记王凤寄来二百只口罩。她后来还说，真不好意思了，我只是想着尽点力。在武汉"封城"进到所有社区一律实行封闭管理阶段，之前个人预备的防护用品基本用尽的时候，如是如斯，老祖宗传承下来的说辞——雪中送炭和久旱甘霖，已无法百分之百地表达其意义，日后汉语词汇中必须增加一条：武汉"封城"送口罩！在普通人那里，送人以口罩相当于以半条人命相赠。对于在火线拼死战"疫"的医生护士，多一件防护服，很可能会多一条命！

不久之后，武汉疫情基本控制住，就等于湖北疫情基本控制住和中国疫情基本控制住时，海外疫情开始暴发，在越来越惨不忍睹的现状面前，有视频爆料，英国人索性将口罩当成硬通货。由此回溯，在武汉疫情上升到最高点之际，突然有一万只口罩天外来援，任谁拿硬通货来，也不会与之交易。

"封城"第四十七天，三月九日，江汉（卓尔武展）方舱医院即将休舱，来自内蒙古妇幼保健院的内蒙古第二批援鄂（援汉）医疗队九十九名护士，虽然非常盼望早日回家，真到了这一天，大家反而格外不舍，不少人特意从休息地赶来，为的是再多待上一天。从二月六日一早有患者收治到江汉（卓尔武展）方舱医院，到二月十日入住患者达到满员的一千五百人，这家方舱医院，是始终将文学摆在个人生活第一位的阎志，于危难之际挺身而出，捐建的十家战"疫"医院中的第一家。从始至终都没有中断过文学梦的阎志，曾说文学作品才是自己的心血之作。一场战"疫"大仗打下来，十家战"疫"医院，不仅是心血之作，更是拼命之作。

同行之间，遇事出声是一种相互了解，不出声也是一种相互了解。作家们信奉用作品说话，最瞧不起如电影界自嘲"戏不够，歌凑数"的套路。作品是作家安身立命的东西，别的事情，作家们做了也不会四处表功。武汉战"疫"的情形不同以往，记录这些同行，能让人体会到那些微不足道的普通举动背后，那种比汉水长江还要源远流长的深情。

那位进方舱医院只带一只箱子，康复后离开方舱医院时，带走的是两只箱子的患者是幸运的！文学这行也差不多，在艰苦卓绝的奋进过程中，遭到淘汰的人太多，走到最后的切莫以为自己真的就是天才。比如姜天民，论才华，至少在湖北，没有谁个比得上！姜天民从文学大军中走失了，回不来了，才华也被人世尘埃淹没了！正如那位带一只箱子进方舱医院，康复后带两只箱子回家的患者，世上所有活出个作家模样的人，只有一只箱子是自己从娘肚子里带来的，另一只箱子里全是社会的给予！

将心比心，以己度人，天下作家哪个不孤傲清高？平素喜欢独对书香，擅长笔走龙蛇于纸上，无力也无心于世俗经营。能在世界屋脊上找到两件防护服，能在明星都市寻得一只护目镜，在太多作家那里都是难以完成的艰巨任务。换作自己，假如别处有事，需要此种支援，很有可能像大多数作家那样，心有大爱，却无小用。这不要紧，有那深情的声声回复也是一样的。那也是伟大支援的重要组成部分。一个人的能力有大小，我深深信任这些全力做好每件小事的同行，一不小心他们就会写出惊世骇俗的大作。伟大的作品从来不是用大话狠话来写的。做力所能及的小事，写才华能够处理好的小事，是那行稳致远的唯一正途。

"封城"第二十九天，二月二十日，武汉中心医院一位医生，轮休才两天，就主动请求再战，返回医院时，除了穿上白色的防护服，戴上护目镜，外面再套一件蓝色的隔离服和再加一副面屏，此外还戴了四层帽子、两层口罩、两层手套和两层鞋套，这才穿过清洁区，进到病房。对比"封城"第二十五天，二月十六日，公开披露的医疗物资窘迫的状况，在那些天，这么"奢侈"的装束，会被认为是对同行的"谋财害命"。在医疗物资保障极其缺乏的初期，一只口罩的支援，有着惊人的意义。天下没有会说话的口罩，没有会说话的护目镜，没有会说话的防护服！如果口罩会说话，如果护目镜会说话，如果防护服会说话，它们一定会告诉世人，正是这样一只口罩、一只护目镜和一件防护服，及时敲掉了那些邪恶病毒的毒牙，让一位白衣天使得以安全回家，继续做一个好母亲，好妻子，好女儿！只要缺少这一只和这一件，困守武汉的一千多万人心里，就有可能多出一份永远也无法挽回的愧疚与伤痛！

"封城"第三十天，因为一个电视专题片，我对着镜头说：武汉谢谢你们！湖北谢谢你们！虽是职责在身，于我也是掏心掏肺、披肝沥胆的。一个时期以来，自己头一次将内心一直要说的谢谢，大声说出来。

"封城"期间，在我供职、客串和兼职的几个单位，在一些亲朋好友才知道的家庭旧址那里，积压着一些由于小区封闭而无法过去领取的快递。毫无疑问，这都是那些每天早起打开手机，关注武汉战"疫"的作家同行寄来，请我转交的医护用品。因为这个时候的武汉，只有医护用品才能搭上快递小哥的电动车。我不知道都是谁在寄送，我只知道，无论城内还是城外，相较于来自祖国各地千军万马的支援，相较于阎志们的百万千万的支持，太多的中国亲人都在用自己的方式做着看上去显得很小的事情，只要能替医护人员抵挡一个班、半个班，在自我心里就是天大的意义所在。还有曾以为是一块净土的神农架，一位小伙子，于风声鹤唳的二月四日，驱车十六小时，将家乡游子紧急筹集的一万只KF94口罩、两千套防护服、三百个护目镜，由江苏昆山送回家乡神农架，沿途情形每前行一公里就要紧张一分，车上有那么多防护性能更符合标准的口罩，自己却舍不得换，就是那只普通消毒口罩也一戴就是十几个小时。这些一样一样的小事情，都无愧于良心与良知，都有伟大的意义。

"封城"之下，长街空寂，唯有数以千计的快递小哥还在马路上奔波。一台台电动车上堆满同样只能是医护用品的包裹。特别是那些只有拳头大小，一手能抓起两只的包裹，或许就只装着几只口罩。这些堪称命运快递的包裹里，装着乳养中国文学的天下中国人，为拯救武汉而付出的最大努力。孤城之中，当不熟悉的你和你们，将仅有的几只口罩支援给我和我们，这是最大的鼓励，也是要致以最强烈的感激。

传说中的诺亚方舟很大，大到能够让人类在地球彻底淹没时，承载足以使地球起死回生的各类生物种源。"封城"之下的武汉正如一艘大船，这船上的个人，即便没有可以划水的桨，危难之际，在自己的位置上，往风帆上吹一口气以助力前行，都是远比争论船帆是惨白还是洁白来得重要的壮举。"封城"之下，一千多万江城儿女，除了抵达胜利的彼岸，没有第二种选择。历史总是将时光拉得很长很长，长到以十年百年为纪事单位。等到了那样的背景，今天我们所付出的惨重代价，所换取的将是在拯救地球，拯救人类的这次行动中，永载史册的胜利。在这样的胜利中，每一点，每一滴的人间温情，都在重现"问世间情为何物，直教生死相许"的旷世之美。天大的事情也终归是要过去的，留在天地间的只有这非物质的永恒之情！

第四章

九七年的老白干

我要坚决地感谢那种讨厌道听途说的愚钝。

我要坚持"封城"时节与千户近邻过相同日子的愚钝。

我要对命定的愚钝表示骨子里的忠信。

我更要对家中那两瓶一九九七年的衡水老白干，致以五体投地的敬意。

绝境之中，这两瓶衡水老白干用天无绝人之路的点化，象征万物有灵的理论原点。求索路上，这两瓶衡水老白干的来龙去脉，与流行病学中的查证方法高度吻合，可见日常所见的基础常识，只要没有被歪曲和扭曲，肯定要比让人摸不着头脑，对反思之反思再反思一类"学术"更加管用，也更有效。

武汉"封城"第五十四天，新增确诊的病例少到只有四例。再减少下去就能清零的关头，新增病例不是由封闭隔离的疑似者转变而来，说是"封城"之后从没有出过家门的人。都说新冠病毒再次表现出其诡异流氓，却由不得别人不高度怀疑，那"从没有出过家门"的真相，是不是真的是真相？武汉"封城"第六十天，全国新增确诊四十六例，公告指其中输入性新增四十五例。一开始百思不得其解，四十六减去四十五，还有一例呢？隔了一会儿，最新消息称，剩下一例称为输入关联性。也就是有从境外回来的人，将密切接触的某个人感染了。从消息里看不出他们为何密切关联，这也不是故意将新冠病毒神秘化，是新闻要素所限，来不及说得太仔细。然而，在现实情况中，确有一些病例表面不知为何感染，找不出其上下关联所在，实际上是在保护自己那不能言说的隐私。说到底，不是病毒有多么流氓，而是人性中掺杂了多少欺瞒。

"封城"的一些事情，惊涛骇浪，席卷而来，很快又风平浪静，波澜不惊，就在于凡事追求事半功倍，想毕其功于一役。想一招置病毒于死地还可以理解。想一招非要认为是病毒的同谋者于死地，就不可能发现真相。那五十多天"未出过家门"的新增患者，是不是害怕太多软暴力的报复，而藏着无法示人的难言之隐？

人世之事，凡是着眼点在事，所言说的真相，只能是某些人或者某个人想要的真相。而将关键放在人身上，寻找到的真相，才是事物的本来面目。

想不到当年街头踩"麻木"者视为心爱之物的老白干，武汉"封城"后能起到近乎悬壶济世的作用。这些事物，若在平和的日子，很难有进一步的思索、思考与思想。在天大地大的灾难面前，就像《蟠虺》开篇所写"识时务者为俊杰，不识时务者为圣贤"，愚钝成了我在湖北土地上见过的利川千年水杉、竹溪千年金丝楠、黄梅江心寺的晋梅和荆州章华寺的楚梅那样坚定的历史生长者。

平平常常的透明玻璃瓶，旧式汽水瓶一样的压盖，商标贴纸老土得没人想看第二眼。这么多年，两瓶衡水老白干，一直堂而皇之地摆在客厅的柜子里。到过我家的朋友，可能不记得有哪些难得一见的藏书，大都记得这两瓶"不要脸的水"。这话是兰州诗人叶舟说的，某次，他来武汉，之后一起去三峡，去秭归，去屈原祠，在一家依着长江水，抚着江南风的酒店吃饭时，他用黄河水一样的笑容对我们说，来两瓶"不要脸的水"吧！他后来解释，这话不是他创作的，是一位唱花儿的歌手唱出来的。

花儿中的句子，明明白白地写在大西北不毛之地上：酒是不要脸的水！

一九九八年元旦之前，一个人带儿子，将初来武汉的日子过得颠沛流离。栖身在汉口解放公园路市文联大楼三楼的办公室里，这两瓶"不要脸的水"跟着我放在单位办公室里。办公楼装修，办公室不能住了，在单位对面的市委党校要拆未拆的旧楼里过渡，这两瓶"不要脸的水"也跟着在那没有一块玻璃是完整的破房子里漂泊。办公楼装修好了，又随我回办公室。后来终于有了正式住所，这两瓶"不要脸的水"像家庭成员一样，在客厅的柜子里，拥有自己的固定位置。之后每次乔迁，它们都大大方方，理所当然，优先占着家中最聚焦的地方。见过的人和听说过的人，都奇怪我又不喝酒，留着这种既没有观赏性，又不能增值，隔着玻璃瓶闻起来都觉得烧心的衡水老白干，有何用处？曾经以为自己只是恋旧。这么多年，每到一个地方，总会选择一两样东西带回家。时间隔久了，再见到这些物件，就会在心里仔细搜索，回忆一些已经成为过去的点点滴滴。对于男人，用酒来强化记忆，就像女人心里藏着的情爱，时间越久，越显珍贵。实在没有想到，二〇二〇年春天，武汉"封城"期间，两瓶一九九七年的老白干，这用花儿来赞美的"不要脸的水"，还有别的更紧要的用途。

"我也不晓得是在哪里感染的！"

"我也不晓得哪里会被感染，哪里不会被感染！"

这是新冠肺炎疫情暴发以来经常听到和看到的两句话。

事情真相，有表象和深层两种。人间之事，常有预兆，只是看我们在意或不在意，重视或不重视。

一夜之间，就将千万人口级的武汉市彻底封闭。

这样的大事，说有预兆，谁曾见到或感觉到？

若说冥冥之中，丁点预兆没有，也不是事实。

二〇二〇年元旦前后，在家里整理书房，将从办公室搬回来的几十箱书，一一摆到书架上，准备以后半生的"新常态"迎接庚子年春节。凡是过手的书，无论新旧，都要打开看上一眼。某次信手一翻，正好见到关于牛顿的一些文字：一六八七年，四十四岁的英国数学教授艾萨克·牛顿发表《自然哲学的数学原理》。根据他的好友，天文学家埃德蒙·哈雷记录下的牛顿与自己的对话，这本惊世骇俗的著作的主要内容，是牛顿在二十二岁到二十四岁时，过于无所事事，才思考研究得出来的。时值一六六五年前后，刚从剑桥大学毕业的牛顿，不得不离开大学回到"无所事事"的老家林肯郡。这一年的伦敦，暴发了历史上著名的大瘟疫，几十万英国人感染上鼠疫，四十万人口的伦敦，死亡人数就达到八万。国王查理二世都弃宫出走，拖家带口躲到伦敦郊外，年轻的牛顿更是无法留在伦敦。武汉"封城"第十九天，各类学校因疫情无法正常开学，学生只能住家上网课。记忆中忽然有灵光闪现，感觉自己曾经触碰到这方面的内容。好在"封城"有大块时间，自己重新找了一通，再次找出来，证明印象虽然有些模糊，记忆本身却没有问题。也许是自己稍微想多了一点，反正就是觉得，那次信手一翻，见到牛顿的那些文字，应当看作是一种预兆。当然，这种事信则有，不信则无。

武汉"封城"第五十七天，意大利当天确诊病例五千三百二十二，一直不信邪的美国，新增确诊病例五千八百九十二，宣布全国上下进入战时状态的法国新增确诊病例三千二百六十五，中国以外累计确诊病例达到十六万九千一百一十一，相比中国国内累计确诊病例八万一千三百零七，已远远超过一倍多。单从数字上看，与日后动辄总计百万，日增一两万相比，区区几千实在不值一提。但在疫情不断蔓延的这一天，各种大赛纷纷推迟或暂停，一直宣布要如期举办的东京奥运会，圣火传递抵达日本宫城县，在直播点火的过程中，奥运圣火被大风吹灭了多次。全世界的人都说这是不祥预兆。

五天之后，武汉"封城"第六十二天，世界卫生组织召开新冠肺炎疫情例行发布会，总干事谭德塞表示："新冠肺炎大流行正在加速。从确诊首例到全球病例数达十万，花了六十七天时间；而达到第二个十万仅用了十一天；第三个十万仅用了四天。可以看到病毒蔓延速度是如何加快的，这让人悲痛。"根据统计数据，美国确诊病例从三月十六日（美东时间，下同）突破四千例到三月二十三日突破四万例，只用了七天时间。而根据之前的统计，意大利新冠肺炎确诊病例从突破四千例到突破四万例，用了十三天。依据约翰斯·霍普金斯大学数据，截至三月二十三日下午，美国新冠肺炎确诊病例为四万三千二百一十四例，二十四小时新增确诊超过一万例，单日确诊数全球最高。还是约翰斯·霍普金斯大学实时统计数据，截至北京时间二十四日上午十一时，全球新冠肺炎确诊病例累计三十八万一千二百九十三例，美国确诊病例达四万六千三百三十二例。在这样的背景下，国际奥委会宣布，鉴于新冠肺炎感染患者数量急剧增加，国际奥委会需要在不同的状况下采取措施，在与东京奥组委、日本政府和东京都政府讨论后，完成疫情对奥运会冲击的评估，决定推迟东京奥运会举办时间至二〇二一年夏天，延期后的奥运会名称仍保留"东京二〇二〇奥运会"。

现实情形摆在那里，冥冥中自有深意，信与不信，由不得人。

武汉"封城"当日，朋友的孩子联系好了去外地最后一个航班的机票，回头才说，为保住家里的根，让奶奶和爷爷带上刚刚一岁的孙子火速离开武汉。当奶奶的却对孩子说，爷爷是政府的人不能离开，爷爷在哪里奶奶必须跟在哪里，自己不走，孙子也不能走。接下来的日子里，爷爷从腰部到大腿出现带状疱疹，无法去医院，就在家里苦熬了四十天，疼得最难受时，躲开全家人，独自找个角落咬着牙呻吟。七口之家中，有两位从头到尾就没断过与新冠肺炎神似的毛病，好在终于挺过了七十六天。

同是"封城"当日，郊区一名男子察觉身体有问题后，悄然登上开往拉萨的火车，近四十小时旅程，他不吃不喝不拉，自始至终戴着口罩，还尽一切可能不去触碰身旁的物体。火车抵达终点站，男子径直走进拉萨最好的一家医院，明明白白地告诉接诊医生，自己可能感染上新冠肺炎。经过检测，他成了全西藏地区唯一一例新冠肺炎病患，也成了唯一行程数千公里，却没有感染别人的新冠肺炎病例。这个故事流传甚广，每一个讲述者都对其称赞有加，以武汉当时医疗资源之紧缺，很难说能得到何种治疗。人在拉萨，就会享用顶级的医疗救治。还有说，男子看得最准，拉萨地处世界屋脊，缺氧导致的肺部疾病较多，治疗经验比较丰富，对付新冠肺炎更有把握。此事是真是假，不便求证。另一件事，是真实的，而非传说。武汉"封城"当日，出城通道尚且做不到彻底封闭。武汉的近邻咸宁，湖北的近邻湖南，这些邻近地区内部，区县乡村的毗连处，来不及堵路截道。有熟悉的几位，平素轻易不做出头鸟，偶尔出镜抢风头，也是将利害关系反复权衡过了，这一次居然乱了方寸，宁肯接受每位一千元的高价宰割。说是包车，其实就是买通当地的私家车，经由省道、县道、乡道和村道，赶到长沙，乘上最晚一班高铁，抵达南方某城。其中一人，刚在朋友圈中不无庆幸地披露过程之复杂惊险，就发病，之后竟成了全城新冠肺炎的第一个死亡病例。

冥冥与昭昭，通过各种深意，有的化为明明白白的警世恒言，有的继续其隐喻与暗示。

在当时，一点也没有多想，更别说将牛顿写《自然哲学的数学原理》与武汉"封城"扯到一起。

武汉"封城"了，活生生的人，身体能够到达的地方，也就卧室、书房、客厅、厨房和卫生间，好一点的人家还能加上阳台。实在困扰得没办法了，就再加上从家门口去往公共垃圾桶的公共廊道与单元门厅。今次武汉"封城"，像牛顿所说"无所事事"时，绝大多数人选择做拇指一族或者日夜追剧，打发时光。一六六五年的英国，若也有手机和肥皂剧，二十来岁的大学生牛顿，是否会选择思考？用今人的眼光来看，实在是一件没有把握的事情。

"封城"之下，重新提及牛顿的这段时光，并非试图论证其他，而是追忆那段时光里，人类历史上第一次用自我隔离方式，阻止瘟疫传染到别处。过去、现在和将来，都是悲壮残酷却行之有效的最佳办法。

在英国人眼里，一六六五年秋天，一片飘飞的黄叶都是致命的！被称为黑死病的鼠疫自伦敦开始肆虐，很快感染到邻近的牛津郡、肯特郡等地区，八万亡灵，让半个英国人人自危。所幸当年没有飞机，没有火车，也没有汽车，地理上的天然屏障，让英国的另一半还算安宁。然而，一块夹带着跳蚤的布料，从伦敦寄到德比郡谢菲尔德附近的埃姆村，将英格兰中部的宁静祥和彻底打破。那位年轻健壮的裁缝，收到布料不几天，突然暴病身亡。接下来，邻居们不断染病与不断死亡，让埃姆村人一天比一天绝望。为了寻得一条求生活路，村民们找到村里最德高望重的先生。万万没有想到，这位德高望重的先生却劝村民们不要离开。令人震撼的是，埃姆村人最终一致同意，将自己的村子封闭起来，里面的人不能出去，外面的人也不能进来，宁可自己死，也不能让鼠疫传染周围的村镇！一六六六年六月二十四日，埃姆村正式"封村"。十四个月后，埋葬完最后一名死者，三百五十人的村子，活下来的只有八十三人。埃姆村人的自我牺牲，拼死坚持，避免人与人之间的接触，防止疫情扩散的办法，正是现代医学中的隔离检疫。

三百五十五年后，武汉"封城"的第五十天，英国最著名的报纸先后发布两则消息，一则是英国政府将实施"群体免疫"方式。英国卫生部下属的英格兰公共卫生署于近日传达给英国卫生系统高官的"秘密简报"显示，在这种方式下，英国新冠病毒疫情或将一直持续到明年春天，并将导致七百九十万人因感染住院。真的按照"群体免疫"标准，出现百分之八十人口感染情形，以死亡率百分之一计算，将有大约五十三万多人死亡，以百分之零点六计算，仍有将近三十二万人死亡。另一则消息是说，现年九十三岁的伊丽莎白二世已于三月十二日前往温莎城堡，如果疫情进一步扩散，她将与九十八岁的丈夫菲利普亲王在桑德林汉姆庄园进行自我隔离。白金汉宫位于伦敦市中心，工作人员多，被认为感染病毒的风险更高。白金汉宫大约有五百名工作人员，温莎城堡有一百人，而桑德林汉姆庄园只有少数工作人员。此情此景，与当年查理二世离开伦敦颇有几分相似。

将两则消息放在一起，联想花儿所唱，人间美酒，真是不要脸的水！

在武汉"封城"后，以十四天为一个隔离计算单位的第三和第四个隔离单位期间，对照某些嘴脸，这样一句花儿，再加上另一位河西奇人老马在微信朋友圈中所说，对酒是不要脸的水，当会有更深入悟出。

老马的原话是：人与瘟疫的关系，有点风助火势，狼狈为奸的意思。

这话是不是还有下半句，不得而知。感觉应当有，老马他想到了没有写出来，或者写了没有贴出来。就历史与现状来看，人与瘟疫狼狈为奸，要么是人的一厢情愿，要么是新冠病毒确实太聪明了，不管是在亚洲、欧洲、非洲和美洲，都能做到张弛有度，进退自如。举个不太恰当的例子，说新冠病毒与那些打家劫舍杀人越货的家伙差不多，是对它的糟践。那些十恶不赦的家伙，有几个做得到全身而退？杀人不难，打劫更不难，邪念顿起，拿上快刀钝斧，上路便干。难的是坏事做绝了，还能堂而皇之不受惩罚。聪明的病毒早已抽身打转，原想借势而上的那些嘴脸，那些手足，还在替它守着场子，喊打喊杀。由此判断，人与瘟疫狼狈为奸，主要还是那些嘴脸，那些手足，别有用心地一厢情愿。

三百五十五年后，在中国，仅仅是武汉，有多少个埃姆村式的小区？有多少个埃姆村式的楼栋？有多少埃姆村式的家庭？有多少埃姆村中的爷爷、奶奶、外公、外婆，有多少埃姆村中的父亲、母亲、儿子、女儿？单单从人数上讲，一千一百万人口的武汉，相当于三万一千四百多个埃姆村。日不落帝国子民异想天开的"群体免疫"，真是说什么来什么，一人之下，万人之上的当朝首相首先中招，大难不死，重回唐宁街后，再也不提"群体免疫"之事，该封闭的，该隔离的，毫不手软。在大西洋彼岸，以不戴口罩为"政治正确"的某人，越敢说新冠肺炎不是病，按此逻辑，只怕越不会好到哪里去！

"封城"第十九天，二月十号，星期一，农历正月十七，小孙女所在的小学上第一堂网课。上午八点二十分，从电脑中传来一位女老师柔美恬静的声音，疫情肆虐中，沉闷的家庭一下子有了生气。上午十一点，上道法课，讲湖北省的地理方位。小孙女边听边画了一幅方位图，下课后小孙女拿来给我看，图中各种关系都对，就是方向错了九十度，将北方画在西方的位置上。我用自己那点基本的地理知识告诉她，任何时候，将地图拿正了，上方是北，下方是南，右边是东，左边是西。也没有任何提示，就和小孙女背诵起小孙女的爸爸上小学时总在背诵的童谣：早上起来，面向太阳，前面是东，后面是西，左边是北，右边是南。在童谣声中，"封城"封得像是被灌了整整一车混凝土的脑子，一下子轻灵许多。如果不是"封城"，孩子们不得不住家上网课，不太可能亲眼看见八岁的小女生在课堂上的可爱表现。下午两点是语文课，那位女老师一上线就点了一位学生的名让给同学们讲课文中的两句诗应当如何朗读。接下来，又以相同的问题点了孙女的名。孙女很冷静地点了一下屏幕上自己的号码，有板有眼地回答说，第一句"泥融飞燕子"中有"飞"字，是动态的，读的时候要有停顿，能体现动的意思。第二句"沙暖睡鸳鸯"是安静的，读的时候要连贯温和一些。小学语文中的古体诗，都这么学习了，站在一旁听来，实在让小学生时期的爷爷自愧不如。这第一天的网课，直接开讲"迟日江山丽，春风花草香"，岂止是与孩子们说，还让与孩子一起待在家中的成年人，怀想盛唐时期也免不了的那些痛惜。杜甫这诗是如何写得的，当另说。千年以后，"封城"战"疫"，"今春看又过，何日是归年"，足不出户，眼睁睁看着春天降临，春天逝去，正好读着这诗，难道是文学的命中注定？

眼前的情形，无法不使人去想，在数不清的网课课堂里，会有某位少年英杰，青年才俊，在埃姆村式的封闭中，命中注定走上与当年牛顿类似的道路，因为困在家中，因为无所事事，而触发对自身天才的彻底发现、认知和实现。

武汉"封城"第五十五天，数千里之外的四川阿坝州小金县抚边乡高卡村，前一夜的大雪压坏了线路，村里停电断网。女大学生小胡在离家八百米，海拔三千八百米的雪山上，发现两格比较稳定的4G信号。"我就回家把本子拿起去那个地方上网课了。"独坐两小时，网课快结束时，邻居家的几个孩子也闻讯到小山包上来上课。在银装素裹，雪景迷人的阿坝，靠父母养羊与种植供其求学，在雪山之上寻找4G信号，不耽误一堂网课的女大学生，还有那几位邻居家的中小学生，先不说未来会不会成为新的牛顿，至少会是牛顿式金字塔的一部分。

"封城"之前整理书房时的无心所见，对于我们这些俗人，所提醒的并非牛顿不牛顿，是每个人的浑身解数，在不利的环境中以最佳方式继续向着正确方向发展，不被太多的无所事事所屏蔽，不被太多口水形成的超级流量冲撞得失去基本理性，避免掉到乡下俗语所说，连吃屎都要争个输赢的陷阱里难以自拔。

武汉"封城"超过五十天时，世界疫情出现反转。三月十五日，中国之外累计感染人数，首次超过中国国内累计感染人数。就在中国人倒过来开始担心世界的不幸时，意大利的一处街头，一位中国人想上前与几位流浪汉说说话，问问他们对"群体免疫"的看法，离得老远，那些相互之间也隔得老远的流浪汉就打着手势大声嚷嚷，不让别人走近他们的"露天隔离区"。不过他们还是回答了自己为何不怕新冠病毒，因为他们爱喝酒，爱那些"不要脸的水"。

用道理说酒是不要脸的水！

用花儿唱酒是不要脸的水！

并非真的指责酒不要脸！不要脸的是那些拿起酒瓶是醉鬼，放下酒瓶又摆出架势装作神明的人。

农历己亥年年底，公元二〇二〇年年初，被称为过年的日子，是一年一度，物以类聚，人以群分的交往，密度最大，时间最集中的生活小周期。往年这个时节，城市乡村，只要是拿筷子吃饭的地方，没有不迎来送往，排长队等着翻台子的。这几年，有反腐利剑高悬，单位之间、公务之名的应酬没有了，便依着辞年旧俗，亲朋好友互邀互请，这种俗世礼节还是免不了。表面上过年只与好吃好喝的美食相关，本质上是用汉语做母语的人们对各自春夏秋冬生活的一次总结。一般"酸腐"文人，整天泡在汉字中，力图将大家都认识的这些字，摆弄成古往今来不再相似的文本，能让别人看得兴趣盎然，参加这类"总结"的机会也就略多一些。往年腊月间受邀太多，还没等到除夕和初一，身心就已经疲惫不堪。这年腊月间，自己重新给自己定了规矩，谁的饭局也不去，谁的好酒都不喝。虽然自己的年龄问题不是太好的借口，用来应对那些还活跃在名利场上的人，成功率还是挺高的。这种不想外出应酬，纯粹是心理上的，与公元二〇一九年最后一天，自媒体上刮起"非典"再现的风潮无关。与绝大多数人一样，那天上午，我在微信上问了两个人，一位在省红十字会工作，一位在《湖北日报》工作，二位的回复与见诸公共发布平台的信息完全一样。随后自己的日常生活也与一千多万武汉人完全一样。不同的是，自己心里多出一种从前总听老一辈人脱口而出的声音：人老了，喜欢静，不喜欢闹。

"封城"在家，曾与八岁的小孙女开玩笑，说她叫了八年爷爷，终于将爷爷叫老了。

小孙女也调皮，说她只叫了七年，有一年她还不会说话，所以，这一年是我自己老的。

人老了，也好，也不好。学会老母亲的那种淡定，就是家中一宝。学不会也不要紧，只要记住，哪怕老奸巨猾也还能让人接受，就是别倚老卖老，为老不尊，老不正经。太把自个当成人物，太以为自个已然泰斗，说的和做的，未必深刻，也未必不是恶毒，到头来落得个老龟割肠下场。为人一生一世，与钟南山比呼吸病学专业能力，基本上都要甘拜下风。钟南山八十四岁高龄的活法，才是为人到老最要学习的。从"非典"到"新冠肺炎",十七年间,钟南山的专业水平提高了多少,不是外行人所能评判的。同在人间,显而易见的是钟南山品格的高大上。全国人民都惊慌时,他是那么坚毅。一半世人在吆喝时,他是那样淡定。另一半世人在狂喷时,他在泪流满面。更加紧要的是他在科学面前谦虚谦虚再谦虚,严谨严谨再严谨,知道的也不夸海口,不知道的决不爆粗口。在手工业时代,年长的手艺人都能凭借见多识广,客串料事如神的诸葛亮。到了互联网时代,历久弥坚的经验与日新月异的信息,仍然有得一拼。信息爆炸和宇宙爆炸,说起来挺吓人,也还是有经验轨迹可循。不用到八十岁,人活六十几,单是见识,面对最前沿的量子物理对经典哲学的挑战,也能狗扯羊肠,来几套漂亮话。年轻气盛的儿子马上不客气地说,你就不要琢磨量子哲学了,将这个问题留给五百年一遇的天才解决去。我真的就老老实实地怀想,自个为何舍不得两瓶衡水老白干?在这一点上,我有理由认为自己不比五百年一遇的天才差多少。至于新冠肺炎如何防,如何治,就算有人点名逼着我表态,我也只会说,还是听钟南山们怎么说,钟南山们才是这方面不可挑战的权威。

老老实实承认自己是资深外行,也是一种守土之责。

在世所未见的病毒面前,三朝元老算个卵,三千年的老妖也只能躲进盘丝洞。

当今世事,越老越外行的太多太多。硬是不以外行为致命,在家庭,正如长舌者,能生生毁掉一个家庭;在团队,就像变态狂,会活活离间一个群体。科学有时候特别不讨人喜爱。科学会逼得一个泼妇去骂街,而不会令其为病人指点迷津。科学会导致一个恶棍去蹲监狱，而不会让其管理医院救死扶伤。在普通人眼里，科学就是不许那些有邪念的人为所欲为，不许那些没底线的人肆意妄为。从二〇二〇年元月二十三日，武汉"封城"第一天，直到二〇二〇年四月七日，武汉"封城"的第七十六天，也是武汉"封城"的最后一天，甚至在可以见着的将来，连钟南山们都在反复对各种试图抢占先机的结论使用"没有证据表明"时，那么多有头有脸的人，用令人叹为观止的方式，推崇一些似是而非的道听途说，真是今古奇观。

钟南山们如此受人欢迎，第一是学问好，第二是说真话。

"在家待着，没感染的可以防止感染；有感染的可以不再感染他人。"

这种大白话三岁孩子也听得懂。相信所有在"封城"之前，婉言谢绝吃请的人，听到这话后，都曾表扬过自己。

在生活中待得久了，生命本能就会通过潜意识发挥作用。

从元月初开始，自己颇似条件反射，一次接一次拒绝邀聚。如果必须相信，在危机四伏的重大事件上，六亲不认的命运，还是会用某种方式进行暗示，我会选择生理反应，而不会依据心理反应。心理反应会因人因事因时有所不同，比如不高兴，不开心，不耐烦等，都是上一秒钟与下一秒钟完全不同的无厘头。生理反应更加诚实，痛就是痛，疼就是疼，恶心就是恶心，吃不下这顿饭就不肯吃这饭，喝不下这杯酒就不会喝这酒。

我愿意将经过体力与脑力双重消耗，才出现的前因后果，看成天苍苍，野茫茫的某种暗示。二〇一六年行走长江全线，同行的人总是看不到我所看到的，我也说过这是母亲河对我的暗示。

实际上，也是由于生理上的体力与脑力比别人消耗得太多。比如，我会站在江水边长久地发呆，让心灵的触觉抵达江心和江底。我会站在雪山下让暗识努力爬过冰川，去看当地人视为魔鬼的藏羚羊，我会在通天河边将别人当成狗的动物狠狠地看出狼的模样。

当我对自己一而再，再而三，拒绝他人好意，有了深层发现，才由生理上的暗示，回到心理上的愧疚。好在对于我这样的受请对象，对方也是重在表明心意，至于到不到场，根本就不是个事。

这样的拒绝有多少次，不值得去数，只有两次记得特别清楚。

一次是老家的堂弟来，送了些他家里做的挂面、豆丝和糍粑。他一再强调，糍粑是连夜做的。还让我用手去摸，特别是糍粑，有与冬季最冷时候明显不一样的体感。还有莲藕，也是来武汉之前才从藕田里挖起来的。莲藕上的泥巴有些干，还有些黄，与好藕出在烂泥中的说法不大相同。我却清楚，老家的藕田和藕塘，全在丘陵上，难得有真正的烂泥。若不是巴河藕品种好，换了别的品种，种在这样的地方，只能长成埋在泥里的柴火。再有一袋三十斤装的大米，堂弟一再强调，这是巴河水灌田种出来的。堂弟以前不是这么说的，他曾说老家的田地全靠牛车河水库的水灌溉。堂弟后来发现在外面的人都看重巴河，因为牛车河水库的水是要流进巴河，他改口说巴河水灌溉老家的田也没错。堂弟这么强调，是为了铺垫这袋米不是他家的，是另一家亲戚的。黄冈人就这样，替人做事，生怕没有办好，常常弄得比自己的事更当回事。的确，不是堂弟再三强调，我会请他将这袋米从哪里来，再带回到哪里去。在我们家，平时就两个人，吃不了多少米。这么多米，放久了岂不是白白坏掉，暴殄了家乡之天物。我没有这么说，堂弟自然也没有这么做。

那袋大米因为体积的关系，一直非常抢眼地存在于家中。经常提醒着自己还有一处老家。虽然记得，虽然牵挂，却做不到实打实去关心。身边的小家有六个人，同城弟弟家和妹妹家，加起来有十几个人，加上分散在黄冈各处的亲人，共有二十几位。若加上已故二叔一家和即将面临惊天变故的三叔一家，人口数字就更大了。每次问过安好，电话刚放下来，便是旧时担忧的新开始。还有一个因素，"封城"之后，黄冈疫情急速飙升，懂行和不懂行的都在说，黄冈将会成为第二个武汉。还有说得更严重的，黄冈将超过武汉成为疫情最危险地区。老家那一大垮子的人，黄冈全市感染的基数那么大，取平均值也会摊上几个。专门打电话回去，问一句"你还好吧"，人家若不好，这么说会增加痛苦。人家若好，这么一说等于废话。与其没有丁点实际的东西，还不如什么也不说。在武汉的家乡人，偶尔相互问候，说起各自老家所在村子，也都一样，不好问，也不敢问。

"封城"的第五十六天，有关黄冈疫情的通报上出现极好的消息，朋友圈中的黄冈人，都在转发用一个大大的"〇"字做成的图片，意思是从确诊病例到疑似病例，从住院治疗到隔离观察，全部清零。谁也没有想到，之前最危险的地区，竟然如此快速实现"无疫情"！见到这大大的"〇"字后，我才打电话给堂弟，拨了两次都没有接听。第二天，也是"封城"的第五十七天，主要疫情指数清零，也出现在湖北和武汉疫情公告中。全武汉、全湖北、全中国，乃至全世界，都在盼星星，盼月亮，盼云开日出，盼枯木逢春，盼海枯石现，盼来的"〇"字，终于落实在我们的

"封城"生活里。独自呆坐片刻后，我再次拿起手机联络老家。

这一次，很顺利地联系上堂弟。电话那边，堂弟的声音压得很低。听我问村里的疫情，堂弟说，村里本来一个感染者也没有，但还是死了一个，他正在死者家里办理这事。堂弟向来如此，那些听着不顺的话，不用急着打断，多听几句就明白。死者是村里两位老人家的养子，平常住在黄州城内，户口也在黄州，大年初几就死了，因为"封城"，也没有人来与老人家说说话。黄冈昨日公告，全境归零，今天堂弟受托专程上门致哀。电话那头，听不见别的背景音。可见那二位老人家早就在心里哭得不能再哭，泪水流得无法再流，悲伤也忍得无法再悲伤。我还是多问了一句。堂弟的回答与我听到的情形一致。二位老人一句话也没多说，一件事也没有多问。曾有医生说过如下一段话："元月三十号我早上来上班，一个白发老人的儿子才三十二岁就死了，他就盯着看医生开死亡证明。根本没有眼泪，怎么哭？没办法哭。"堂弟面对的情形也差不多。四乡八里，就这两位老人的孩子走了，放在平时，是要与天同悲的。然而，新冠病毒像是剥夺了白发人送黑发人的悲伤权利。与所有新冠肺炎逝者家里情形一样，哀愁袭来，老人们安静地接受事实的模样，让日月星辰都不敢有掉一滴眼泪的动静。

停顿了一阵，堂弟问我清明节回不回。这事当然不是我能决定的，武汉头一次清零，这么大地盘，不定哪天又会冒出一两个患者。就算顺利，能够连续清零十四天，也不会赶在清明节时，一声令下，城门洞开，一千多万人，闷了两个多月，不要说回乡祭祖，仅仅是出门踏青这点事，就能将全城道路挤爆。自己所在的小区，在市里公布的无疫情榜单第三榜上还找不到，左邻右舍，楼上楼下，上千户人家就已经跃跃欲试了。

老家的村子，紧挨着318国道，"封省""封城"时节，县里还在村边的318国道上设了一道卡。来来往往的检查人员特别多，村里的人都不敢马虎，这也直接帮了大忙。村里有台轧米机，堂弟送来的一袋米，就是这台机器轧出来的。"封省""封城"之初，这台机器还开着，天天打谷轧米，为这事，村里挨了唯一一次批评，还差点被通报，那台轧米机才停下来。堂弟说着话就谈起打造"美丽乡村"。我说，黄冈疫情如此严重，村里一个感染的都没有，其他抗"疫"工作也只挨了一次小批评，有这个基础，再努点力，一定能成功。

我告诉堂弟，若不是年前他送来的一袋米，我家就成饥民了。

真是万万没有想到，"封城"的第四十天，这袋米就派上用场。在家里打开米袋，情不自禁地对家人们说，还是黄冈好啊！家人们说，那是当然的。这米做的第一顿饭格外香。离老家最近的马曹庙镇上有家米店，前些年，每次回去，都要去那店里买些本地大米带回武汉。老家一直留着一定面积的田，不种杂交水稻，只种按当地农民一代代传下来的方式选种育种的本地水稻。与土鸡蛋、土猪肉一样，被叫作土大米。由于太紧俏了，有一年没有买着，就托朋友，等了大半年也才买了五斤，后来就放弃了。

同村的一个人，在汉口开了一家酒店。也不知有多少年了，每次见面，都邀请我去看看。堂弟更是将这事记在心尖尖上，每次来武汉，就会替对方邀请。这一次堂弟送米来，又替我约好了，要我随他一起去汉口，在武汉的几个刘姓同乡也要去，大家一起坐坐，就当是在武汉的刘家人一起提早过年。前几年，自己一直没有去成，是真的有事。这一次，自己分明一点事也没有，一个人在家，可心里偏偏有个声音在强烈地阻止。我与堂弟说，今天自己哪里也不会去，就用你带来的这米煮一锅香喷喷的粥，天王老子的酒席也没有我会享受。那一天是元月九号，离武汉"封城"还有十四天。堂弟失望地离开时，我心里除了略带愧意，丝毫没有想起别的，更不可能去想，那位同乡的酒店离华南海鲜市场有多么远，多么近。等到华南海鲜市场爆出横扫江城的燎天大祸，才想到，二者之间，如唇如齿，近在咫尺。"封城"第五十七天，与堂弟通上电话时，自己很想问问那家酒店的情况，话在嘴边挂着，终于还是没有说出来。此时此刻，提起这类话题，自家人之间还是会生出一些不必要的敏感。就像自己周围，私下有某某人感染的传闻，想要证实时，却没有人能拿出硬核的东西。老家那大的垮子，没有一个人感染，摊上这天大的好事，还有什么好追究的呢？

相比之下，自己婉拒的另一次宴请，明显不同。

二〇一九年国庆小长假最后两天，受邀与几位同行一起去贵州赤水参加一年一度的茅台酒文化节。之后写了篇小文章，将天下善饮之人分为五种境界：最无趣者，每有山珍海味，便欢呼着将酒拿来助兴。最糊涂者，无论佐餐菜肴是甚，均要来上三两二两。最清醒者，并无任何佐餐之物，与朋友对谈并对饮。最快活似神仙者，与镜面相对时大夸镜中人并且与之同饮。最是一种人，一杯饮尽，略一闭目便小梦一场，醒后又饮，再梦再饮，不管天高地厚，其意什么都是，什么都不是，什么都明白，什么都不明白，什么都得到了，什么都没有得到，酒即是自己，自己也即是酒，一杯一杯饮下去的也都是自己。人还没有回来，与茅台酒厂有几十年业务往来、与郑板桥有二百几十年交情、被人戏称为扬州第八千八百八十八怪的朋友，就邀约要在武汉聚集一回。

"扬州第八千八百八十八怪"的茅台酒，之前喝过一次。那一次，与他极熟的一位作家来武汉，非要我陪，因而也是见识了茅台酒的弯弯道道。"扬州第八千八百八十八怪"刚从外地赶回武汉，连家门也没进。为了避免平常酒桌上时有发生的那种尴尬，"扬州第八千八百八十八怪"顾不上别的，当着我们的面打电话给家人，明明白白地吩咐，将放在什么位置上，包装是什么样子的酒带过来。惹得我们不能不开玩笑，要他再与家人补充说明，将床底下的藏着的酒拿过来。

二〇二〇年元月十五日下午开完省政协全会，一回到家里，"扬州第八千八百八十八怪"就来电话，他已约好几位喜欢舞文弄墨的人，十九日一起坐坐。说话之间，我答应了。放下电话那一刻，心里就后悔，不该说那词不达意的废话，应当直截了当地说出自己的想法。因为头一天，到市一医院看眼科专家门诊，病情有些复杂，心生不小压力。好不容易让自己想通了，人生中遇上的事情，都是必须经过的坎，过得去，过不去，看上去是各种各样，都是早有安排。也正是想通了，使得自己对一些事情的理解又淡了一些。隔了两天，"扬州第八千八百八十八怪"再来电话确定时，自己一个字也没有多说，一个字也没少说，将自己不参加的决定，用"参加不了"四个字，告诉对方。

表面上，这事就这么了结了，潜藏在背后的故事还在延续。

　　"封城"前四天，元月十九日，是我第一次戴口罩的日子。后来才知道，正是从这一天起，大名鼎鼎的N95口罩，拿黄金也换不到。自己戴的口罩，只能防止灰尘打扰口鼻，用它来抵御奸诈狡猾流氓无耻的新冠病毒，简直等于用纸包火，用筛子挡水。我和夫人就戴着如此这般的口罩，将汽车停在协和医院对面的武展停车场，再穿过人流滚滚的地下通道，钻进人与人前胸贴后背的电梯，直达协和医院，在自动查询台上打印出自己的核磁共振片子，再糊里糊涂地经过已将发热门诊分开来的急诊科，上到门诊大楼六楼的眼科，看过专家，商量好春节过后，再来做一个"小手术"，又拿了一些药。沿原路返回停车场时，特意去一家麦当劳，吃了一份套餐，再打包带上四只鸡翅，往天河机场，接从澳门回来的女儿回家。一路上我们分秒未离口罩，却不知如此这般的口罩是那聋子的耳朵。

　　这些事情与故事延续的关系不大。"扬州第八千八百八十八怪"邀请的某位才是关键。"封城"的第十五天，这场自己不曾赴约的会饮已经过去十九天时，泳友老邹来电话告知，泳友中有人感染新冠肺炎，这位感染新冠肺炎的泳友，通过业务上的接触，传染给老邹的老总。老邹的老总与"扬州第八千八百八十八怪"十九号晚上邀请的某位，则是雷打不动每天必须近距离亲密接触。老邹只知道同是流行病学意义上的这位亲密接触者，紧张得要死，每天要吃几大把药，测十几次体温。老邹不知道，若是将他们的老总看成是再接触者，"扬州第八千八百八十八怪"邀请的某位就是再再接触者。十九日晚上，自己只要到场了，就将是再再接触者的再再再接触者。这样举一反三，有点自己吓唬自己。事实上，也有例外，市中心医院眼科一位副主任，元月十五日发病住院，三月上旬去世。发病前五天，也是会饮，那位副主任非常关切地给旁边一位同行夹菜、剥橘子和说悄悄话。同行的身体状态也就是普普通通的样子，到头来核酸检测好着唰，一点问题也没有。在自己家，过年之前最后上门慰问的同事中，随后有一位被发现感染新冠病毒，全家人也都还好。

在武汉南郊一个有着很浪漫地名的村子，"封城"不久，一向很安宁的这块乡野，忽然冒出一些行踪诡异的人。细查之下，却是一些"货"已用完的瘾君子。当地人闻之大惊失色，从未料到宛如世外桃源的家乡，竟然也有他们所称的"社会渣滓"。同时也感叹，新冠肺炎疫情起到了出其不意的调查与整肃作用。

传染病流行病学调查，简称"流调"，就是这样举一反三。说漂亮点，叫一龙带九江。说难听点，叫一粒老鼠屎弄坏一锅粥。说奇葩点，还可以叫为反腐助力。比如习惯用红字头的A4纸，印上小三号仿宋字体来诠释"工作着是美丽的"那些人，一天到晚在办公室待着，只要不做出格的事，熬年头都能平步青云。这些人上下班不用挤公交地铁，不用去华南海鲜市场抢一手的便宜货，上医院看病会找关系走便道不用去人堆里挤来挤去，凡是出现感染，若与家人无关，用后脚跟去想，第一个念头也会想到是不是违反"八项规定"，干了些有口难言的勾当。比如，根据武汉市卫健委提供的"新增确诊和疑似病例去向情况"，二月十三日，全市新增确诊病例中，去除住院、集中隔离、居家、治愈、去世和无法联系的人数，竟然还有二十三人不愿告知具体情况，占比达到百分之一点七。同一天，全市新增疑似病例中，不愿告知具体情况的五十三人，占比达百分之十点二。对照江城民风民情，那种声称"就是不告诉你"的人，要么是混江湖混得半生不熟的"青皮"，要么是混官场混得半生不熟的"半吊"。有统计数字很能说明问题：截至武汉"封城"最后一天的四月七日，全市纪检监察机关累计查处处级干部七十人，正在处理中的处级干部二百六十五人。在疫情如此严峻的时间段，还敢顶风犯科，也只有这些在江湖叫"青皮"，在官场叫"半吊"的人。举个例子，某"青皮""半吊"去某文学杂志公干，开口就提出主张，要该杂志将全中国的作家分甲乙丙丁几个等级，再按这样的等级确定用稿和稿费。这种主张太像既往乡村供销社收购鸡蛋时采用的办法了。在乡村供销社连同这种零散收购鸡蛋的方法成为陈年旧事的三十年后，还有人将其搬出来意图用在文学事业上，足以见识"青皮""半吊"的成色。如果能抓住这种"不愿告知具体情况"的切入口，在针对新冠病毒的"流调"过程中，介入适度的反腐倡廉，或可起到事半功倍的效果。

只有找到噩梦源头，才能破解噩梦。

二〇二〇年元月十六日，离谁也没有料到的武汉"封城"只剩下七天。上自省市主官，下至各进出城区道路上的执法者，所有直接相关的专业人员，形形色色的普通市民，还有平常日子一刻也不肯消停的键盘侠，都在准备欢欢喜喜过大年。后来留守的一千多万人，加上"封城"之前回家过年以及每天从九省通衢路过的几百万人，个个都是俗不可耐的贩夫走卒。这也是某些拥有"高级细胞"和"特殊神经元"的人，"封城"之后，见佛杀佛，见神灭神，日夜抓狂的潜在原因，觉得这简直有辱自己那高过二百五的智商。那天晚上，俗可忍，不俗才不可忍的几位老熟人，在翠柳街一家街边小店吃沔阳菜"过年"，也是我们这群人近些年来的保留俗套。

关于翠柳街，曾经在《蟠虺》里幽了它一默：与翠柳街隔着湖北日报集团和东亭小区平行的另一条街，名叫黄鹂路。再往远处多走一程的水果湖边，有条街叫白鹭街。也不知地名办的老先生们是何考虑，既然出处来自"两个黄鹂鸣翠柳，一行白鹭上青天"，让黄鹂路和翠柳街偏居东湖一角，就应当将白鹭街紧邻的洪山路命名为青天路，纵横于东湖对岸。否则就会让人觉得这是春秋笔法，认为这地盘上没有"青天"。

朋友们读过这些，偶尔拿来说笑，都很放松。这也是大家平日不怎么联系，忽然有人说咱们也过个年，中午发话，晚上便都来了的缘故。因为省文联和省作协，还有湖北日报集团都在这条路上，街上几家小店是大家吃腻了各自单位食堂后自行开辟的第二食堂。进进出出的人相互都认识，也都知道来人与谁谁是一伙的，往往进门后不用开口问，就有不是服务员的人主动将其指向某一扇门。确定参加这场会饮时，自己就向夫人保证，绝对是年前最后一次，也是唯一一次。听我报出几个人名，夫人没有表示反对，自然就是同意了。省政协全会闭幕前一天，自己去市一医院检查眼睛，被告知情况复杂，好不容易约好十七号上午去协和医院看五百元挂一个号的专家门诊。与大家见面第一句话就开玩笑说，自己是拖着病体来的。朋友们毫不关心我有什么毛病，更没有人提及"非典"、新冠病毒和华南海鲜市场。说笑之间，大家的关注点放在被我们称为老哥的一位诗人身上。老哥刚刚从南昌领回一个文学奖的诗歌大奖，也是这场会饮的第二个理由。

说是"过年"，这家名叫沔阳菜馆的小店，连"沔阳三蒸"都没有。吃饭的人太多，店家备的量不够。因为今年到一起的人最少，席间不断有人提起，谁个没来，是何原因。这么一个接一个排下来，像是该我发问了，我下意识地说，黄斌怎么没来？黄斌诗写得不错，书法也写得不错，在《湖北日报》文艺部当副主任。黄斌的两个同事，一个坐在我的右手边，一个坐在正对面，对于我的发问，他们都答不上来，还反问，是啊，黄斌怎么没有来？惹得张罗这场小聚，也爱写诗的警察老李，随后至少自言自语了二十遍。这个数字是与黄斌在同一部门的那位同事说出来的。同事听得太多了，忍不住提醒说，老李，你一直在念叨，黄斌没来，黄斌没来，至少说了二十遍。老李接着他的话，又说了一遍，是啊，黄斌为什么没来？意思是自己通知过，黄斌也没说不来，真的不来也像别人那样给个理由呀！

"封城"第五十一天，三月十三日，湖北日报集团旗下《楚天都市报》的一位资深编辑在朋友圈发文：同事小邓姑娘，见人总是笑眯眯的，今日方知是黄主任夫人。贤伉俪节哀顺变！再读后面黄斌写的那首让人肝肠寸断的诗，才知道，那个时候，他们家已惨遭新冠肺炎黑手。年前小聚，只到了往年这种聚会三分之二的人。另有三分之一的人没到场，在当时，别人都是一带而过，大家不约而同惦念着一向默不作声的黄斌。

这不是暗示，不是预兆，又是什么？

久久不忘，必有回响，到了该明白的时候就会明白过来。这话的另一种解释是，久久被人惦记，一定有紧要事情发生！

算上这一次，整个元月，从元旦到春节，总共才两次应酬。

二○二○年一月四日，离武汉"封城"还有十九天，比沔阳菜馆小聚早十二天，在《小说选刊》当过编辑的一位老朋友来汉。朋友离开文学界，做更加宽泛的电视文化，策划制作了声名鹊起的《中国汉字听写大会》。长篇小说《蟠虺》出版之后，曾想过要联系他，将《蟠虺》中一系列与青铜文化相关的稀奇古怪的汉字，在他的电视节目里做一做。这样考虑既有推广楚地文化的意思，也有打造图书售卖热点的小九九。可惜问过几位之前与他同事的人，都说早就断了风筝的线。

二十多年不见，彼此模样还在，就是白发见多见长。这次活动是为"匠心时代，品质阅读"系列阅读主题活动做总结。对于阅读问题，自己一向以为，不要太将阅读当成有问题的时代中的突出问题。不怕流氓打群架，就怕流氓有文化。愿意阅读的人，身为流氓也不会只认拳头，不闻书香。也有一些人，老老实实，勤勤恳恳，吃苦在前，享乐在后，什么都好，唯一的毛病就是读不了书，一拿起书本就像中了催眠术。也是兴之所至，那天，朋友要我第一个开口，我就带歪了路，让他们好久才绕回到正题上。好在自己说的也是大实话："阅读"其实分为"读"和"阅"，一个人想要真正从书中积累收获，"读"只是纸上谈兵，最终一定离不开"阅"。在"阅"和"读"之间，"阅"比"读"更重要，所以才将"阅"摆在"读"的前面。很多人会"读"，但不善于"阅"，"阅"是察看，观察，是经历和阅历。书读到一定程度上，可以停下来，四处走走，让自己的经历丰富一些，回头再看书本，意义会大不相同。有一句更实的话，自己幸好没有说出来，绝大多数时候，表面上台上的人在大谈阅读，实际目的只是为了卖书。

这些话，可能不太讨巧，与"品质阅读"的立意，还是挺切合的。

因为谈得开心，活动之后，我乐意留下来，在东湖公园里面的一家餐厅，二十多人挤成一桌。活动是本地一家酒业集团赞助的，自然要喝他们出产的酒。厂方反复要我评价，怎么办呢，当着面，我先叹息一声说，天下的酒，都是不要脸的水！趁大家发笑时，自己赶紧应景地说了一声好。没有料到，酒尽人散之后，瘟神横行，无人不受其害。才过十九天，武汉就不得不实行严厉的"封城"措施。熬过最初的慌乱，方方面面有了一定的秩序。得知那家酒业集团推出预防新冠肺炎的新药，自己马上开口，请他们赠送二百盒"新型肺炎二号方中药颗粒"，给下沉到社区的省文联战"疫"突击队员们。

"阅"就是事后诸葛亮。

武汉"封城"前后的大小疑惑，其过程也可以看成，从纸上谈兵，死抠文牍的"读"，到兵不血刃，有的放矢的"阅"。一千多万人同步阅读新冠肺炎，同步阅读时世艰难。必须坦诚承认，二〇〇三年所遇见的"非典"，全人类中谁个不是事后诸葛亮。同样，二〇二〇年所遭遇的"新冠肺炎"，也没见到有谁是事前诸葛亮。武汉三镇，一千多万人，个个有份的小际遇，都是事后"阅"出来的。将一千多万人的际遇集合起来，形成影响全人类的巨大命运，也是事情发生后"阅"出来的。

人生最聪明的方法，就是将一次次事后诸葛亮攒起来，垒成一座塔，就能站在高处洞察人世了。

人生最笨拙的行为，也是将一次次事后诸葛亮攒起来，成为口水坑，别人淹不着，只能淹死自己。

这是人世间对暗示与预兆的正确解读与认知。

武汉"封城"前，牛顿和埃姆村从浩如烟海的人文历史中偶然跳出来，是要告诉我们，与瘟疫的决战，是人类的命定。武汉"封城"整整六十天时，世界完全颠倒过来，相比纽约、伦敦、巴黎、罗马和巴塞罗那，武汉成为相对安全的都市。如果有痛苦，请想一想从埃姆村到武汉。如果有艾怨，请想一想从埃姆村到武汉。如果有怯懦，请想一想从埃姆村到武汉。如此，才能领悟暗示和预兆，并将细小的暗示与预兆，在人生中的作用最大化。历史因人而伟大，却不是因为所有人而伟大。

冠状病毒之狡猾，在二〇〇三年"非典"时，露了一下狰狞，因其来得快也去得快，以至于都没来得及采集到足够的冠状病毒样本，就销声匿迹。这么多年来，对冠状病毒一直只有不太充分的"读"。十六年后，新型冠状病毒再次出现，之前没能足够"阅"的缺欠便暴露无遗。医学专家如此，普通人更是如此。前期有医学专家说，新冠肺炎可防可控，惹来非常人所能承受的谴责。过了一阵，后期再有医学专家说，这个病真的可防可控，一些人纷纷表态，愿意相信这位医生的判断。很多时候，从纸上谈兵，到落地生根的类似过程是无法超越的，是必须经历的，也只有这般实事求是才能完成有效阅历。就像抗日战争爆发之初，在一众汉奸的无耻蛊惑下，有多少人敢相信，中国人民将取得最终的胜利？同样，在二〇二〇年元月下旬，为全人类所面临的这场空前挑战，取得最终胜利建立纪念碑的提议，竟然受到恶意诽谤。到了三月中下旬，外面还是春寒料峭，不仅胜利之声不绝于耳，那些人也开始考虑在相关纪念碑上如何流芳了。一阅一读，一实一虚，仅有"阅"是不够的，仅仅只"读"更加危险。也好比政务工作，不能只会学习红头文件，而要更加懂得红头文件所针对的社会生活，懂得让红头文件得以产生的每天都是新生活的社会。

武汉战"疫"后期，路透社有一篇《为何德国抗"疫"比英美强得多？因为默克尔见识过武汉》的深度报道，分析德国在新冠肺炎的应对工作上，相比英国和美国做得要好，一个重要原因是：德国总理默克尔曾在二〇一九年九月上旬访问过武汉，这离新冠肺炎疫情暴发只有四个月。有默克尔身边的人说，武汉之行，影响了默克尔应对新冠肺炎疫情的决策。那张武汉人称之为"默大妈站在长江大桥上"的照片，确有一种令人浮想联翩的意境。站在长江大桥上的默克尔，亲眼见识中国人最崇敬的领袖毛泽东三番五次畅游的长江，看到作为中国工业力量中心和东西南北主要交通枢纽的武汉三镇，以有德国血统的同济医院为核心的比较完善的医疗体系，以武汉大学和华中科技大学为龙头的庞大的科研教育机构等等，如果一种疫病迫使如此重要的大都市不得不行壮士断腕之举措，主动与世界隔绝，事态的严重性不言而喻。因此，在疫情袭来后，默克尔很快在德国全境实行封锁措施，并推动了大规模的病毒检测。当西方一些政客突然翻脸开始"甩锅"中国时，默克尔仍然与中方保持对话乃至互助。当特朗普宣布要退出世界卫生组织时，默克尔则在进一步支持该组织推动国际卫生合作——"这不是一个仅靠某个国家就可以解决的危机，我们需要一起行动起来。"通过对武汉的"阅"，默克尔"读"懂了一座城市，也"读"懂了这场疫情。

酒是不要脸的水，是"阅"出来的，不是"读"出来的。

一九九七年的衡水老白干也是"阅"出来的。那年夏秋之交，受公安部邀请，第一次去西柏坡。回程时，在石家庄停留一下。那天中午，时任河北省作家协会主席的铁凝设宴款待一应同行，将大家喝得兴高采烈的正是衡水老白干。离了酒桌，大家意犹未尽，正好路边小店有一模一样的衡水老白干售卖。就上前要了两瓶，一问价钱，总共才十八元。也正是这种价位，让跟随自己多年的这两瓶衡水老白干，虽然享受到名酒的待遇，却无法在朋友们的口碑里，形成更好的荣誉。

二〇二〇年元月二十三日，上午十点，武汉正式"封城"。一千多万人，无不以全面抗击新冠肺炎疫情为唯一使命。突如其来的"封城令"，让绝大多数家庭无所适从。过完大年三十，再过完大年初一，随着疫情主要指数逐日飙升，正面新闻与酸爽言语狂轰滥炸，将最大的问题，带着最大的恐惧降临我家：六口之家，仅有一小瓶一百毫升的医用酒精，其余84消毒液等，半滴都没有。可怜的一小瓶医用酒精，全家人都在用。大年三十，自己出门接收兰州寄来的口罩，初二、初三两次出门到门岗将朋友们寄来的医疗用品转寄到协和医院，加上家人们也有快递要接收，也在用这酒精消毒，几天时间下来，就只剩下丁点了。愁肠百结之际，放在最显眼位置上的衡水老白干，似乎朝着我们发出一声欢呼，仿佛在说，俺也有六十七度，离医用酒精的七十五度，就差那么一点点。那一刻，全家人正在吃午饭，我坐的位置正对着酒柜，偶然之间一抬头，正好遇上衡水老白干抛来的媚眼，像是在提醒，当初关圣人关羽刮骨疗毒，后来陈元帅陈毅吟诗治枪伤，所用的消毒液不就是推杯换盏的白酒吗？按生物科学所说，必须是浓度达到百分之七十五的酒精才能杀死病毒，六十七度的白酒做不到对病毒的直接灭活，降低病毒传染性还是有可能的。想到此，自己不禁拍案而起，顾不上饭还没有吃完，站起来紧走几步，打开酒柜，取出一瓶衡水老白干，大步走到入户门后，略一思索后，又转身到楼下，找来一只塑料整理箱，往箱底铺上一层旧毛巾，再将两双用来开门外出的鞋放在旧毛巾上。又将衣架上，两条穿着外出的裤子取下来，摆放在整理箱的上层，仔细地做好这一切后，这才打开衡水老白干，借助一只小酒杯，足足洒了半两酒在整理箱内，然后将箱盖盖好，再扣上两只扣子。待我做完这些，家人才反应过来，有说脑洞大开的，有说异想天开的。我对自己这番举动的评价是：黔驴技穷！困兽犹斗！

往后一段日子，除了医疗用品，别的快递全部停了，少了一项需要出门的理由。与此同时，常规购物也都暂停了，又少了一项需要出门的理由。成为突击队员或者下沉到社区的工作尚未启动，也不需要出门。家家户户少不了必须出门的事情，主要是到指定地点放置用塑料袋包得严严实实的生活垃圾。在我们家，那段时间里比别人多出了几次门，一次是夫人抑制哮喘的药用完了，需要买药。再有外地朋友寄来的医疗用品，需要与快递小哥对接，当面填单转寄到相关医院。出家门，去时三十二步，回来三十二步，就是垃圾放置点，只要走了这样的六十四步，进家门后，上衣下裤两只鞋都要用衡水老白干喷一遍。向来有话说，酒是英雄！是指那些豪饮者。在"封城"初期的半个月时间里，衡水老白干作为我们家的英雄，让全家人可以放心出门，安心回家。虽然还有几丝担忧，那些用医用酒精从头喷到脚，用84消毒液清洁室内空间的举动，也只能让人的担忧略有下降，无法保证百分之百地无忧无虑。"封城"第六十一天，武汉再次清零，一篇由自称是"医生"的人写网文告诫，就算武汉解禁后，一年之内也还要如何如何的文字，在满天满地疯传。早已是鼓里的麻雀吓大了胆的武汉人，也还是跟着担忧。家人们一边将信将疑，一边斩钉截铁地表示，管它是真是假，勤洗手，戴口罩，来不及找酒精，就用高度白酒消灭一切有可能的细菌病毒，必须成为我们生活中不可缺少的重要环节。

苍凉的西北大地上，生长一句，酒是不要脸的水！这体察中自有千种遭遇，万般滋味。在花儿唱得满天飞的河西走廊，在"封城"六十天还不见解禁信号的武汉三镇，人命到了关天的时节，生死到了魔鬼把守的关头，要将脸面放到自家门后，比如读书人或可放进书房，比如有钱人或可放进小金库，像酒那样，管它是河北衡水老白干，还是贵州赤水老茅台，全都当成不要脸的水使用。"封城"前夜的那顿茅台之约，没去喝，心里反而好受一些。真去喝了，后续之事，又会让自己后悔，不该去沾这不要脸的水。

"封城"第五十一天，三月十三日，湖北日报集团旗下《楚天都市报》的那位资深编辑，还在朋友圈里贴出"封城"前夜，朋友小聚，大家不约而同地惦念的黄斌，写给老人家的诗：

"老人二月十七日从医院打来电话/说病情本来一直很稳定/但十五号那天雨雪交加/医院没暖气受了冻/病情突然加重了/他说医生也觉得事态严重/问他同不同意插管/他说算了医生风险也大/插

管害人害己／搞不好还落不了一个全尸／老人说他现在担心的是身上的钱留不下来／外套里有两千元／贴身的夹克里平时缝进去了不少现金／要是万一不行了不能一起烧了／我们听后默然／老人一生节俭／如果真有不测带一些真实的人民币上路／应该比在清明后收到亲人化来的冥币／手头更宽裕些更有购买力。"

　　这首《老人从医院打来电话》，是一座生命的灵魂祭塔，是一座长辈的汪洋江湖。诗中字字都在写钱，诗中字字在写再多的钱也一文不值。读着诗，自己泪流不止，疯狂地想着元旦前两天去见老母亲的情形。离开大姐家时，夫人往母亲手里塞了一沓人民币。母亲坚决不接，一声声地说，我要钱做什么，又没有地方去花。之后，我从夫人手里接过那沓人民币，交给母亲，母亲还是不肯要。我就握着母亲的手，连同那沓人民币，一起塞进母亲温暖的怀里。母亲这才像少女那样羞涩地接受下来。读黄斌的诗，读那写老人家贴身夹克的句子，我读到母亲的怀抱，以及母亲怀抱里天下最惬意的温暖。人一旦失去这温暖的怀抱，再硬的命，也免不了凄凉无边。

　　也是这一天，有人在朋友圈中摘录了《一滴水有多深》中的一句：真正惭愧的是我们，是我们在衣食无忧的生活中过得久了，用以体察周围的智慧锈蚀了。这世界，这人生，这日子，除了水和空气，不可能再有好到舍不得放手的东西。为了黄金而舍义逐利，为了钻石而泯灭天良，为了美色而放纵恶欲，为了好酒而舍生忘死。一个人因为肮脏事做多了，遇事才必须跳得高高的，将自己打扮成全世界都不可能比自己更理直气壮，以用来转移视线，掩盖丑行。酒是不要脸的水，还可以推而广之，说妖艳是不要脸的美等等。

当某个人，某件事，让你觉得哪里不对，就不可以不管不顾，对自己的勉强和任性，也是对天降暗示的轻薄。一次、两次、三次，总是视而不见，感觉迟钝了，反而以为是老天爷不肯眷顾自己。两瓶一九九七年的衡水老白干，除了生产厂家，一般普通人家，谁会在家里放上二十几年？在收藏家眼里毫无价值的这般俗物，到头来派上了比天价美酒更加重要的作用，怎不令人铭记终生！

第五章

情人节的菜薹花

"在最危难的时候，拉了我们一把！你们是拯救地球的英雄，你们所有人都是超人啊！"

这两句话出自金银潭医院院长张定宇之口。武汉"封城"第六十四天，三月二十六日，在天河机场送别福建省第一批援鄂（援汉）医护人员，这位被称为"武汉战'疫'第一敢死大队大队长"，见惯了生离死别、死去活来的传染病学专家，与白衣战友拥别时老泪纵横。

我也愿意用"超人"来称呼这些偶尔露峥嵘的凡人。

身患渐冻症的张定宇，理所当然是超人一号。

同一天，下午五点钟，在地下车库与小孙女拥别，也称她是我们家的小超人。

小孙女终于可以随爸妈回他们的小家去，与六十二天没见面的玩具们开开心心玩游戏。没有那些玩具，没有那些每天一画的绘画材料，小孙女也能熬住，一点也不像那次去北戴河游玩，赶上连阴雨，门都没出，就要返程，她生气得满床打滚，一声声地哭喊，我还没有到海边玩沙子哩！六十二天里，小孙女一声咳嗽也没有，一次发烧也没有，一次头疼也没有，一次拉肚子也没有，以往格外让人无语动不动就满脸红肿的冷空气过敏也一次没有。六十二天里，小孙女只叫过一次肚子疼，只趴在沙发角落里无声无息地流过三次眼泪，从头到尾，没有哭闹，没有撒娇，实在太不简单！实在想到外面去玩了，就一个人趴在北房的窗台上，透过玻璃看窗边的冬青树，看对面的五层洋房，和洋房后面的四十八层的高楼。看了几次，也就不想看了，院子里没有人，没有狗，没有猫，没有过去常在附近蹦来蹦去的小松鼠，更没有邻居们见过的大花蛇，她要爷爷将北房的暖气关了，她不想再来北房玩，什么也看不到。学校不能正常开学只能住家上网课时，小孙女从来不用别人催促，一个字不落地做完作业。接通视频的事也不用大人操心，自己动手就来。甚至还能早起十分钟，用多出来的一点时间站在厨房门口，不厌其烦地提醒正在下厨的爷爷，她最喜欢的西红柿炒鸡蛋，必须做到的一个个步骤。"封城"前期，小孙女发现爷爷下厨时，总是磕磕碰碰，伸手拿碗，却惹着了碟子，屡屡批评爷爷手脚好笨。时间略长一些，她终于明白过来，爷爷这些笨是眼疾引起的，在她的提醒中又多出哪是碗，哪是碟子的内容。

"封城"之下，无忧无虑，无所畏惧的幼儿是超人！

"封城"之中，远忧近虑，心力交瘁的成年人何尝不是超人！

七十六个日日夜夜，这世界分配给每个人的固有责任一丝一毫没有少，又凭空给每件必须做的事情增加不可计数的难度，吃不下的必须吃，睡不着的必须睡，坐不住的必须坐，看不下去的必须看，一千八百二十四小时，分分秒秒，无法松懈。张定宇说所有人都是超人，包括他自己，也包括一同留守城内，不是超人，胜似超人的一千多万武汉人。从感染新冠肺炎的母体中健康分娩的婴儿落地，是超人诞生的时刻。一百零三岁的老人，从感染到痊愈，是超人炼就的过程。感染者是，非感染者同样是，危重症的患者是，无症状的人同样是，挺过七十六个日日夜夜的人是超人，没有熬过七十六个日日夜夜的是超人英魂。

"封城"两个月后，整个江南，无处不在赞美春天。

今年的江南，不是无心，而是狠心，除却了武汉。

江城武汉，被名扬四海的江南包裹成春风不度玉门关。

在武汉面前，天经地义，一向只会提早，从不迟到的春天，将东湖边所有垂柳的柳丝烟，将龟山上所有旱柳的柳絮云，将珞珈山中一千棵樱花雪，将东西湖畔五万亩桃花雨，将大大小小七千座小区里的迎春花巷，将长长短短八万条马路边的红叶石楠，统统压缩成一团浓稠的香精，可以想念，可以欲望，却消受不起。面对可望而不可即的春天，华中师大的一位教授在微信里感慨自己最喜欢李白的《塞下曲六首》中的"五月天山雪"。也是苦闷中一时兴起，自己随手涂鸦改为：三月江城雪，有花也有寒。谁家春色好，孤楼闻雷电。并许诺疫情过后，写成书法相赠。

怨不得天，怨不了地，大疫之下，人和人相互抱团取暖，胜过艳阳之下，春暖花开。

"封城"第六十二天，天窗下面的室温，蹿升七度，由摄氏十二度，跳到十九度。屋外的气温升高更加明显，按天气预报声称的，最高气温已升至摄氏二十七度。

出现在各种视频图片中的志愿者、快递小哥、下沉进社区协助战"疫"的共产党员突击队的志士们，全都换上短打衣装。那位因故被通报批评的电视台主持人，白色短裤配一袭浅色长裙，让人不去深究"封城"太久，再温柔的女子也憋出了一肚子肝火，因丁点言语不合，与门岗值守人员发生的口角，而更在意她全身披挂着的春风款款。在我家窗外，经常出现认领团购物资的队伍，人与人之间拉开距离达到十分夸张的五至十米，远远超过此时此刻欧美地区一点五米以上、武汉本地不得少于一米的人员排队间距规定。为了看看这支队伍到底有多长，自己透过南边卧室窗户和中间阳台窗户，再到北边卧室窗户，目光所及，居然神龙见首不见尾。长约百米的队伍，一个一个数下来，不超过十五人。这么些人的穿着，有仍然全身被羽绒服包得紧紧的，有适时换上春装的，有穿着大裤衩上身披着大棉袄的，还有单穿一件短袖T恤衫的，一派二四八月乱穿衣的活色生香景象。

窗外的桃花和樱花基本上全化入泥土了。

窗后自家屋内，从老到小，家人们都不好意思相信，这个时节还开着家庭小锅炉烧制的暖气。

说起来，武汉的春天就是如此。不与外界接触，成天待在屋里，外面气温在十七八度的阴冷，不会让人长冻疮，也不会让人打哆嗦。只要离开人工制造的小环境，这种处于临界状态的阴冷就特别伤人！武汉人将这种冷比喻为咬人的狗不叫。一声不叫就冲过来咬人的狗一样的阴冷，一直要到清明前后才会溃散。一家人全年定量供应六百个字的平价天然气，"封城"之前就用完了。"封城"第六十四天，三月二十六日上午，受武汉市政府邀请，去天河机场送新疆援鄂（援汉）医疗队回乌鲁木齐。九点钟出家门，上车后的那种闷热恨不得要开冷气。与来自西部大漠的一百四十二名医护人员别过，回到家中，寒潮便尾随而来。接下来一个星期里，气温最低的三月二十九日，阴雨不断，高温只有七度，低温只有三度。用自己的话说，再不创纪录，将暖气烧到清明节，往后就找不着这千载难逢的机会了。

"封城"第六十八天，北京市有关部门公告："经过两次延长供暖，本市将于明天（三十一日）晚上十二点正式停止居民供暖，结束十年来最长供暖季。防控疫情期间，为保证居家的舒适度，防止因为停止供暖导致着凉感冒和前往医院就诊时交叉感染的风险，北京先后两次延长居民供热时间。本采暖季提前一天供暖，延后十六天停止，成为建立供暖会商制度十多年来最长的供暖季。"坐拥南方的我们，硬是消耗了两千五百个字的高价天然气，烧锅炉取暖到四月八日武汉解禁了，还不停歇。直到解禁五天后的四月十三日才完全关闭，将天寒地冻的北京供暖季狠狠甩在身后，注定成为我们家的一段传奇。

更重要的是，暖气还没有关，这传奇已经成为生活中的新经验。

在没有新冠肺炎的日子里，这个季节也最难将息。倒春寒一来，一夜之间就能将气候从傲娇的初夏打回冬日原形。这样的倒春寒，不推三阻四将春天折腾个够，绝对不会收手。没有新冠肺炎疫情时，还能对这种过山车气候逆来顺受，跟不上节奏，对不上点也没事，大不了感冒发烧咳嗽，少则七八天，多则十来天，自己不在意，别人也不会在意。二〇二〇年的春天，别说活生生的武汉人，也别说武汉动物园里的狮子老虎，就连几百里外荆江大堤上的镇安寺铁牛，都不敢使小性子。一个人咳嗽，整栋楼的人都感觉到闹地震。一个人发烧，整个小区的人都像坐在火山口上。这还是别人的感受，对于自己，明知是小感冒，过程中的煎熬，距离真正被瘟疫击倒，只差一声叹息和一次噩梦。危难之际，努力维持居家环境的稳定，让身体少受损耗，集中力量抵御大疫大灾。天下太平，唯有寒潮不安分时，努力维持居家环境的稳定，不感冒，不发烧，不咳嗽，不因身体不适而神经过敏，于人于己，都是莫大奉献。北京有关部门的公告也特意强调了这一点，防控疫情期间，保证居家的舒适度，可以防止因为停掉暖气导致着凉感冒和前往医院就诊时交叉感染的风险。同时，还能够协助运行了五十年、六十年、七十年、八十年，以至更久远的心脑血管，有效克服因气候变化造成的不堪负担。

这个冬季和春季，武汉三镇最不缺的是水、电和天然气。

这个冬季和春季，"封城"中的武汉，最缺的也是三样东西。

一是窗外那无边无际，从不受限制的清新空气。

二是窗外那温暖可人，对谁都不偏心眼的明媚阳光。

三是平时嫌弃杂草短，杂草长，灰尘来，灰尘去的坚实大地。

室外春风和煦，阳光热烈。室内隆冬未尽，寒犹彻骨。

天地间的春天，无缘得享，就用另一种方式，努力创造一种人间。

既然出不了门，李白"白玉一杯酒，绿杨三月时"的春天，杜甫"感时花溅泪，恨别鸟惊心"的春天，都无法眷顾我们，那就用家人的无忧笑脸做春花，用家人的均匀呼吸做春风，在家里再造一个春天里的春天！

"封城"第六十二天，三月二十四日，是小孙女随爸妈回他们小家，与她的那些心爱玩具们团聚的日子。

就在前一天，也就是"封城"第六十一天，终于有通告，通过手机连续打卡获得健康绿码的人，在网上填表，由所在社区和要去的另一个社区双向盖章同意，可以从一个小区单向挪动到另一个小区。这事说起来很麻烦，操作起来半小时不到，就在家里，凭着手机就办妥当了。有了通关公文，儿子儿媳就想马上回他们的小家，当初没想到"封城"会那么久，也没想到管控严格得超乎想象，好多东西都没有带，生活起来，看上去没什么，实际上天天都要克服那些不大不小的难堪。他们说走时，一直惦记着家中玩具的小孙女反而有些不舍地说，我们明天下午再回去吧！虽然没有人对她说"单向挪动"的意思，小孙女似乎天生就懂，回到自己小家所在的小区，一时半会儿不能再来爷爷奶奶家了。

这一天是周二，小孙女九点钟就要上网课。早起做了些她喜欢吃的煎饼，这是自己第二次做，第一次做时，她一口气吃了三块，今天却只吃了两块。我和她说笑，是不是下午就要离开爷爷家，心里难过，没有胃口呀？小家伙一嘟嘴跑一边去了。其实这话是说给自己听的。总体说起来，心里还是高兴，煎熬了这么久，终于有了小小自由。午餐时，夫人下厨做了一锅红烧排骨。儿子带头，用肉汤拌饭，一连吃了三口，才顾得上说一声：太好吃了！儿子嘴馋的模样，让我想起年轻时，在工厂当车工，上食堂打饭，只要有红烧肉，一定要买上一份，碰上脾气好的炊事员，还会要他多给点肉汤。那种红得发黑的肉汤拌上半斤米饭，在那个年代，胜过世上任何其他美味。慢慢地，日子好起来，也开始觉得红烧肉不能吃，至少不能多吃，或者只吃上面的瘦肉，将肥肉与骨头一起弃掉，至于红烧肉汤无论如何也不会碰。一向在饮食上相当节制的儿子一带头，全家人也就跟着效仿起来。小孙女最有趣，本来说吃好了，人已走到一边，开始玩她的玩具，听到餐桌旁一片赞叹之声，又转身回来，拿起小碗，走到电饭煲前，自己盛了半碗饭。小家伙学样，用肉汤拌过，美滋滋地全吃完了，才想起来不好意思地说，这下子自己的脸又要长圆了。

下午三点，网络版《长江日报》发布一条好消息，全市百分之九十四点七的小区无疫情，我们家所在小区终于上榜了，排在水果湖街道的倒数第二名，倒数第一名是张家湾小区。按照有关规定，无疫情小区的居民，可以分老年人上午、年轻人下午，相互错峰出门，在本小区内适当活动。

一看到新闻，我就大声问，有没有人想出门转一转？

儿子和女儿反应快，马上回答说，我要出去！

小孙女以为是逗着玩，揪着爷爷确认之后，连忙放下手中作业本，转身去门厅找她的小皮鞋。

真的可以外出到离家门几十米的院子里走一走，孩子们也非常兴奋。特别是小孙女，从"封城"第一天回家，六十二天没出门。女儿时间更长，大学放寒假回来，一连四天全都宅在家里，接下来与大家一样，四加六十二，共有六十六天没出家门。从回家后，小孙女就一直穿着一双不合脚的大拖鞋。六十二天不能出门，她都忘了自己的小皮鞋放在哪里了。女儿也一样，她的鞋也不知放到哪里去了。门后换鞋专用的小沙发下面空空如也。我一边要她别着急，一边说鞋这东西是不可能乱放的，只会在鞋柜里，若是鞋柜里没有，就是当垃圾扔掉了。当我伸手从鞋柜深处找出那双小皮鞋时，好久不见这么乖巧可爱的模样，鼻子竟然酸了一下。熬了这么久，孩子们不仅有一种莫名的兴奋，还有久不穿鞋，就像久不动手，手艺都荒废了一样的手忙脚乱。

一家人换衣服和穿鞋的样子，一举一动都是格外开心。

出后门，进到院子里，不只是孩子们，自己也表现得不知所措。原本以为欢呼雀跃，一蹦三尺高的场面没有出现。孩子们的安静，比在屋子里，还有过之而无不及。

这种感觉与表现太出乎意料。

　　阳光很好，气温也不错。被一场场春雨洗过的院子，没有其他人来打扰，洁净得可以席地而坐。四周的绿化草木，苍翠欲滴，生机勃勃，百分之百是那枯木逢春的劲头。从后院通向小区主干道的铁栅门，不知被谁用铁丝捆得严严实实的，只有后门开在院子里的人家才能进来。隔着铁栅门，小区主干道旁一树桃花，只剩下些许花痕。一向喜欢前人之言，林花谢了春红，太匆匆。在这个春天，这个句子的核心"匆匆"二字显得用轻了，用浅了。小孙女在身边欢跳了两下，两次提议在院子里躲猫猫。别人都没有作声，只有当爷爷的回应说，不行啊！还举例说，姑姑小时候在一处院子里躲猫猫，被蒙到脸上的蜘蛛网吓哭了，很长时间见到蜘蛛网就会怕。院子不算小，听得见邻居的孩子在家里嬉闹的声音，也看得见某些玻璃窗后站着或坐着的人影。最西头的邻居老苏，正在自家玻璃门后看报纸，见到我们，犹豫地打开门，从门缝里探身出来。之前小区建微信群，我们家动手晚，排在五百名之后，进不了，本小区的疫情，只能靠老苏转告。在微信里，各种各样的话都能随便说。好久不见真容，相隔十几米远，我和他竟然找不到可以寒暄的句子，彼此间仅仅挥了一下手。

　　我也不明白这是为什么，就故意与孩子们说话。

　　我同女儿说，自己是不是违反约定了，年纪大的人上午出门，下午应当是你们年轻人的时间。女儿只是听着，像是懒得搭理爸爸。我同小孙女说，规定只说年纪大的人上午出门，年轻人下午出门，没说小孩子什么时候出门，是不是小孩子不许出门呀？小孙女倒是开了口，用从姑姑那里学到的口吻说了声："哪里！"我试了几个方法，孩子们要么一声不吭，要么像金口玉言，能说一个字的决不会说一个半字。

一圈走下来，连十分钟都不到，小孙女就说出了大家的心声："我们回家吧！"

六十几天困守斗室，好不容易可以出门透透气，没有人催，没有人撵，也没有任何其他事情和原因，一家人悄无声息地从后门回到家中。在厨房里忙碌的夫人都还没有察觉，我们出去过，又回来了。后来大家坐在沙发上说话，她才惊讶地反问，你们什么时候出去的？

曾经那么渴望阳光，为了追逐阳光，特意将一张美人榻摆在窗前，有太阳的午后，在那上面躺一阵，午睡兼晒太阳。

曾经那么渴望大地，深夜出门放垃圾袋时，一定要在单元门前用力跳上几跳。

曾经那么渴望自然清新的空气，深夜出门放好垃圾袋，在单元门前跳了几跳后，一定要走到花坛前，将口罩轻轻拉开一小条缝隙，让星月洒下的空气透进来，好使自己不要忘了空气的滋味。

隐隐约约有感觉，与公信相关的信任、信赖、信义等等出了差错。

在真人真事中，又看不出来。

比如去天河机场送别新疆援鄂（援汉）医疗队。武汉战"疫"到了这个阶段，方方面面的气氛缓解了许多。援鄂（援汉）医疗队开始有序撤离，表明疫情已经得到有效控制，城市生活正在有序恢复。在我们挥手告别边疆儿女前两天，一项至关重要的通告已于三月二十四日午间十二点整，由湖北省新型冠状病毒感染肺炎疫情防控指挥部对外公告："从三月二十五日零时起，武汉市以外地区解除离鄂通道管控，有序恢复对外交通。从四月八日零时起，武汉市解除离汉离鄂通道管控措施，有序恢复对外交通。"这么重要的决定是如何拍板的，是否真的是万无一失，一起给新疆援鄂（援汉）医疗队送行的那位副市长一点口风也没有透露。

比如回到自家小区门口，正好有快递来了，下车去取。见门岗旁边刚开张的小店里有蔬菜卖，便过去顺手挑了些黄瓜、苦瓜、丝瓜、小白菜和青椒，用一只塑料袋装好，拎到门外称重结算的小桌上。店主看了两眼，一起放在电子秤上，然后报了一个三十五元的总价。店主没有多说，我也没有多问，用手机扫一下二维码，将钱付了，转身就走。在平时，青菜甲与青菜乙，价格上的差异是需要认真对待的日常大事。这也是多数家庭主妇，不放心让男人去菜场的重要原因。这一天，这一刻，在前面排队的大嫂，在后面排队的少妇，都像我一样，店主怎么报价，就怎么付款，没有人多说一个字。更没有去计较，这么些青菜为何刚好都是几元，而没有几角几分的尾数。

一大一小两件事，都没有脱离社会公信范围。"封城"期间最大的事非"封城"本身莫属，这样的大事哪怕已经做实了，不是经过正规途径，不该说的也坚决不说。最小的事自然是对柴米油盐的短斤少两，非常时期，将小事更加简化，省去检视盘查过程，消除了彼此的猜疑。经过如此大事小事，凸显出公众之间的公信。

头一回出门，晒着太阳，吹着春风，踏着大地的感觉，让自己有猜度，就像浴血奋战之后，重归战场，怀念生死与共的战友，心情必然极其复杂，极为敏感。

这种猜度很快就有了答案。

几天之后，是女儿二十岁生日。由于无症状感染的言论爆屏，因提前预告全城解禁日期而缓解的气氛又变得紧张起来。电视节目《戏码头》制片方，再三邀自己为他们策划制作的抗"疫"义演活动出镜，甚至主动提出为了不使眼疾问题有碍观瞻可以戴上墨镜。就在录制的当天早上，物业公司发布通告，本小区发现两例疑似无症状感染者。消息一出来，自己什么也没有说，摄制方马上表示，以后再找机会合作。意思是不能冒这个险，硬着头皮来拍摄了。这种刚刚缓解又再度紧张的精神压力，就像一个人走夜路，被面前的怪事吓得魂不守舍，好不容易回过神来，又有惊悚突如其来，这时候的人，真的是魂飞魄散。前两天，一直在念叨，女儿生日这天，要通过外卖弄些好吃的，也没有人提了。好在我有所准备，"封城"之初就在冰箱里藏了一块巧克力，预备万一哪天谁个需要哄一哄了，再拿出来。女儿睡到临近中午才起床，我从冰箱深处取出仅存的一块巧克力，对她说：生日快乐！喜出望外的女儿，细细地吃完巧克力后，还给老爸一个拥抱。

这种时候，我才问，那天一家人到院子里走走，为何显得一点也不开心。

"周围一个人也没有！"

女儿望了我一眼，将头扭到一边后，轻轻说了一句。

女儿做这个动作，这样说话，是伤感的习惯表达。

差不多就在这几天，一家主流网站的主页上，贴出一个缺少新闻要素，而更接近由某个宗教写手原创的故事：意大利一位九十三岁的老人住院，病情好转之后，被告知需要付一天的呼吸机费用。老人一下子哭了。医生劝他不要为账单哭泣，治好了病，账单算不了什么。老人摇着头说，我不是因为要付钱而哭，我可以付所有的钱。我哭是因为我已经呼吸上帝的空气九十三年了，却从没付过一分钱。你知道我欠了上帝多少钱吗？听了这话，医生也低头哭了起来。

明知只是个故事，自己仍心有所动。

故事里的老人没有感染新冠肺炎，是那种平常所见的小毛病。在新冠肺炎疫情背景下，意大利已公开表明，为了将生的希望留给年轻人，对六十岁以上的老人放弃治疗。就算偶有收治，绝对不是只上一天呼吸机就能治愈的。有一天就能治好新冠肺炎的神奇疗效，意大利就不会效仿中国进行"封城"，纽约市长更不会一次就向中国订购一万五千台呼吸机。意大利老人内心之疼痛与感恩，仅仅事关上帝能够给予的空气、阳光和大地。新冠肺炎的横空出世，让从来都是万众膜拜的教皇方济各，也得面对空荡荡的圣彼得广场，孤零零地冒着大雨祈祷。其中深意需要让想问题的脑筋另寻思路。

"周围一个人也没有！"这话说得很明白，意思不一定明白。

青春期女孩用与众不同的敏感，直指最深的情、最真的情。

女儿细声细气的一句话，道出"封城"六十天后，生活与我们，人生与我们的另一大缺失。在缺失阳光、春风和大地之外，还缺邻居，缺街坊，缺熟人，缺生人，缺半生不熟的人，缺与生俱来的人间烟火。人经常会说，我的天，我的地，我的岁月，我的生活，我的情，我的爱，我的青春，我的生命。从来没有人说，我的我！也从来没有人设问，我的我在哪里？这段特殊的日子，使我发现了我的我。使我发现，我可能有"我"，也可能没有

"我"。在万径人踪灭的春天，即便是极端喜欢独处之人，有邻居就像没有邻居，有街坊就像没有街坊，一旦社会无所不在，社会中人却被我全部隐去，我的"我"也就不存在了。因为我的"我"是由社会来确认存在与否。

"封城"第六十二天下午四点半，一家人围坐在一起，喝下午茶，吃夫人亲手烤制的蛋挞。"封城"前四天，女儿从澳门回来时，特意带了两盒安德鲁蛋挞。"封城"后，这记忆中离得最近的美味，一直是精神会餐的主题美食。直到"封城"第五十天左右，女性最爱的这类甜食，才通过团购的方式，回归家庭生活。说来令人很不堪，为了凑够团购的份额，夫人一个单子刷下去，就订了一百四十只。当然，这么做也还有她们始终强调的科学道理，吃甜食会让人心情变好，不会抑郁。

吃过下午茶，儿子他们收拾自己的东西，要回自己小家去。

出门之前，小孙女抱着一只饼干盒，走到我面前，说是送给爷爷奶奶的礼物。

小孙女很认真地告诉爷爷："这是我亲手做的香盒，家里不能开窗户，空气不好，如果屋里的气味难闻，就打开盒子，闻一闻里面的香气。"

小孙女的话有道理。武汉三镇新冠肺炎确诊患者，日增大几千例至上万例，全城医院难求一张病床，普通市民难求一只口罩的那一阵，气氛不止高度紧张，而是极度紧张。各种各样的消息通过自媒体将新冠肺炎的阴险狡猾，渲染到无以复加的地步。左邻右舍的墙壁，楼上楼下的地板，是否抵挡得住，都有人猜疑。高危高压之下，家里的窗户至少有三十天没有打开过，新风系统也要看准冬日暖阳，于午后开机半小时到一小时，时间一到，马上将开关拧到OFF上。

小孙女的香盒里，有一小盒香纸，作为芬芳的源泉，是她自己平时带在身上美美用的。问她为何如此舍得，她说，反正又不上学，也不上街，在家里用不着。香盒里除了香纸，还有三样东西：一只手工折叠的蝴蝶，五根用面巾纸编织的小辫子，一朵也是用面巾纸扎成的玫瑰花。蝴蝶折叠得很像回事，显然是师从美术老师。小孙女没有将这只蝴蝶当回事，什么时候折叠的，没人注意到，可能是网课课间休息，在爷爷的书房里动手做的。她自己也没有像展示别的东西那样一边刻意给大家欣赏，一边强调这种手工的关键点在哪里。那五根用面巾纸做的小辫子就完全不一样了。

小孙女长着一头秀发，她自己都说，最讨厌妈妈带她去美发店剪头发，每次剪头发她都要哭。她的梦想是等到头发长到齐肩了，扎一根辫子，或者两根辫子。与她一样，家里还有一个也不想被妈妈拖着去美发店剪头发的大姑娘。但小孙女的姑姑从来不想扎辫子，只喜欢自己的长发披着自己的肩。不知是哪一天开始的，热爱小辫子的小孙女，将盒子里的面巾纸一张张抽出来，先是搓成小条条，再细心编织成小辫子。等到我们发现时，她已经拿着两根编织好的小辫子，在那里变着花样玩各种自娱自乐的游戏。

"封城"半个月后，家中物资贮备情形有了微妙变化。从最初的相对宽松，逐步变化为相对紧张。这种相对紧张的缘由，并非主要物资告罄。作为主要食品的粮油及肉蛋之类，经过六口人二十天的消耗，余下的保有量，在做好计划的前提下，再消耗十天也是有可能的。问题出在一些意想不到的地方。在我们家，夫人一向以喜欢囤积生活物资著称。作为女性，将日用柜的一半容积用来存放卫生纸和面巾纸，本是无可厚非，奇怪的是她对牙膏的癖好，从旧房子搬迁到新居，旧房子那边的牙膏还有至少十条没动，新居这边积攒的牙膏已经不少于手指加脚趾的数字了。"封城"之后，夫人多次炫耀，若不是自己的这些"陋习"，家里的牙膏、卫生纸和面巾纸早就没得用了。"陋习"一词是我说的，人世间还有哪种灾难，需要一下子用这么多牙膏，这之前真是让人想不明白。"封城"之后，一家六口，每人每天刷牙两次，累积起来的耗费量，若不是有些囤积，牙也要省着刷。那天，小孙女又将面巾纸拿了几张在手，继续编织小辫子。不料奶奶在一旁嚷嚷起来，不让小孙女这么做了，说是再这么做下去，面巾纸就没得用了！接下来小孙女便流了"封城"期间的第一次眼泪。小家伙蜷缩在沙发的一端，将头埋在角落里，哭得那个伤心劲，怎么看怎么心疼。

对自己流眼泪，小家伙有两个理由，一是奶奶不该这么凶，二是自己喜欢的玩具都没带来，别的又不好玩，就是想编小辫子。

经过调查，我打开存放面巾纸的柜子，让小孙女自己看，自己数。原先满满的柜子里，卷筒卫生纸还有十来卷，面巾纸仅剩下一包了。小孙女这才不哭了，但也不说话。我问她，能不能用卷筒纸编小辫子？她这才开口说，卷筒纸太软，搓不了小绳，不是搓破了，就是搓断了。编小辫，至少要三根小绳才行。一般说来，无论小孙女怎么生气，只要开口说话，这事就算过去了。回到客厅，我问小孙女一共编了几根小辫子，她数了数，一共有五根。我说，这么多应当够了，放在原始社会，用这小辫子当货币，你就是小土豪了，可以买好多东西。小孙女一听来了兴趣，接下来的日子，她用这些"货币"与爷爷玩了很多游戏，直到她想起在纸上画方格，玩更好玩的五子棋，这才将面巾纸做的小辫子放进饼干盒里。

就在这时，情人节来了。

"封城"第十九天，二月十日，孙女所在小学上第一堂网课。夫人则全身披挂，开车去单位值守。夫人有哮喘的毛病，从去年入秋之后，就一直在用药物抑制，或许是疫情空前紧张对心理有所影响的缘故，隔三岔五就会轻度发作。非常时期的单位排班值守，一个萝卜一个坑，无法临时替换，更不方便请假，虽然无奈，也得坚持。同时，夫人的"陋习"，使得她在办公室里还有存货。这番征途，冒点险顺便将面巾纸带回家，还可解燃眉之急。

就在自己戏称夫人是二十一世纪的穆桂英时，一场在平时完全不会有的冒险，也在不声不响地进行着。

这一天，事情也真是多。北京、上海和广州各有一家媒体要做访谈，都被我婉言拒绝，当然，我也答应，疫情过后，社会回归理性，再与他们好好聊。还有两家出版单位约稿，写武汉战"疫"。再有小区物业首次公开发送本小区疫情信息："从疫情开始至今，累计确诊感染新型冠状病毒患者六例，发热病人十三例。确诊六例：一栋？单元三十八楼（已康复），一栋一单元二十一楼（已住院），三栋二单元七楼（二人已住院），四栋一单元八楼（已住院），六栋？单元十二楼（已住院）。发热病人十三例：三栋一单元六楼（已恢复），三十楼（已恢复），三栋二单元十四楼（居家隔离），四栋一单元四楼（二人，其中一人居家隔离，另一人在外小区隔离），十二楼（三人已住院），三十九楼（二人居家隔离），五栋二单元三十一楼（居家隔离），五栋二单元六楼（已恢复），六栋一单元七楼（已恢复）。请广大住户做好防护措施，照顾好家人，最大限度减少交叉感染，如有情况，还可以联系社区电话。"信息中有两处单元号没有写清楚，这已经是疫情管控工作最大的透明度了。

最麻烦的事情源起于中午，发生在下午。一般情况下，自己午休这一小觉会睡至两点半，最晚也不会超过三点钟。这一次，两点还差几分钟，就被一阵难受惊醒，来不及穿好衣服，就赶紧往卫生间跑。

当天日记记载如下："下午继续在跑步机上跑步，三十五分钟，三公里，桑拿二十五分钟。夫人从办公室回来时，正好接着余温桑拿一番。按说，应当不错的，不知什么原因，感觉格外难受。最难受的还是全身上下不由自主地紧张，不受控制地拉稀和肚子疼，上了十几次卫生间，出了数不清的冷汗，下肢酸软到站立都成问题。体温从相对稳定的三十六度三，飙升到三十六度九了。强忍到夜里，早早上床躺下。待夫人也上床后，紧紧抓着她的手，像是抓住一根救命稻草，感觉才轻松一些。在心里反复叮嘱自己，不管怎么回事，只要天没有塌下来，先睡一觉再说。"

第二天还有补记："昨夜太煎熬了，直到凌晨四点，才睡着一小会儿。清晨醒来，动动手脚，居然没事了。体温回到了三十六度一，有意试着咳嗽几下，并无连锁反应。还是不放心，连忙起床，先用吸尘器将楼上房间清理一番。再用84消毒液将楼上楼下地板全部拖一遍。早餐后，小孙女又开始上课，自己则到楼下，写些书法。用了大号笔，试着写出'守正心灯，百毒不侵'的浓烈效果。写了四五幅，都不尽如人意。也不着急，回头接着再写，非常时期，这样更像练兵千日。"

接下来还有如下文字："晓华来微信：汪政跟我说，好几天没你的消息了……我回复她：昨天，简直与就是的差一点点！全身难受，嗓子发干，还有别的，拉肚子等，除了没发烧，要不就是那么回事了。强忍着，不敢声张。睡了一觉，早起又回过神。再想过去两天的经历，明白应当是食物中毒！根源是那两把莴苣菜叶。明显腐烂许多，却舍不得扔。以为将烂了的部分弄干净，炒熟了就没事。放在平时，好好的莴苣菜叶扔掉，也不会在乎。真是越怕鬼，越有鬼，闹了一场虚惊，吓出几身冷汗！"

晓华微信中的"……"，自己回复中所用"就是的"和"就是那么回事了"，都是不愿正面面对感染新冠肺炎的变相说法。有外地朋友熟人，隔些时日不见动静，来短信或者微信问"最近还好吧"，也是这种意思。只有南方人所形容的苕，才会直截了当地问对方，有没有感染新冠肺炎？前几年，"反腐风暴"席卷全社会，同事、熟人和朋友，还有总在媒体抛头露面的官员，只要有一阵没有公开信息，私下也不见动静，某些关系相对特别的人，就会问对方"最近还好吧"。这样的询问，多是好奇心作怪。今次所问"还好吧"，是真正的担心与关切，也是对胆怯和害怕的一种自我放大。这一点，在"封城"的第一个十四天和第二个十四天，表现极为突出。第三个十四天来临，有危险的差不多全都暴露，没动静的也就不会有太大危险，用不着为之前有过这样那样的亲密接触提心吊胆。自己也曾问候过一些人，反馈回来的信息都没有问题。因此，免不了还想知道，万一碰上对方不太好，或者已经很不好了，对方会如何回应？平常过日子时，人们总在说，没有消息就是好消息。武汉"封城"之后，这话不仅不再是这七十六天中的真理，甚至还是对这七十六天中真理的扭曲。在诸如亲戚、朋友、熟人、同事等主要社会关系中，一点消息也没有的人，往往是中了招的。在新冠肺炎疫情面前，越是中了招的人，越是不想让人知道。

有句关于国家大政的名言：外交无小事。

在武汉"封城"的日子里，这句话变成了战"疫"无小事。

一次口罩没有戴严实，一次率性没有洗手，用摸过门把手的手摸一下鼻子，用表面上很干净的手揉一下眼睛，都有可能酿成大祸。"封城"第十九天，二月十日，小孙女的第一堂网课，将居家情景拉回到往日的活色生香。反省起来，怪只怪自己一时大意，松懈了一直紧绷的神经，节省了不该节省的东西，吃了不该吃的东西。

伴着小孙女的琅琅书声，夫人第一次轮班去单位值守。从早到晚，厨房大事都由我主政。这时候，家中原有的生活物资消耗很厉害。特别是蔬菜，带叶子的青菜除了大白菜，就只剩下莴苣菜叶。可那样子不只是枯萎，菜叶尖尖和边缘已经开始腐烂。放在平时，莴苣菜叶除非是当日采摘，凡是隔天隔夜，模样不太水灵，必定将其扔进垃圾桶。在家里，我对尖椒炒莴苣菜叶的偏爱，与孩子们对红烧排骨的偏爱程度对等。在"封城"最困难的时候，无法下决心将这些莴苣菜叶尽数当废物丢弃。加上又是亲自下厨，炒莴苣菜叶时，还破例往里面放了几片腊肉，端上桌开吃后，自己再三渲染莴苣菜叶如何美味，孩子们就是不动筷子。自己一个人吃了将近一半，其余的都还盛在碟子里，准备晚餐再接着吃。历史过往，成也萧何，败也萧何的人和事，不会少于百分之五十。为人一生，好也是由于口味，不好也是由于口味，以对不对口味来决定的日子，也会不少于百分之五十。这一碟腊肉炒莴苣菜叶，幸好不对孩子们的口味，没有跟着我狼吞虎咽，否则，这一天余下来的时间里，只怕家里的两个卫生间都无法消停。更无法想象，一家人全都那样了，一要向社区报告，二要向单位求助，当一群穿着防护服的人如临大敌般找上门来，聚集在门里门外，巨大压力之下，没问题会弄成有问题，小问题也会变成大问题。

这种事情之前就有过预兆。"封城"头三天，家人在一起议论，觉得最多二十天到一个月，有两个十四天，两个隔离周期，足以阻断病毒传播。全家人一心一意，不作他想，就用贮存物资来应对。当冷藏柜的西红柿表皮出现一些小黑点时，用小刀一点点地削干净，再切成细丁，做成一大碗番茄蛋汤，吃起来口感还不错。那天下午和晚上，自己就闹过肚子疼，儿子也有些肠胃不适。那时候根本就没有往西红柿身上想，还以为是肠胃着凉，喝一包午时茶，将供暖用的燃气锅炉温度调高两度就过去了。

一般轻微食物中毒，放在平时，根本就不是事情。几十年活下来，这类事情见得太多。只要不是上吐下泻，谁也不会认真对待。多少人，多少回，遇上这等事情，一番饥饿疗法就解决了。"封城"之下，只要是负面的，不管是生理原因，还是心理原因，也不管是高调带路网红，还是低调搵食草民，但凡有与新冠肺炎相关的事上身或者上心，立马像那旧时的"驴打滚"，当下的"套路贷"，明明只是一笔千元小债，硬是变成一口甩不掉的大锅。

二月十日早上七点四十八分，湖北省卫生健康委员会发布消息，昨天一天，全省新增新型冠状病毒性肺炎病例二千六百一十八例，其中，武汉市一千九百二十一例，黄冈市一百一十五例；新增死亡九十一例，其中，武汉市七十三例，黄冈市两例；累计报告新型冠状病毒性肺炎病例二万九千六百三十一例，其中，武汉市一万六千九百零二例，黄冈市二千二百五十二例。现有疑似病例一万八千四百三十八人，其中集中隔离一万四千三百八十八人，当日排除七千一百九十四人。累计追踪密切接触者十三万二千五百五十五人，尚在接受医学观察七万三千一百二十七人。在这些数字背后，还有许多一时间无法做到应收尽收，只在哀鸿满网的自媒体中呼救的声音。

受到环境的严重影响，本来就格外紧张的身心，只需些许腐败的莴苣菜叶，就激发出生理和心理的双重反应，再通过神经系统加以放大。从下午到晚上，自己至少测了五十次体温，由于不停地出冷汗，觉得红外测温仪不准确，测出来的数据偏低，每隔一小时，就用最准确的老式体温计夹在腋窝里加测一次。所幸，体温最高时也才三十七度一，没有超过三十七度三的红线。就这样自己都在心里盘算，要不要在家里也戴上口罩？要不要到楼下的那间客房自我隔离去？那天晚上，临睡前，自己又在每天早中晚各服一包连花清瘟之外，悄然加上第四包，冲服下去。事情过后再仔细回想，后悔当时没弄清楚症结，对付这类毛病自己太有经验了，冲服两包午时茶，更有药到病除功效，下午喝下去，临睡前回过神来，夜里就不会连篇累牍地做着噩梦。

"封城"第十天到第三十天，一千多万武汉人难受到接近崩溃。

说句相当情绪化、不必当真的话：任何时候都不要用任何方式，对这二十天里发生的一切与疫情相关的"负面"事物进行追究。这种通过群体不断放大的崩溃感，如同一向张口就来"明天再不行自己就要如何"的明天。事实上，因为明天永远都是明天，明天永远不会失去，武汉才没有真的崩溃！只是三镇上空，空气紧张得几乎要凝固了。

从"封城"的第三天，到解除"封城"的第七十六天，再到"封城"的日子一天天远去的现在，我所接触到的"封城"中人，只是表达恐惧的方式有所不同，从未听谁说不曾恐惧的！有人直来直去地表示自己差不多吓死了，有人默默不语耷拉着眼皮示意不堪回首。不要说人，动物也难以例外。我们小区里有一千多户人家，分布在高楼与洋房加在一起共十一座楼宇里，按平时所见估算，所养的宠物狗，有上百只，"封城"七十六天里，几乎听不见任何犬吠。都说犬类越是恐惧才叫得越凶，形形色色的宠物狗，那么长的时间里，集体噤声，俨然是在野外遇上一只老虎，因为恐惧超过极限，连吠叫的功能都秒杀了。回想起来，"封城"的第一天和第二天，感觉上只是高度紧张，还没有升级为恐惧。人在高度紧张之际，所思所想就会变得十分朴素。那两天，在家庭、在亲人当中，在朋友圈里，还有许许多多的自媒体，都在呼唤：解放军怎么还不来？唐山大地震，九八抗洪，玉树雪灾，还有汶川大地震，但凡天灾人祸降临，只要子弟兵一来，民心就会安定。大年初一的电视新闻里，终于出现四百五十名子弟兵于除夕之夜空降武汉天河机场的画面。家人中，有几个同时指着电视机，大声说："解放军来了！好了！太好了!"算得上半个"军迷"的孩子更指着飞机说："那就是'运20'。"说话之际，因为激动，大家的眼圈都红了起来。激动过后，再往深处想来，既然都动用大国重器"运20"专门运送解放军医疗队来武汉，可见情况比普通市民所能想象的更为严峻。正所谓"细思恐极"，乐极生悲，极高的期望值，也催生了对疫情何时才能控制的极大担忧。所以，日后到一起相互诉说，差不多与我等一样。当中共中央总书记、国家主席、中央军委主席习近平于大年初一主持召开政治局常委会会议，成立中央应对疫情领导小组，将疫情防控由地区上升至全国的消息传来，当全国各地的医护人员开始一批接一批地驰援湖北武汉，当祝福平安的信息从四面八方铺天盖地传来，当我们透过窗玻璃发现蓝天白云红日之下杳无人迹只有风吹枯叶萧萧滚过，才开始由要命的揪心变为日夜战栗。就像物理学上的作用力等于反作用力，对人世之事的关怀程度也等于恐惧程度。

"封城"第二十二天，二月十三日，则是这种窒息的临界点。

情人节的头一天，早起见到公告，武汉地区昨日新增确诊病例一万四千八百四十人，着实吓得不敢吭声，不敢向还在清梦中的家人通报。过了一个小时，见到后续消息——由于以往必须检测到核酸阳性才确诊，现改为临床确诊就行，才使新增数字暴涨。这样做也是好事，相当于将埋藏在各个住宅小区的"地雷"与"定时炸弹"全部挖出来。一如媒体所说，这是总攻开始了，要将新冠肺炎围歼在武汉城区，这才稍稍放心一些。

这天傍晚，一位穿着防护服的女子敲开我家门，再退到背靠门厅另一面墙的位置，询问家里有多少人，体温是否正常。这一天武汉三镇全民体温排查累计排查了四百二十四万零七百八十六户、一千五百八十万三千四百四十六人，排查率分别为百分之九十八点八和百分之九十八点七。排查到确诊病例一万八千一百一十六人，疑似病例一万四千二百四十七人，密切接触者一万八千四百零七人，一般发热患者七千二百零二人。事后才弄清楚的这些数据，体现了对新冠肺炎疫情有意义的围歼。既然是围歼，就必须是一个不漏。真正做到全市确诊患者中居家人数清零，疑似患者居家人数清零，是十天之后的二月二十二日。接下来，居家确诊与疑似病患两次双清零，要等到半个月后的三月六日。

二月十三日这一天，最震撼的事情发生在上午十一点，媒体突然报道：省、市书记同时换将，蒋超良和马国强二位同时被来自上海市市长任上的应勇、来自济南市委书记任上的王忠林所取代。昨天以前的武汉情形用悲壮来形容，这一天则变成惨烈！

突如其来的变故，将人弄得一惊一乍！

这天夜里完全没有睡好，迷迷糊糊的分明还没入睡，天就亮了。这时候，小孙女的网课还没有改为后来的九点整，还是八点二十分开始。六点四十分闹铃一响，便半睡半醒地爬起来，眼睛还没有完全睁开，加上眼疾有加重的趋势，更是看不清楚，只感觉到屋里有强光闪了几下。还没想明白是怎么回事，一阵轰隆声传过来。

正在发愣，夫人也醒了，问老鼠怎么会这么凶？她以为又有老鼠顺着空调管道钻进房顶的隔板里。说话时，自己已回过神来，老鼠哪有这本事，这是老龙王的拿手好戏 —— 春雷响了！夫人还在疑惑，说这哪里像是打雷？

的确，很响的春雷有些异常，如同钢铁巨兽贴着地面滚滚而来。

小时候，在山里，听大人说，这种声响的雷，是来镇压妖孽的。果然，几番滚地雷响过，一阵惊天动地的炸雷，直接砸在近在咫尺的某个地方。

天若有情，早该冲着瘟神痛下狠手。

春雷滚滚，将疫情推上极端，自然而然，也就是转折点了。

情况还真的是这样。二月十四日上午公告说，前一天新增确诊病例三千九百一十人，新增疑似只有四百多人。感觉这是真正的好消息。在微信里，协和医院小葛医生也持同样看法，她的理由是，新入住的病人病情都比较轻，不像先前，一来就插管抢救，再有打电话问诊求救的人明显少了很多。在呻吟声不绝于耳之际，终于有了几分几秒的间歇，成了令人心酸的享受与幸事。

"封城"之后，人最在意的是日子。天天无法出门的人，无法不在乎今夕何时，身在何时？大家都在掐着手指计算，受困天灾绝境的日子，深陷瘟疫苦海的时间，盼着安吉脱身的那一刻。不要说人所尽知的大日子，一九四六年二月十四日世界上第一台计算机问世，一九五八年二月十四日周恩来出访朝鲜宣布中国政府决定撤军，一九九六年二月十四日中国第一个靠营养液维持生命的周绮思活满十年，这些尘封极深的事情，都有人记得清清楚楚。一觉醒来，顺手拿起手机时不曾记起，也会在刷屏时见到热气腾腾的情人节的概念。在自己心里，也还记得，二〇一八年二月十四日白天，写了一副春联：春风年年醒，文华岁岁铮。二〇一九年二月十四日夜里，在家陪夫人看一部好莱坞电影，内容是吸血鬼也有爱情。

全家六口，只有小孙女还不清楚这一天的意义。

然而，女儿起床之前，大家都不曾开口提及。

平日里，早起之后，夫人要赶着上班，自己要赶去游泳，中午基本上不会碰面，只有晚上能到一起，又有可能为各自的俗务忙到丢三落四。武汉"封城"之后，社会上俗务少之又少，夫人对我，我对夫人，说出那三个字的频率，至少比平时翻了好几倍。就自己的状态来看，也许会在这一天某个单独相处的时刻，比如夫人在厨房里忙着做菜时，轻声对她说出那三个字。

女儿所在大学午后一点才有网课，十二点左右起床时，第一眼看过来，还有些惺忪。第二眼再看过来，我就明白她的小心思。女儿的这点小心思，也是我熏陶出来的。从上小学一年级开始，每年的这天下午，若是去学校接她回家，都会绕道去花店买上一束花，拿回家，待夫人下班进门，由女儿代替爸爸献给妈妈。女儿稍大了些，有时候自己会有意装作不记得，她便会主动提醒：爸爸是不是忘了给妈妈买什么东西？这么些年过来，女儿在这一天看爸爸妈妈的眼神已经有了特定的神采。面对女儿看过来的眼神，我悄悄地做了一个两手空空的动作。女儿嘴角轻轻撇了一下，似乎有些不满意。就在这时候，自己心里动了一下。

我转身走向冰箱，打开最底下的冷藏柜。又从冷藏柜的最底下，翻出一只塑料袋，再从塑料袋里取出两根剩下来的洪山菜薹。昨晚清点冰箱里的食物时，就曾发现它们。当时还忽闪一想，这东西得尽快炒了吃掉，不然会老得只剩下一层皮。洪山菜薹是"封城"之前买回来的，原本打算大年初一开车去罗田县城给老母亲拜年，带去给老人家尝鲜。武汉突然"封城"，原计划落空，只好留作战"疫"物资。不知什么时候，剩下来的两根洪山菜薹被压在冷藏柜最底层。过了二十多天，菜薹根部已经空心化，那最清甜的营养都被输送到最顶端，用来开出几朵金黄色的小花。

我背对着家人，将几朵凄美的小黄花拿在手里整理半天，也无法弄得像个模样，只好原样拿着，回过头来，当着孩子们的面，郑重地献给夫人。夫人灿烂地笑过后，眼睛里多出一层亮闪闪的东西。

女儿带头起哄，别的孩子也不想替我们省油。

难得一阵欢笑过后，还有更快乐的事情要发生。

大人们忙着用手机拍照留作纪念时，小孙女在一旁安静地捣弄几张面巾纸。前几天，她用面巾纸编织小辫子，奶奶提醒她，面巾纸要省着用，不然就没得用的了。小孙女很懂事，奶奶只说一次，她就不再弄面巾纸了。三天前，奶奶去单位值守，顺便将存放在办公室里的面巾纸带回家，特意告诉小孙女，她可以继续编小辫子了。小孙女低头忙个不停，大家以为又是编小辫子，她却变了花样。直到她将做好的手工拿出来，才看清楚，小家伙用几片面巾纸扎了一朵小花，还在纸花上面用彩笔涂以红色，说这是献给最爱的人的玫瑰花。爷爷问，她最爱的人是不是爷爷？奶奶问，她最爱的人是不是奶奶？爸爸问，她最爱的人是不是爸爸？姑姑问，她最爱的人是不是姑姑？小孙女一手拿着纸玫瑰，一手拿起手机，与春节假期一结束，就去办公室上班的妈妈视频通话，小孙女没有说特别甜蜜的话，也没有做特别关爱的表示，就那么实实在在说，妈妈，这是我给你做的纸玫瑰花！

我们这辈子，或许很难再有这样既天真无邪，又惊世骇俗的情爱表达。

满城男女老少变为满城惊弓之鸟，人的情感也回归原始基础。既往的花样，既往的花招，既往的花光月影、花柔玉净、花团锦簇，都可以忽略不计。

"封城"第二十三天，二月十四日情人节。一大早，春雷响个不停。到傍晚，春雷声丝毫不见衰减，巨响更加雄浑。其中一只春雷，仿佛就落在与北边卧室相对的楼顶上，又像是那栋楼内谁家电器被雷电击爆了。按天气预报说的，夜里要下大雪。这种样子与下雪的天气相去甚远。

"封城"第二十四天，二月十五日早上起来，还不见雪的踪迹，都觉得再不下雪，就会是无雪的冬天了。到午餐时，一家人围坐在一起，忽然间一抬头，见窗外雪花纷纷一片。才一会儿，就变成漫天大雪狂舞。大雪还没化为美景，自媒体上就有提示文字："下雪了，医务人员提醒，不要用手直接接触雪，更不要带孩子出来玩雪，雪会把飘浮在空中的病毒带下来！新型冠状病毒怕热不怕冷！降雪对病毒传播有利有弊。有利的一面是，降雪可以清洁空气，因为雪花可以有效沉降空气中飘浮的细颗粒物，而这些颗粒物往往会窝藏病毒或是细菌。""封城"以来，各种戴着科学口罩的信息，与外面正在落下来的大雪一样多，见到了，不敢当真，也不敢说假，唯一有把握的正确做法只能是，管他天上撒什么金粉，飘什么银云，我自岿然不动，坚决待在家中。最多搂着小孙女，一家人站在窗后，听小家伙没完没了地自言自语，好想到外面去！好想到外面去玩！好想到外面去玩雪！

　　白雪是世间人所共享的厚礼，即便是《白毛女》那般惨绝人寰的往昔，雪花飘落之时，喜儿姑娘还是捧着雪花，开心歌唱几句。那么好的雪，况且还是近些年来将全城装饰得最洁白无瑕的一次，全都倾倒给武汉，却没有一朵雪花属于城中上千万武汉人。

　　在许许多多关于这场雪的话语中，我只对自己说了些心里话。

　　疫情中的病毒，倘若像雪花一样可见，再多再大，也不可怕。怕就怕瘟神在眼前，病毒也在眼前，依然摸不着，看不见，闻不出。这会让肾上腺素变得更加不明是非，不辨真假，将1.0版的人言可畏，催化成2.0版的三人成虎，使得漫天飞舞的雪花，既没有罪，也不是恶，却被一城的人当成罪恶的帮闲。

　　用人的肉眼看清病毒，我们身边的第一号超人张定宇做不到。一千年、一万年之后，这个世界的头号超人仍然做不到。凡是声称能用从娘胎里生出来的肉眼，看一看，瞧一瞧，就将人群中被感染的谁谁分辨出来，其感染源就不会是新型冠状病毒，只能是臭不可闻的垃圾桶。

　　大厄当头，大疫当前，与其说上千万人齐心协力消毒杀毒，不如说"封城"之下人人都在清洁身心。

　　"封城"第一天，元月二十三号，是在所有人都没有准备的情况下开始的。

　　"封城"公告一出来，自媒体上最显著的位置全部让给了"抢购"。

　　人的情绪，很容易在一些物化的东西刺激下产生变化。

　　从泳池游完一千米回来，隐隐觉得情况有些不对劲，与夫人合计一阵，又将楼上楼下巡视几遍，就想着至少要备些纯净水，还有消杀病毒用的酒精等。上午十点，自己开车外出转了一圈，见大大小小超市门前都被人车塞得水泄不通，这才完全紧张起来。实在想不到，大家对"封城令"的反应如此迅速。超市进不去，就找路边商店。没料到进第一家店就碰了壁，自己才说出"纯净水"三个字，对方就回应，早卖光了。跑了近二十家，偶尔能见到卖剩下散在那里的小瓶包装，那种五升十升装的桶装纯净水，连影子都没见着。沿途药店门口，排队的人比早上见到的增加了许多。好不容易见到一家没有排队的，赶紧停车钻进去，那药店的货架上只剩下一些夏天才用的花露水和金银花露等。

花了近两个小时，临近中午，回到自家小区门口，心有不甘地停下车来，进到离家最近的小超市，居然还有纯净水卖，马上要了三件。正在看还有什么值得买的东西时，一位女子急匆匆进来，大声嚷嚷，问有没有医用酒精。售货员出乎意料地回应说，有！听到这话，自己马上说，我也要。片刻后，售货员拿出仅有的五小瓶医用酒精。那女子还算不错，看了我一眼，说好吧，我拿三瓶，两瓶给你。那女子付过款，拿走三瓶后，本以为这两瓶归我了。偏偏这时进来一位女孩，也说要酒精。售货员说，没有了，刚卖完。女孩看了看还在前台上放着的两只小瓶，又看了看我。我只好说，好吧，我俩平分，你一瓶，我一瓶。女孩怕我反悔，抢在我前面，用手机扫码付了十五元人民币，像北风一样进来，像春风一样跑开。一念之间，本来有两瓶医用酒精可用，到手的只剩下一瓶。说是一瓶，其实是一百毫升包装。若是白酒，也就二两。

一百毫升医用酒精用到只剩下不到十毫升时，我曾下意识地叹了口气，说本来可以买两瓶回来的，因为见不得女孩子无助的样子。那语气也不是用来表示后悔的。家人们也一样，特别是小孙女和她姑姑，像是安慰一样，回应说，不是已经用衡水老白干冒充酒精了吗？唯一令我略有遗憾的事情是，小家伙们没有进一步追问，假如只剩下一瓶医用酒精，女孩子晚来一步，她也想要，你会礼让给人家吗？我很想有这么刁钻古怪的事情发生，看看自己的"终极"表现如何。小家伙们没有逼问，真实情况也没有发生。自己偶然想起来，在和平人生里，面对危难需要做出唯一选择，常常是升迁与晋级、荣誉和待遇等俗事，能够顺利通过这样的难关，有真正的危难时，一样能够过关。

三箱纯净水一共付了三十六元。一瓶一百毫升的医用酒精付了十五元。"封城"第七十一天时，离武汉解禁只剩几天了，一应物资，再没有谁谁缺少的了。夫人像亡羊补牢，下班回家，顺路到药店买了二点五升装的一桶医用酒精，只花了四十五元。非常时期，花钱多少事小，能买到必需品事大。拥有二点五升一桶的医用酒精，再往种种需要消杀的地方喷雾杀毒，内心很充实，也信得过，若有丁点不充实和信不过，就会用小喷雾器，再补上几喷。像土豪那样铺张浪费，也在所不惜。夫人说我太奢侈了。我说，好不容易有机会能奢侈一下，等过了这一阵，里里外外都是好好的，再用酒精喷，那不就是神经病了！这么一大桶酒精，越是不用，它挥发得越快，还不如现在多用点，图个安全。对比这一下子就能灌进五百毫升医用酒精的小喷雾器，用那唯一一瓶，且只有一百毫升的医用酒精消杀时，手指压在酒精瓶顶端按键的感觉，等同于狙击手的食指扣在狙击步枪扳机上。恨不能将一个个病毒揪出来，一枪灭掉一个，两枪灭掉一双，半颗子弹也不浪费。

人间之事，说怪就怪。大难当头，最重要的事往往不得不让位于其他舆论情绪，灰头灰脸地待在没有人看管的角落。就像与那种极富费厄泼赖精神的恶棍，或者将寡廉鲜耻当成勇敢的泼妇辩理，明明说话的主题是粮食够不够吃，到后来却发现，争吵得最多的问题是肥田的大粪有多么臭。"封城"之下，火神山和雷神山两座医院，只用十来天就奇迹般高速建成的话题性，都不及阳台上的一声锣响，窗户里的一声喊叫。在武汉战"疫"关键时刻起着至关重要作用的方舱医院，也远不及某位江湖郎中的提起率。这期间，家里所经历的种种小事，本质上也符合大社会的特征。比如，医用酒精在重要性上是毫无疑问的，任何与新冠病毒关联的大事小事、琐碎细节，都要派上用场。在家人中受关注程度，还不及情人节那天的菜薹花，不及小孙女想用来编小辫子的面巾纸，不及一把本该扔掉却没有扔掉的莴苣菜叶！一百毫升医用酒精，每喷一下，就会少一个单位刻度。家里的人至少表面没有将这事当回事，别的任何事都有人计较。

"封城"三十天左右时，那天晚上，我全副武装出门放垃圾回来，正要用盐水漱口并冲洗鼻腔，夫人突然大声说，你不能再这么用盐了！我听着有些奇怪，从去年十月开始，自己一直这么做，对抑制过敏性鼻炎和口腔溃疡症状明显有效，会有什么不该发生的错误吗？不等我发问，夫人就接着说，家里只有不到一两盐了。我问她，当初外出采购时，不是说盐很充足不用买吗？夫人回呛说，那是没有预料到你会将大部分的盐洗了鼻子，漱了口。印象中，"封城"时家里有三包盐，就算用掉两包，也应当还有一整包盐。夫人要我自己去看，真的拉开放调味品的抽屉看过，原先放盐的位置已经空了，只有放在外面的小玻璃瓶中还能见到白花花的模样。

我一直笑话夫人买的小玻璃瓶和那舀盐的小勺子，是用来玩过家家的。小勺子比掏耳朵的勺子大不了多少，小玻璃瓶最多只能装下二两盐。此时此刻，小玻璃瓶上半部分已经空了，家里剩余的盐，全在小玻璃瓶下半部分里，真的只有一两左右了。且不说中国人口味普遍偏重，只依照人均日摄入食盐总量为六克的国际标准，六口之家，每天就需要三十六克，余下的这点盐理论上只够维持两天。依照实际情况，一日三餐，都吃面条，老家送来的手工挂面已经放盐了，不需要加盐，再加盐就咸了，那也维持不了几天。

这时候，外面有些小区已经有自发的团购活动。自己所在小区正要起步，所列代购物资品名中，唯有青菜，暂无其他。那天中午，一家人在一起议论《闪闪的红星》，电影里面的小红军潘冬子，将棉衣用咸盐水浸湿，瞒天过海，为山上的红军送去急需的食盐。本是想如何解决问题，却一下子转到小孙女有趣的往事上。严格依照育儿宝典行事的儿子儿媳，一岁半以前，只让小孙女吃糖。直到一岁半，小孙女才第一次尝到有盐味的食物。她只晓得甜，不明白咸，觉得怪怪的很难吃，就大叫了一声：哎呀，太甜了！大家说笑时，小孙女一脸呆萌，说自己当时太小，不知道嘛！听她这样说话，真要惊呼，你现在才多大呀！笑过之后，盐的问题还是令人头大。

这些年来，也算是遇上一些事情。一九八五年前后，当时还在英山县文化馆工作。改革开放后第一次通货膨胀，抢购最疯狂的那一天，与同事一道站在门口看热闹。后来，身边的人全都忍不住加入抢购大军中。商店里的东西被买空了，实在没东西可买，其中一位不惜买了两箱酱油回来。那一次，抢购的盐一家人可以吃上二十年的例子，仅仅身边就有好几例。一九九八年夏天，自己已在武汉定居，那场世所罕见的大洪水来袭，单位所在解放公园路的大街上，都能空手抓到鱼，也不曾上商店多买一瓶纯净水。我向来相信人算不如天算，逆天而为的事尽量不要去做。二〇二〇年年初，大疫袭来，漫长的"封城"日子，颠覆了自己的传统和习惯。

"封城"第三十二天，二月二十三日。因为前一天通告说二十一日所有疑似感染者全部清零，才对二十二日的结果有所期待，没想到，二十三日公布二十二日的疫情数字，居然比前天还要多。加上自媒体疯传，第一批感染者是元旦前的，第二批感染者是挤医院的，第三批感染者是挤超市的，第四批感染者就是瞎团购的。昨天新增的正是第四批。一拨接一拨地传染起来，这样下去何时是个尽头？一想到此，心情相当不好。偏偏这时候，夫人用于抑制哮喘的药没有了，以往按一下就会呼呼作响的小喷罐，长按不动也不再有任何反应。口服的药片也只剩下一排三颗。情急之下，自己第一次，也是"封城"期间唯一一次向单位开口求助。值班的同事满口答应，让将药名发过去，还说，一会儿去给一位摄影家送苹果，顺路找药店买了送过来。听说都能给摄影家送苹果，我也多提了一个请求，让再看看沿途有没有开门的小店，再帮忙买几包盐带过来。当天下午，同事果真送来四包盐，还有相关药品。若在平时，必然要对盐的类别和品相仔细研究一番。这四包盐，从头到尾就没细看一眼，只要吃到嘴里有咸味，就觉得很好了。

长篇小说《往事温柔》中，曾将一个故事穿插进另一个故事。

这故事是小时候听爷爷讲的。巴河边一户富人的独生女出嫁，陪嫁嫁妆号称是全套的，有对女儿的疼爱，也有炫富的意味。此前，只听说皇帝的女儿出嫁，才是全套陪嫁嫁妆，一应家用的东西应有尽有。巴河边也有这样的好事情，方圆十几里的人自然要来看稀罕。眼见得朱红漆亮的嫁妆一件挨一件摆了两里路长，偏偏这时候来了一个大家都不认识的叫花婆，自称当年宣统皇帝嫁女儿，也说备了全套嫁妆，她却看出来，金制银作，丝织棉纺，样样都有，却缺少一枚绣花针。富人的家人讥笑叫花婆，宣统三岁登基，六岁退位，连娶个拖油瓶的老寡妇的机会都没有，哪来的女儿出嫁？富人的家人信心满满地让叫花婆查，叫花婆从头到尾，又从尾到头地看了两遍，然后说，还缺一样过日子的关键东西！富人的家人赶紧检查，同样从头查到尾，又从尾查到头，最终也没发现缺什么。富人的女儿带着她的全套嫁妆到了婆家，拜堂成亲，入洞房时，先进屋的丫鬟将梓油灯点亮后发现，叫花婆说得不错，真的不是全套嫁妆。当年的梓油灯，用火柴点亮后，需要将灯盏里梓油浸泡着的灯芯拨一下。灯芯越拨越亮，不拨灯芯，灯光就会被梓油浸熄。拨灯芯用的灯芯棒，随手捡根草茎都可以算。富人嫁女的嫁妆中，连草茎做的灯芯棒都没有配上，这叫什么全套嫁妆！

只要是故事，各种人物命运，当然要由讲述者来决定。

爷爷的故事有属于爷爷们的意识形态。像绣花针、灯芯棒，这些能够脱离意识形态自主存活的细节，不管年代背景如何变化，都有其不可磨灭的生命力。

"封城"第四十八天，三月十日，与《人民日报》的朋友在微信中聊"封城"之事。我说，也不知是怎么回事，今天孩子去取别的快递，意外在小区门岗处，发现多天前就送来的四盒牙签，还附上一壶玉米油。可能是牙签数量不够，店家配套的吧。又要说谢谢了！朋友说，千万不要说谢。太小的事了。我告诉朋友，东西早送来了，都在门岗那里堆着，是快递公司没发信息通知。朋友说，最近怎么样？希望武汉尽快恢复正常。我说，明日春风，习飐江城，应当是快了。冰雪聪明的朋友，马上明白这话的意思。

与朋友谈及牙签，是"封城"第三十六天，二月二十七日，当时信手在键盘上敲出一句话，万万没有想到，粮不缺，米不缺，偏偏缺那最不起眼，又实在没办法缺少的牙签。

说这话之前，刚刚又被夫人数落了一番。本来是想做好事，将苹果削好，切成小块，再在上面插些牙签，方便家人信手拿起来食用。夫人数落的不是苹果切片后容易氧化，而是切片上插六根牙签就够，再不将牙签数着用，回头就没得用了。夫人的话一点也没错，牙签盒里剩下的牙签已经够少了。不要说让学习格外认真的小孙女去数，就是我这种向来对数字粗枝大叶的人去数，也不会超过五十根。错的是当初没想到牙签也需要有所贮存。就像皇帝嫁女儿的全套嫁妆缺了绣花针，就像巴河首富嫁姑娘的全套嫁妆忘了用草茎做一根灯芯棒。生活中，有些事情并非努力去想，就能想出万全之策。智者千虑，必有一失。老祖宗传下来的经典，用在这里显得很俗气，道理是相通的。

夫人发话后，需要用牙签时，家人都很自律，一次只拿一根。然而，剔牙剔到一半，牙签无法再用，又不好意思再换一根，那种感觉，还不如不剔牙，就那么塞着，还好受些。"封城"第三十六天，二月二十七日，与《人民日报》的朋友聊，是以剔牙为例，说明"封城"之下，针鼻大小的窟窿，会放大成一座东湖，平常根本不当回事的东西，变成了重要命脉。她当即说要寄一些过来。可那时候，除了医疗用品，所有快递公司都不接收寄往武汉的其他物品。武汉本地有名叫"跑腿儿"的专门替人代购，我们自己找了许久，也没找到可能代购牙签的。也不知朋友用了多少时间，找了多少家网店，才将我们没有找到，或许是武汉三镇仅有的四小盒牙签给搜罗到了。那一身超级网虫的本事不说，还需要一种比当事人更加执着坚忍的性情，加上一颗着实牵挂之心。

"封城"之前因为眼疾上医院，医生唯一叮嘱不要喝酒，对一向与饮酒并列的辛辣食物，则不置可否。"封城"之后，有朋友转告某院士级流行病学专家的话，二〇〇三年，同为冠状病毒感染引起"非典"流行时，其所熟悉的医护人员中，凡是每天下班后都要喝点白酒的，全都安然无恙。二〇二〇年年初，新冠肺炎暴发，医护人员中的感染情况还是差不多。疫情最危急的那段时间里，自己每天晚上也拿起酒杯小酌三两杯。"封城"第四十天，晚餐喝了三杯衡水老白干。一边喝酒，一边拍图片给朋友。朋友马上微信视频过来。一见他家餐桌上有两只雪白的大馒头，顿时馋出口水来了。将视频给孩子们看，他们也纷纷叫着，好想吃馒头哇！

"封城"第五十六天，小葛医生来微信，我马上又要去支援了，这次是去我们医院急诊科的缓冲病房支援。我说，怎么还让你去呀!! 小葛医生说，这是第二轮。我宁肯夸她说，是你医术高超吧，那患者就有福了，只是你太辛苦啊。你先生也冲上去了吗? 小葛医生回答，没有没有。他是外科，准备复工，怕有些手术病人等不及了。我说，这就好。一家人全上火线，不够人道。

武汉战"疫"最紧张时，武汉市中心医院发热二区的蔡医生写网文说，护理部主任打电话跟他商量，希望能将在一线坚持很久的重症监护室杨主任的爱人撤退下来，双职工都上一线，没人看家。蔡医生表示，不管是不是当事人的主意，宠老婆的男人，必须支持! 挂断电话，他就将杨主任爱人的名字从一线名单上划掉了。蔡医生的文字相当俏皮，从不写多余的字，凡写出来，字字到位。

"男人宠老婆还简单点，女人宠老公，就不那么容易了。发热二区的常护士长，上了《人民日报》的那位。她老公跟我一个医院，姓张。老张踢中场，我踢前锋，熟得不行。这不算巧，我们两家的孩子一起出生，一个病房，他家生一儿子，我家一女儿。两家孩子同年同月同日生。这次抗'疫'战争，常护士长带着她们心内护理单元，恰好跟我带领的疼痛医护团队联手，临时组建了发热二区。早期疫情发展很久，计划赶不上变化。我们开科不久，泌外科老张的队伍，也接到命令，上了。他们医生人多，上一线分前后两批，常护士长老公火火地报了第一批! 那天晚上我查房完，她也刚忙完。团队临时组建，医护需要磨合。本来是查房完后商量工作，一进门她就对着我哭，问我能不能想个办法，让她老公从一线下来。她最先报名上一线，就想好了，双职工大多要上一个，既然要上，那就她去，把老公留下来。那时候一代病毒，毒性强，传播快，武汉市重症的死一片。最早冲上去的，是英雄，不想冲上去，也正常！我问她，从一线下来是老张的主意，还是你的主意？她哭着没说话。我给她看了老张在足球群里发消息，说的那嗨得不行的话：明天上一线，找到了医院旁边唯一一家卖热干面的位置，定位发在群里给兄弟们分享！开几天，我就去吃了几天，我活得还蛮好！看到足球群里老公的兴奋劲，常护士长一想，也劝不住了，那就这样吧！"

"在疫情期间，武汉人能吃到一碗热干面，啥感觉？死都行！"

别人说这话，可能会被骂煽情。天天都在生死之间来回打滚的蔡医生们说这话，由不得人不动容！

同事小陈，早前听说在他们小区当志愿者，领衔团购热干面，曾开玩笑说她为何不在我们小区当志愿者。等到我们小区也有团购，马上团购了几斤热干面，一拿到手，也不管才吃过正餐，就往锅里下了一堆，人人盛上一碗。在平时，热干面有两样佐料必不可少：辣萝卜和芝麻酱。小说《城市眼影》中曾写过，在口味最刁的那些老汉口人心目中，辣萝卜在热干面中的地位，比芝麻酱更重要。现在的芝麻酱生产完全工业化了，当年的芝麻酱产品也差不多是半工业化。唯独辣萝卜，一直是手工制作，哪怕是同一批次的，口味也有差异，辣萝卜才是精准体现热干面美味的关键要素。团购回来的热干面，只有芝麻酱，没有辣萝卜，那感觉已经美到将山珍海味甩下十八街。

正如在楚河汉街碰到一只满脸横肉的老狗，有可能是某种世界名犬。在当年骑摩托车的小伙子不小心撞死的从公共汽车上下来的一位老男人竟然是著名作家的翠柳街路北，有一家专卖早餐的小店。在"封城"之前与朋友会饮的翠柳街路南，有一家专卖早餐的小店。它们其实是同一家，早前在马路的北边，后来搬到马路的南边，店名叫兄弟面馆，店内操持的却是一帮姑嫂妯娌关系的女子。女儿出生后吃的第一口热干面就是这家的。几位辛苦劳作的女子看着我女儿吃着热干面长大，我们看着她们每天早上四点从汉口家中赶过来，打开门店做生意。一晃二十年过去，也不知在这家店里吃了多少热干面。武汉人对热干面的痴迷也在与时俱进，传说汉口某街上有家小店，异想天开地做出一种榴莲口味的热干面，引来大批食客，经常排半天队也买不着。兄弟面馆的与众不同是备一碗蒜泥水，像我这样特别好这一口的，舀上一勺浇到热干面里，又多了一重美味。此回大疫，汉口是严中之严，重中之重。各种消息中，凡说到传染源的，往往会带上一句，什么时候去了汉口一趟。"封城"第六十二天，武汉全城将于四月八号零点解除封闭的预告已经发布了，网传最新一位新增确诊病例，是七十多岁的老人，六十多天未出门，想来想去，也就老人的女儿，其间去了一趟汉口。此时此刻，只要提及汉口，闻者便心领神会。外面的人担心武汉三镇，武汉三镇在担心汉口。相关部门发布复工复产的公告后，夫人去单位上班，每次路过那一带，都要扭头张望，看看兄弟面馆有没有重新开张。只要那扇门一打开，不需要我们提醒，夫人就会上前去，买上几碗热干面送回家。自己也盼着，再带女儿去这家小店，一边吃着热干面，一边能见到那从汉口赶过来的姑嫂妯娌几个完完全全、平平安安，抽烟的继续站在一边抽烟，唠叨的继续站在一旁唠叨，埋头干活的还像从前那样埋头苦干。

武汉人酷爱热干面，不是一点不假，是半点也假不了。

将对热干面的宠爱，上升到信仰高度，是热干面问世以来从未有过的。

本地媒体有过这样一篇文字 —— 一张由隔离者写给志愿者的代购物资清单令人瞠目："大蒜叶一把，不是蒜头，要乡下种的那种"；"买菜的时候讨把葱"；"咸白菜，乡下老太自己腌的那种"；"小店里买点垃圾食品：辣条相思卷两份，大果冻两份，养乐多两份"……粗略统计，林林总总约三十项之多，要想全部满足这些，不跑三五个菜场、超市是置办不全的。至于"夹心肉要切成片"，"黄瓜要硬的、带刺的"，"土豆要不大不小、个头均匀"之类的要求，更是屡见不鲜。

久久凝视这些文字，心里非常酸楚，为志愿者们，也为那些诉求背后的人。

一位心理研究从业者将类似行为视为"巨婴症"，对"巨婴"而言，体谅别人的感受，尊重他人的付出，是一件很难的事情。这种对普遍条件下日常生活的看法是正确的，但我无法认同，其矛头指向"封城"战"疫"时期的普通市民，将代购清单背后的住家隔离者，说成是心中只有我，没有别人，是需要别人看见我、注意我、服从我，从而填满难以满足的心灵黑洞的"巨婴"。一座千万人口的都市，一夜之间彻底封闭，那些充满人间烟火气息的众生相，日复一日地不见踪影，反过来会强化过去生活留在记忆中的痕迹。这样的购物清单，写下来的不是简简单单的东西，而是在回忆，害怕自己彻底失去那些活色生香的日子，盼着早点打开家门，打开小区门，打开城市门，打开省门和国门，重新过上自在随意、无拘无束的生活。

武汉战"疫"拼的是人间烟火，守的是市井街巷，最激烈的讨伐是最落寞的闲愁，好到不能再好的胜利是亲人们手牵着手想去哪里就去哪里。

痴爱足球且将热干面抬高到比命运还要重要的张医生，听到丈夫说只要有热干面吃怎么拼命也不怕就不再为其担心的常护士长，提醒志愿者帮忙买菜的时候记得讨把葱的居家百姓，一定要到小店里买点垃圾食品辣条相思卷的键盘少侠，馋嘴馋到不惜用红烧肉汤拌饭的居家亲人，凡尘世态，点点滴滴，不似生命中不可承受之重，也不像生命中不可承受之轻。这些不经意的由衷表达，显示出这座城市的细胞还很鲜活，人人都还是那么热爱生活、善于生活，压力再大也不会丧失对生活乐趣的追求和享受。

一千万人都喊武汉加油，其实是在为自己加油。

一千万人都宠爱热干面，其实是在集万千宠爱于自己一身。

那乡下老太腌的咸白菜，是对生活疏离太久的纪念。硬的带刺的黄瓜，是对人间自然生态的渴望。非常时期，没有朋友，没有同事，没有闺密，没有可以嗨的，没有可以浪的，除了自己，唯一可以信赖、可以接触的就只有志愿者了。一次生活心得的交流倾诉，意味着又有了市井生活的用武之地。

武汉"封城"后期，围绕武汉战"疫"的意识形态出现一些新的变化，有一种对应生态疫情而提出的思想疫情。至少在现阶段看来，是值得认真研究的。那种人在数千里之外，也有过居家隔离的日子，就以自己的标准猜度武汉三镇的时光，像"川老大"

那样，以对付流感等普通传染病的方法为经验，再从已有的旧学说中翻出一些大而化之的理论，就以为是深刻了，就以为是反思了。真正的深刻深藏在那些吃了一碗热干面就可以再上火线拼命的白衣战士心里，真正的反思是为何轻蔑了那些让志愿者上小店代购垃圾食品的行为。

网上流传一段两位危重症患者死里逃生后，大家心疼也欣慰地称之为"黑人"的视频。"封城"第七十二天，北京中日友好医院援鄂（援汉）医疗队撤离之际，全体队员与他们最关心的两位重症患者话别，视频中的两位"黑人"，其中一位正是曾经劝同事不要"一周一练"的胡卫锋。胡医生是武汉市中心医院泌尿外科副主任，一直在重症监护室里上着ECMO抢救。

"封城"第五十五天，三月十七日，同事蔡医生赶在深夜发布消息说，医生足球队的老胡 —— 终于醒了。蔡医生还特意感谢了坚守ICU的老杨等一应同事。此前半个月，蔡医生就曾写过，在钟南山院士公开说不排除人传人的前几天，医院足球队还在微信群里动员冬季运动。老胡当时苦苦相劝，怎奈一帮医生球迷置若罔闻。在劝谏无果之后，老胡选择分道扬镳，愤而退群。世事太岂有此理了，后来偏偏是老胡中了最重的招，躺进蔡医生所言"极宠老婆"的杨主任把守的重症监护室，共渡这场生死大劫。重症监护专业性极强，早期无人替代。援鄂（援汉）医疗队来后，本可以退下休整，老杨他们就是不退！工作最重，最辛苦，也变得最敏感，他们一直撑着，多年的好兄弟躺在里面，怎忍心全部交手于别人？蔡医生说，足球群的兄弟们时刻都在等老杨的消息，老杨传话，兄弟好转了，群里歌舞升平，老杨透露老胡病情有变化，群里就情绪低落！终于等来最好的消息，蔡医生没有说足球群里诸位，比八十九分五十九秒时踢进绝杀一球还要欢声雷动。蔡医生说了另外一些更有生气的话：老胡今天彻底醒了！老杨跟老胡说了半天话，太开心了！看着老胡皱眉头，老杨突然想起来了，他一直戴口罩、穿防护服，守了这么久，是不是还没认出来他是谁？老杨于是说，我是老杨！老胡一下子放松下来，好像还说了句"卧槽"！

"多长时间的兄弟坚守、陪伴，一皱眉，一句'卧槽'，就是所有！"

在武汉三镇最艰难的日子，一位女子发现邻居家的窗户从早到晚都无人来关上，任那红色窗帘在阵风中孤独飘荡。从二月，到三月，再到四月，红色窗帘的主人仍旧没有露面。数百万关注的网友，没有一个人往最坏的方面去想，没有一个人往最惨的方向去说，人人都对着红色窗帘留言，希望它的主人早点回家。一直到武汉解禁，让数百万人牵挂了接近三个月的邻居终于回来，那红窗帘从窗口轻轻消失的过程，见证了最不经意的陪伴。收藏有许多件国宝级文物的湖北省博物馆，特意将这红窗帘做了馆藏文物，为日后见证武汉战"疫"做了最清晰的标注。

这件事，让我联想到霍金遗言。

霍金临终时最重要的遗言，当数竭力劝阻各国科学家，不要试图与外星人联络，包括设在贵州的中国天眼，万一收到外星人主动发来的联络信号也不要回应，否则会给地球带来灭顶之灾。然而，世界各国的科学家在极其尊重霍金的同时，丝毫没有停下搜寻外太空秘密的步伐。当今世界最伟大的科学天才，也无法让其他人停下有关研究与探索。因为，人类太孤单了！这种没有任何参照系的孤单，让人类活成了一场自嗨。亿万年、百万年、十万年地走过来，还可以容忍。十年、二十年、五十年地向前走，表面上迈出的一大步、升级的一高阶，到底是人类在真的发展，还是离自我毁灭又近一步？不识庐山真面目，只缘身在此山中。在无边无际的天体中，地球连婴儿都算不上，地球上的人更加可怜，相对而言，就连是不是母体中受孕早期的胚胎，也还要打上大大的问号。

这时候，蔡医生信笔所写老杨和老胡最后那句话中的"陪伴"二字才是最重要的。那邻家女孩，看着邻居家窗外日复一日飘荡如信号旗的红窗帘，拍一段小小视频，便引来百万人关注。居民小区里的红窗帘与邻家女孩，重症监护室里的老杨和老胡，互相之间构成了那句"多长时间的兄弟坚守、陪伴"里最重要的两个字：陪伴！后来，因为多次脑出血，老胡还是走了。这段好不容易拼死找回来的时光，如亲兄弟般的同事之间多看几眼，说几句带渣子的武汉方言，既不深刻，也没思想，在深刻思想之上，是人这一生与水和空气一样的陪伴。

二〇二〇年春天，地球上的武汉，正如浩瀚时空之中的地球。地球封闭了武汉，时空封闭了地球。邻家女孩对邻居家红窗帘的守望，不正是地球冲着时空中某个光团的守望吗？武汉战"疫"后期，湖北省博物馆将这红窗帘作为馆藏文物郑重地收藏起来，由此推及其所有被称为文物的先祖遗珍，不也是我们这些后人在一刻也不曾放弃地找寻千年万年之前的时光，好使我们以及我们的后人，多一些久远的陪伴！

哪怕是一厢情愿的陪伴，也是陪伴。

人在少年时，面对大人们的说教，就是舍不下那帮狐小朋、狗小友。长大后，再回想，多数是那不值一提的淘气包、淘气事。真正为着少年着想的家长们，却成了其逆反的原动力，成了少年心目中最大的冤家。那在阳台上敲锣的女子，在平时可以有不少闺密，可以有大帮挚友。非常时期，连个陪伴的都没有，肾上腺素一升高，就将脸盆当成铜锣敲，将好想倾诉的话放大一百倍，被自媒体当成了呐喊。

凡是大事都要小声说。比如，对武汉战"疫"起着扭转乾坤作用的方舱医院，武汉人不用说，全中国人人都知道，如今连全世界也差不多都知道了。在所有的话语中，方舱医院一般都是作为必须提及的事物出现的，远不及敲锣救母、邻家红窗帘一类故事撼动情怀。方舱医院真的如同苦海之上的济世方舟，这种太高大上的东西，容易使人失去言说的兴趣。

凡是小事都要大声说。比如，百步亭小区的一只母猫，在主人一家七口全去医院治病后，独自生下四只小猫，好生抚养到主人们病好归来，让太多人一哄而上，将其夸张成"猫坚强"。战"疫"以来，曾经的模范居民小区，一直处在舆论的风口浪尖上，这种暖心小事，何尝不是体贴的陪伴。

危难之中，家常事务不是由见惯江湖风浪的爷爷奶奶做主，也不是里里外外都要担责的爸爸妈妈做主，更不是由英姿勃发的姑姑来做主，一日三餐、早晚起居，反而是围绕小孙女来安排。放在平时，断断不可以。在"封城"的日子里，如斯如是才能最大限度地防范种种不测和不幸。

最小的孩子是那最有希望的未来。

最小的事情是最方便见识的底气，也是更容易识别的底线。

"封城"第十八天，二月九日，同城的一位青年作家在朋友圈中呼吁，家住洪山区珞狮北路八号的一户人家，爷爷因疑似新冠肺炎去世，奶奶从二月一日开始一直发烧、咳嗽、气喘、乏力，CT检查确诊为新冠肺炎已多日，找不到可以住院治疗的医院。儿子与儿媳也出现相同症状了。同行中有几位到新闻媒体的救助网站上帮忙发声求助，却迟迟不见奏效。自己凑巧见到了，就觉得至少应当试一试，看能否帮上忙。随之拿起手机，挨个拨打那些自己认为有可能帮上忙的电话。大约是第十六个电话，终于有了响应。对方详细了解情况后，答应尽最大努力进行安排。事情刚有转机，又出现新的情况。那户人家有个五岁的小男孩，也有咳嗽发烧症状。于是再帮忙联系儿童医院，对方让尽快将孩子送去，他们想办法安排，但必须有家人陪护。家中三位大人，为着谁去陪伴孩子又犯难起来。作为生命个体，谁个不想早一分钟去接受对抗新冠肺炎的治疗？身为家长，人人都有责任呵护五岁的小男孩。孩子的陪护问题不解决，三个大人的住院治疗问题也就无法解决。当一家人遇上困境时，通常的解决方法总是围绕孩子进行，这是历史发展，时代进步的唯一正确选择。为难之际，一位年轻的志愿者适时地成为小男孩的陪伴，也让陪伴的意义与天使一样美丽。

日后从一份资料中得知，截至二月十一日二十四时，武汉全城应收二万四千二百二十二人，其中确诊一万七千三百六十一人，疑似病例六千八百六十一人。已收治确诊病例，在院治疗的一万四千六百四十三人，也就是说，一床难求的还有二千七百一十八人。在医院治疗的一万四千六百四十三人中就有这一家四口。倒退回去两天，二月九日的危难情况更加严重，对方一下子就答应下来，说是作家能有这样的社会良知，相当于写一部活生生的作品，再困难也要支持。平常的日子里，文学用于陪伴大家，危难时刻大家反过来真心陪伴文学。

"封城"第六十四天，去天河机场给白衣天使们送行，应武汉市委、市政府邀约，撰了四个句子，写成六尺中堂，赠新疆援鄂（援汉）医疗队：大漠连江汉，黄鹤系边关。高山流水曲，知音咏天山。送别现场，心与心是那般亲切，哪有什么江花边草，也不曾见八千里路云和月，一切都在这四个句子中，四个句子中的每一句说的都是陪伴。一位副市长说，送君送到大路旁，君的恩情永不忘。虽然是旧时光里的诗句，依然倾诉着当下陪伴的意义。即将离开武汉的边疆儿女，多在诉说对武汉的依恋。在我们，武汉的美，不在东湖，不在樱花，不在高山流水，不在白云黄鹤，不在长江大桥，不在龟蛇二山，不在大江东流去，不在极目楚天舒，不在三千年古老青铜的盘龙都城，不在二百万大学生创业的青春光谷，武汉美就美在天下之惨压在头上，天下之悲堆在身上，天下之险堵在门口，还能用对一碗热干面的追求，陈述这座城市的坚强！

热干面是武汉人的陪伴。

那一碗清亮的蛋酒则是热干面的陪伴。

武汉"封城"还没解禁，就有人总结出来，最好的防疫方法是下班回家陪伴老婆。

"封城"之下，人心里装不了多少东西。情人节有一根剩在冰箱一角的菜薹花送给一生最爱的女人，过生日有一块并非刻意藏起来的巧克力祝福女儿，不开窗户时有一只小孙女用几种废弃物自制的香水盒为爷爷奶奶提神，连同老少咸宜的一碗热干面和一只枯绵香酥兼而有之的面窝。武汉全城，人人都不奢求，一心一意向往的陪伴，本不是稀罕之物，只因时世危艰，才变得可望不可求。

在二〇二〇年元月上旬之前，世上还不曾有"新冠肺炎"一词，一不小心整个世界竟然全部成为新冠肺炎疫情的当事人。若不是感同身受，尽管贵为总统、首相和总理的人，也免不了会犯纸上谈兵，虚张声势的兵家大忌。二〇〇〇年十二月，移动互联网问世时，连发明者都很谨慎，不去断言半年一年以后的事情，也没有谁能预料日后会出现一种名为"大V"的生物。"大V"以及类似"大V"的"怪兽"横空出世后，也没料到自己一手端着咖啡，一手拿着手机，真心实意地表现各种深刻高尚的话题，常常被稍后的时光毫不留情地打脸露底。世界卫生组织将新冠肺炎英文定名为COVID-19，是因为它在二〇一九年被发现，而不是之前还有十八种冠状病毒。当国际上那位自命不凡的政客"深刻"地告诉世界，这是冠状病毒COVID的第十九个版本时，要么是无知，要么是无耻，或者是无知加上无耻。

人还活着，就悼念死亡，不叫反思。

病是什么病，毒是什么毒，还没有搞明白，就开始愤世嫉俗，如何能深刻？

"封城"之下，武汉只要陪伴，为了能够活下来的那种陪伴，那种给冷冰冰的活下来提供一丝暖意的陪伴，而不是比冷冰冰还要冷冰冰的其他。那种为了能够不使孤零零离去的陪伴，那种为逝者默默诵着心曲的陪伴。武汉不相信声称为武汉好起来的夸夸其谈的"深刻"，不相信声称为武汉感动的冷冰冰的"高尚"。"封城"之下，武汉早将所有的深刻留给以血肉之躯拼死行动的志愿者们，武汉早将所有的高尚留给四万二千名逆风驰援和十万名坚守本土的白衣天使。那在千里万里之外的咖啡馆里让鼠标和手指闻风而动的"深刻"和"高尚"，与那些从武汉各家医院里起死回生的危重症患者的想法做比较，可以是"封城"之外的正常心理活动，却不可以自认为那就是与死神搏斗七十六个日日夜夜的武汉心声。

"封城"之下，将战神女神的名义留给钟南山和李兰娟们！

"封城"之下，将真理卫士的名义留给张继先和张定宇们！

诚如流淌在故乡巴河的传说，会绣花的女子用绣花针作为闺房中最孤独的陪伴。连绣花针都找不到了，闺房就成了美人的囚牢！用草茎做成轻轻拨动梓油灯芯的灯芯棒，让又黑又深的夜晚明亮一点、通透一点，是孤独到最后的陪伴。二〇二〇年春天，天欲倾，地将覆，一千多万武汉人，不分男女老少，都在鼎力伸手救世界之困，也救自身之困。"封城"之下的我们，只需要像一枚绣花针、一根灯芯棒那样的陪伴。甚至只需要一根牙签和像一根牙签那样的陪伴！

唯有牙签才会理解坚硬的牙齿何等难受！

第六章

洪荒之力满江城

毫无疑问，武汉"封城"战"疫"是史诗级的义举。

追溯起来，这样的苦痛惨烈正是中华文化最为看重的春秋大义。

一千多万人，身在江南，却在春到江南时，毅然决然地将日子过成没有春天的春天。如何书写这部以没有春天的春天为背景的史诗，正在成为人类文明的一道难题。

上面这段话，是新浪读书和新浪微博邀约撰写《〈武汉抗疫日记〉序》的开头语。我在这篇序的最后写道：《武汉抗疫日记》的二十几位作者，在书写这些文字时，本是想将自己人生中这段特殊经历用私人方式记录下来，没想过要变成公众读物。就像所有文学名著都是信手拈来，唯有不用匠心、不怀企图的文字，才能让人无条件地表示信赖。一段文字写得是不是很成功，形式是次要的。身在二〇二〇年春天最危险的第一现场，时间没有留下一分钟让他们去寻找深刻思想、美妙艺术，匆忙之中，有几个经典的母语句子，加上一些二十一世纪的村言俚语，反而格外撼动心魄。像他们这样，将内心的句子，连同身心的苦痛一起，每天层层叠叠地包裹在防护服中，用血，用汗，用泪水，用眩晕，用患者的喷溅物，用逝者的沉寂与起死回生者的浅叹，混合搅拌在一起，一天一拼命，一夜一平安。身为武汉人，自己也要用日记的作者们用得最多的"感谢"二字，回报更多的感谢。感谢他们在为武汉拼命之后，再以武汉的名义，写下当代中国实现伟大复兴过程中，无以替代的史诗般的七十六个日日夜夜。

"封城"前一天，元月二十二日，儿子他们小家三口还没回来，家里只有夫人、女儿，加上自己。晚上十点左右，夫人接到单位紧急通知，从明天起所有公职人员一律不准离开武汉。这个像是为"封城令"预热的紧急通知，将我们折腾到零点之后。关灯睡觉时，已是二十三日凌晨一点二十分，离颁布"封城令"，只差四十分钟。

再晚四十分钟关灯，这天晚上就睡不成了。

从关灯就枕，到凌晨两点，世事剧变只需要四十分钟。

当今世界，已经牢牢记住一九五〇年十月五日下午，在毛泽东主席统领下，中共中央政治局决议成立中国人民志愿军，以战止战，扑灭朝鲜半岛上的熊熊战火。那时，新中国百废待兴，突如其来的抗美援朝，不仅震惊世界，更以逼迫美国人不得不在停战协议上签字的伟大战绩，奠定了战后国际政治崭新格局。当今世界，也已经牢牢记住一九七八年十二月十八日，在邓小平主持下召开中共中央十一届三中全会，刚刚拨乱反正的中国，突然粉碎枷锁，打开国门，对内改革，对外开放，再次震惊世界。当今世界还将牢牢记住，当人类面临前所未有的新冠病毒疫情威胁时，在习近平总书记的领导下，中共中央、国务院于二〇二〇年元月二十二日，用极短时间做出武汉"封城"的重大决策，将是当代中国再次升华的巨大节点，为世界做典范，为人类做担当，在这些显而易见的伟大功绩之外，在可以见到的将来，历史将会证明，这样的决定，是中华民族加速复兴的伟大预演。

"给我一个支点，我可以撬起整个地球。"

上小学时，听老师在课堂上提及阿基米德的这句话，觉得很神奇。小学老师这么说，是给孩子们启蒙，帮孩子们励志。上中学时，老师在课堂上提及阿基米德的这句话，变成了纯粹物理学中杠杆原理的经典教案。这时候，新版《十万个为什么》中，已经增补了一篇表明阿基米德根本不可能撬动地球的"为什么"。阿基米德要想撬动地球，需要找一根长度达到光年级的杠杆。根据杠杆原理，要撬动地球，其短力臂至少要等于地球半径，即六千三百七十八公里。长力臂却长达十的二十二次方（10^22）公里，大约相当于六万光年。也就是说，假设阿基米德的自身重力是二百公斤，姑且就当他已经把握住长力臂的另一端，还能够以光速运动，也需要六万年的时间，才能将地球撬动一厘米。古今中外，纯粹纸上谈兵，差不多都是这样，为了强调某种理论，一不小心就会说过头话，成为日后的笑话谈资。

阿基米德当然不致如此。这位古典物理学天才，不惜将高深莫测的科学演绎成破绽百出的通俗故事，是为了让世人学习最新科学学说的精髓。两千年后的爱因斯坦，独自冥想经年，提出光线并非笔直而是弯曲的惊世骇俗理论，却要等到多年后，用凡胎肉眼来看清楚此种天象确实正在发生。古往今来，都是这样，人在办一件很大的事、一件天大的事、一件伟大的事，想要凝聚共识，形成合力，哪怕是科学真理，也需要一种能使众人信任的信仰进行召集。

经过两千年传道，杠杆理论已成为四两拨千斤的生活常态。阿基米德的话，越来越深入人心，越来越被人们当成日常生活中的信仰。旷古未有的武汉"封城"战"疫"，科学手段的使用是最重要的。在一千多万过着日常生活的武汉人心里，战"疫"必胜的信仰，抗"疫"要赢的信念，甚至比科学还要来得频繁。人类社会的每一次进步，都是经过这样那样的技术性。用一万次技术性失误，换得一次革命性进步，是人类无法绕开的必经之路。走这样的路，信念、信心和信仰，永远需要阿基米德的支点。

支点是用来拼命，不是用于装饰的奢侈品！

武汉"封城"战"疫"后期，曾经为一家四口呼救的那位青年作家的家里，有了"一个心酸又无比欣慰的瞬间"。那天下午，五岁的孩子在米缸旁玩老鼠爱大米，她自己太犯困了，顺势钻进客卧蒙头就睡。蒙眬中听到大门被打开的声音，做妈妈的她在困倦中迟疑一会儿，猛然清醒过来，赶紧起身跟了出去。只见孩子戴着口罩，手里拿着医用酒精喷壶，正站在邻居家门口，与邻居说妈妈突然不见了，要邻居拨打110找妈妈。她静静地听孩子讲述完，才在其身后轻轻叫了一声。孩子扭头看见妈妈的那一瞬间，又惊喜，又委屈，想哭却又笑了。做妈妈的她谢过邻居，关上家门，看着孩子用标准动作自行脱下口罩，再给自己手上喷洒医用酒精，差点也没忍住眼泪。以五岁的男孩智力水平，很容易错误判断，妈妈不在厨房，不在客厅，不在主卧，就等于不见了！却能够精确运用"封城"战"疫"中，人人必须遵守的铁律：出门要戴口罩，进门要用酒精消毒，为了防止出门在外发生意外，最好随身携带医用酒精。这种心酸到残酷、欣慰到于心不忍的儿童故事，还有另一个活生生的版本。一个才六岁的男孩，与爷爷一起生活。疫情期间，爷爷因心脑血管疾病猝死在卫生间。小男孩给倒在地上的爷爷盖上被子，自己靠吃饼干撑到第三天，网格员上门检查发现后，问小男孩为何不出门求助。小男孩回答说，爷爷不让我出去，外面有病毒！小男孩语气中的那种坚定，让网格员心痛得不知如何面对。

成长于乡村，见过太多与杠杆有关的劳作，兴修水利，需要用钢钎撬动巨大的石块，才能全起水库大坝或者水渠堤岸。修房子时，作为房屋基础的条石，需要用撬棍一点点撬动，摆放在正确位置上。各种各样的劳作，凡是用到杠杆，最重要的不是撬棍有多长，而是支点的位置和硬度合不合适，撑不撑得住。阿基米德说自己可以撬动地球时，最为强调的也是支点，只要有合适的支点，就没有对付不了的重担。武汉"封城"战"疫"也不例外。面对世所罕见的病毒，面对旷日持久的疫情，"封城"之下的一个个人，包括懂事到令人不胜怜惜的五岁和六岁的小男孩，正是那最坚强、最有力的支点。

信念是支点，个人是支点，有信念的个人是支点中的支点。

五岁男孩会独自完成走出家门就必须做到的防疫措施，六岁男孩守着爷爷遗体仅靠饼干度过三天，这是一千万武汉人，六千万湖北人，在瘟疫肆虐时，压力山大的典型例证。连乳牙小儿都如此，何况成年人。

在我们家，小孙女是一家六口战"疫"胜利的重要支点。"封城"之下，最难堪的事情是，家里楼上楼下到处是书，却没有几本适合八岁女孩读的。不管是堆成堆的、打包在纸箱里的，还是整整齐齐摆在书架上的，凭着记忆去找，用双眼一本本地搜索，思维所及，无奈摇头的太多。有些书当爷爷的觉得还行，小孙女却不中意。她自己挑来挑去，最终在几本寓言中选中了爷爷一位老朋友的《凡夫寓言选》。小孙女读了一个星期，一家人都跟着她开心一星期。最有意思的一次，小孙女安静地坐在沙发上看书，忽然一个人笑个不停，问她为何这样开心，她将正在读的一篇寓言复述了一遍：一群鸟儿在凤凰面前夸耀自己的本领，乌鸦说自己是森林里嗓音最漂亮的歌唱家，唱起歌来天上的飞机、路上的汽车全部停了下来洗耳恭听。鹌鹑说自己是鸟国最优秀的飞行家，曾经飞到太阳边，把太阳当电热器取暖，回来的时候，不小心把星星碰掉了一颗，被嫦娥埋怨了好久。麻雀说自己是鸟类中的大力士，一口气跑到南极抓了一头北极熊，路过非洲捎带又抓了一头印度象，觉得力气没处使又去跳了半宿迪斯科。燕子说自己没本事，只会用牛毛编羊毛大衣，用竹篾编成柳条花篮，用塑料绳编成钢缆铁索。燕子话没说完，就被打断了，乌鸦们讽刺地问燕子，用一种原料编成另一种原料的东西，你是怎么编的呢？燕子回答说，跟你们一样，瞎编呗！小孙女说过后，笑得更起劲了，甚至趴在沙发上，都有点上气不接下气，惹得她爸爸赶紧上前帮忙拍了拍后背。

小孙女忘情地笑着。爷爷也带领全家人跟着她开心大笑。

平心而论，正常情况下，家人们的笑点断断不会这么低。由于"封城"，一家人困守在几间居室里，二门可迈，大门不出，哪儿也去不了，耳畔常常听闻的真人真事，让人的泪点变得越来越低。泪点低了，笑点也会跟着被拉低。一场欢笑，看上去是情势所迫，根本原因是想要得到一点点欢乐，也必须有拼命之心，使出拼命的劲头。

没有拼命的，就不会有活命的。

谁不去拼命，谁就有可能没命。

一旦成为支点，天下事物，就只有拼命的命。为了撬动"封城"战"疫"这个巨无霸，武汉三镇男女老少都是这样的支点，湖北上上下下所有人都在冒着粉身碎骨的风险。

本书开篇那首歌词《如果来日方长》，是应朋友邀约写的。朋友的父亲是赫赫有名的陶将军。一九九八年夏天，陶将军受命亲率十万子弟兵，以与湖北武汉共存亡之决心，战胜史上罕见的大洪水，护佑半个中国的平安。正值壮年的陶将军，积劳成疾，不幸早逝。那段史诗般的功绩，留下一首颂歌《为了谁》，二十年后，依然人人会唱，人人心动。武汉"封城"第十四天，朋友来电话，问过与"无恙乎""你吃了吗"相同意思的"你还好吧"，迅速切入正题，说是《为了谁》的原创班底，想推出一首如《为了谁》那样表现武汉战"疫"的歌曲，并觉得歌词创作非我莫属。自己在电话里不敢承诺，放下电话后，由于想到湖北武汉人人都在拼命，才算完全答应。这十六句话，前后用了二十几天，改来改去，只要写到拼命，或者默诵自己所写"拼命"二字，不是泪流满面，就是哽咽不已。

后来与朋友交流，自己坦言相告。九八抗洪和武汉战"疫"，主战场都在湖北武汉，二者却大不一样。九八抗洪时，铁血将士们不畏惊涛骇浪，挽狂澜于既倒，从鲜活生命到浪漫艺术，如大江东去，没有任何障碍，一声歌唱，便涌出共同心声。

二〇二〇年春天的武汉战"疫"，人人都是受难者，人人都是大英雄。受难时，人人都在各自的角落里默默地拼命！英勇时，人人还是在各自的角落里默默地拼命！如此受难和英勇，"封城"之外的人很难感同身受！不必说城内有别城外，同为城内，居住在一栋楼就有上千人口的小区，与同在尘嚣之中的独居小楼，艰难还是那个艰难，恐惧还是那个恐惧，对个人性情的影响大不一样。同一栋居民楼内，传染病例时有发生。然而，地球上暂时还没有一种病毒和细菌，能从一处独居小楼凭空传染给另一处独居小楼。哈姆雷特说的"生存还是毁灭"，后者可以接续下去，痛不欲生地大声疾呼"这是一个值得思考的问题"，在前者那里成了一个分分秒秒都要活生生面对、一不小心就会万劫不复的鬼门关。"封城"后期，来自国家部委、军队和各兄弟省市的三百四十六支援鄂（援汉）医疗队，四万二千三百二十名医护人员有序撤离时，从武汉到湖北各地，大家自发地用各种方法表示感恩。白衣天使们同样用无与伦比的感激，表达对英雄的湖北人民、英雄城市武汉的敬意！从祖国四面八方而来的白衣天使，同样困守，同样煎熬，同样拼命，才和武汉人一样，体会到武汉有多么艰难，就有多么英勇！有多么英勇，就有多少艰难！

在这首歌词的初稿中，还有过"武汉哪有什么天使，是身着白衣的儿女在拼命！武汉哪有什么英雄，是一千万平常百姓在拼命"的句子。歌词写好后，自己就知道很难合作成功。这与是不是第一次写此种充满现场感的歌词无关，而是数千里之外的音乐家很难感同身受，无法真正理解，人人在拼命，拼的是什么命？一个五岁男孩出门找妈妈时，记得必须戴上口罩，必须带上医用酒精随时消毒。一个六岁男孩，爷爷死了，还继续听从爷爷的话，决不出门，不使外面的病毒伤害自己。"封城"之外的人会说，五岁男孩聪明懂事，六岁男孩笨拙糊涂，而很难懂得那些小小年纪就已经知道拼命，就在用稚嫩方式身体力行拼命的心灵。

音乐创作是否成功，不仅是词曲调式，更在于一种沟通彼此的旋律。这样的旋律，与其说是歌曲，不如说是支点，通过这样的支点，分别撬动一千万个战"疫"个体，撬动由一千万个战"疫"

个体集合而成的战"疫"集团。身在最危险的第一现场，不需要太美妙的艺术，一个简单的母语句子，一些平常的村言俚语，足以撼动心魄。在那也能感受艰难困苦的第二现场和第三现场，真相在传达过程中难免会或多或少丢失，需要通过充分想象加以还原。偏偏疫情导致超级城市彻底封闭，是历史传统与生活经验中从未有过的，没有既往经验，越是用力想象，越是连想象者本身都难以感动。

在《〈武汉抗疫日记〉序》中有这样一段话：十几年前，在给本地某人作品集作序时曾写过，任何写作一定要找到文学的第一现场，而不能死抱着在转移过程中逐渐失真的第二现场、第三现场。武汉战"疫"，人人都在经历属于自己的那种害怕。若非身在第一现场，无法感受害怕是勇气的另一面，也很难理解害怕是武汉三镇一千多万人的共同经历。谁有本事让龟山和蛇山上的石头能走路，这时候也会吓得闻风退避三十里。害怕之后，仍然无损于石头们的坚强与坚硬。湖北省博物馆馆藏那些历经千万年悲惨的青铜瑰宝如果长出两只眼，也会吓得魂不守舍，胆怯之后，会更加光彩照人。九八抗洪时，临阵退却是莫大耻辱。武汉战"疫"不是这样的！武汉战"疫"，面对无所不在的危险，一切退却都失去了退却的意义，是从这一条战壕跳进另一条战壕，从以单位同事为战友变换为以家中亲人为战友，对手还是那个对手，敌人还是那个敌人，危险还是那个危险，责任担当还是那责任担当！

武汉"封城"之前，元月十九日下午，国家卫健委指派的几位院士专家乘下午六点高铁到北京，湖北省暨武汉市的几位主官乘晚上九点的航班飞赴北京，准备参加二十号上午国务院相关会议时，只有一个围绕华南海鲜市场划出一个片区进行封闭的提议，连计划都算不上。然而，相隔只有一天，元月二十二日下午，湖北省委办公厅紧急通知，所有省级领导都不得离开省会城市武汉，已经回到外地家中的，全部无条件返回各自岗位。也就是这天深夜，武汉"封城"命令由北京十万火急地下达到武汉。

武汉战"疫"后期，新冠肺炎疫情在世界各地愈演愈烈，回过头来考量"封城"命令的形成，从召回湖北省高层领导所展现的与武汉共存亡的决心，其铁血铁腕而斩钉截铁，其赴龙潭虎穴而龙吟虎啸，区区几个小时，对自己国家乃至世界政治、经济的巨大影响将会持续很久很久。在必须最后做决定的政治领袖那里，拍板决断的那一下，也是在拼命。之后先通知公职人员不得离开武汉，再发布最终命令，是在有限时间内最大限度地给予公众一个心理缓冲时间，那个时间段，每小时都有十万返乡大军离城，似这样的怀柔也需要拼命。"封城"的最后一个星期，可以在市内适当挪动，自己去郊区的那处房子，站在院子里与邻居说话，头顶上接连有大型飞机轰隆而过。邻居已经习惯了，说这就是"运20"，每天有好多架。作为国运象征的"运20"大型运输机，几乎全部出动，尽数飞翔在武汉的天空上；整个国家医学界精英，四分之一聚集在武汉；八纵八横的国道上，凡是驶向武汉的超大货车一律优先通行；传统媒体与新媒体上事关武汉战"疫"的信息占到百分之九十五以上。这些看得见和感觉到的都在表明，五岁、六岁和八岁那般细小的力量，也都是为着国运在拼命。

那永远让人刻骨铭心的元月二十三日，早上六点半，一觉醒来，打开手机，一条闻所未闻的信息跳出来。

"武汉市新冠肺炎疫情防控指挥部一月二十三日凌晨两点发布公告：为全力做好新型冠状病毒感染的肺炎疫情防控工作，有效切断病毒传播途径，坚决遏制疫情蔓延势头，确保人民群众生命安全和身体健康，现将有关事项通告如下：自二〇二〇年一月二十三日十时起，本市城市公交、地铁、轮渡、长途客运暂停运营；无特殊原因，市民不要离开武汉，机场、火车站离汉通道暂时关闭。恢复时间另行通告。恳请广大市民、旅客理解支持！"

根据新浪微博相关统计，二〇二〇年元月二十一日，新浪微博中有关"人传人"话题的发博人数有二十七万三千九百八十一人，发微博量是三十一万八千七百零五条，阅读量九亿零一百二十二万一千二百三十五次，被互动一百三十六万零九百一十三次，转发二十三万一千六百二十五次。相隔两天，元月二十三日当天，新浪微博中有关"封城"的话题发博人数有六十四万七千一百八十七人，发微博八十四万八千二百五十三条，阅读量二十二亿零五百零九万七千六百五十四次，转发量一百零三万七千八百四十七次。新浪微博创始时自己就被他们拉将入伙，但很快就基本上脱离了这种新生事物。统计数字中，海量的"人传人"阅读数和天量的"封城"阅读数中自然就没有我，别的数字中更没有我。因为直到"封城"的当天，自己还是和武汉三镇所有人一样，认为这之前的一切不过是春节假期的特别插曲，甚至还认为，可以多几天假期。

蒙眬酣梦还没有完全苏醒，局势骤然变得极为严峻。

从公告到实施，数据上有八小时空当儿。像我这种习惯早起游泳的人，从六点三十分见到公告，到上午十点，都只有三个半小时，那些早晨从中午开始的人，梦还没醒，武汉就"封城"了。有比我起得早的一位泳友，还不知道"封城"之事，在更衣室碰面，寒暄中，说起他公司的事。他那公司业务带有季节性，冬天来时会停两个月。为了保证春节过后两千多名员工的返岗率，公司已给每位临时到南方打短工的员工买好回家过年的火车票。待泳友说完，我才提醒说，武汉"封城"了，所有人既不许出城，也不能进城，年后开工的事，只怕要从长计议。泳友显然还不知"封城"之事，被我说得一愣一愣的，好半天才一脸茫然地反问，有这么严重吗？泳友穿好衣服，拿起手机看过，这才紧张起来，连一向的客套话都忘了，拎起游泳包，匆匆离去。

其实，说这话时，自己心里也没底。年后，法定假期结束，上班的日子要到时，与朋友打赌，"年假"会顺延到正月十五，反正中国人只有过了元宵节才会踏实上班工作，索性放个大假。之后这"封城"形成的史上最长"年假"，不仅顺延到正月十五元宵节，还更进一步越过二月十五花朝节，顺延到清明都过了，前后共计七十六天。

结束游泳桑拿回家时，才上午八点半，沿途所见，家家药店门外已排起长队，大小超市处处人头攒动。掐指算起来，这些人应当是连牙都顾不上刷，就冲出家门前来抢购。这个时候，自己还在边开车边笑话，觉得这些人太沉不住气了。没想到刚进家门，还没有放下游泳包，泳池管理员即来电话，从明天起关闭泳池，何时恢复营业，到时候电话通知。管理员还顺便提及，他们酒店有十名住客，没办法离开。我不甘心地问，那这些人要吃要喝，房间的卫生也需要有人来做，客房餐厅一定有留人值班，泳池为何不留人值班呢？对方无法作答。这边电话刚说完，儿子就来电话报告，儿媳早起有些发烧。虽然他们觉得可能是心情太紧张导致的，自己还是让儿子马上将小孙女送回家，先隔离开来再说。所幸儿媳很快就退烧，体温恢复正常，其他方面也没有任何异常。

这天上午，原本与市中医院眼科张主任约好，再去她那里扎针灸。这一次扎了，大家休息过年，二月一号再按部就班进行治疗。从心理上讲，这时候自己也有些紧张了，在家吃了些东西，顾不上再去扎针灸，也想着上街抢购些物资。出门转了一大圈，外面人多得连一分钱都花不出去。好在天无绝人之路，找到最后，反而是在小区门口的小店里买到一瓶医用酒精，只可惜容量只有区区一百毫升。

一百毫升酒精，也就是平常三两朋友会饮时所说，来上二两，感情深，一口吞，眼睛一眨就没有了。"封城"第十四天，虽然想尽办法节省，仅有的这点医用酒精还是见底了。刚好那位将门虎子找来约写歌词，聊到最后，他问我家里缺不缺什么，也是逼急了，放下手机之前，自己一咬牙，开口请他帮忙，弄点医用酒精或84消毒液，否则，按官方正式公布的家庭防疫程序，我家现在的情形，从明天起出门放置垃圾都是不被允许的危险行为。他回答说，这事太难了。第三天下午，朋友还是让人送来几瓶医用酒精和84消毒液。

"封城"第五十二天，非常巧，正在写伦敦鼠疫，家里便发生了与老鼠有关的小小意外。下午两点半，自己正躺在窗边，一边午休，一边晒一晒透过玻璃从对面高楼缝隙中钻过的太阳，突然被客厅的哗啦声惊醒。爬起来一看，夫人与儿子正在那里打老鼠。

原来夫人正在沙发上躺着，一只老鼠从卫生间里钻出来，听到有人惊叫，还不慌不忙地转身回到卫生间。儿子这时已闻讯将卫生间门关上。等到家人们手忙脚乱找来粘鼠胶时，老鼠却不见了。好不容易判定马桶背后有处凹陷，可供老鼠藏身。将粘鼠胶放好，一个小时后，真的粘住一只大老鼠。说起来，一般人不会相信，老鼠是从抽水马桶里钻出来的。几个月前头一回看见时，也曾不敢相信自己的眼睛。上百度搜索，才知道老鼠从事这项运动的最高纪录已经达到六楼，区区一楼，对老鼠来说，就像成年人眼里的儿童乐园。

打着老鼠了，自己快活地扭了几下老腰。全家人都很兴奋，那样子是将打死一只老鼠，当作成功消灭胆敢犯境的新冠病毒。这种兴奋只持续了五分钟，随即发现，刚刚打胜的只是一场前哨战。老鼠从无比肮脏的下水道里钻出来，满身携带病菌，卑鄙无耻地撒在卫生间和客厅里，才是令人恐惧担心的心腹大患。所幸，这时候家里终于有84消毒液。自己赶紧拿上塑料盆，将84消毒液稀释了半盆，再将老鼠爬过和没有爬过的客厅地板全部用拖把拖了第一遍，再用拖把拖第二遍，然后以同样方式用拖把拖上第三遍。用拖把拖第二遍时，比拖第一遍还要用力，还要拼命。用拖把拖第三遍时，又比拖第二遍更用力，更拼命。拖把在地板上的每一次往复、每一个来回，所用力度，恨不能将有可能被老鼠带来的一个个细菌与病毒碾压得叽叽响。事情过后再想，万一朋友也没办法，家里没有84消毒液和医用酒精，这简直就是新冠病毒黑暗帮凶的老鼠遗祸该如何消杀呢？失去这些基本的支点，想拼命也是可以的。没有撬棍时，可以用双手直接搬那大石头。没有消毒用品，就只有直接将人肉作为盾牌。

一家人忙着对付老鼠，逮着老鼠后，小孙女特别想看看。家里的人都不让她看，担心她会害怕。忙完老鼠的事，回到电脑旁，继续写伦敦鼠疫。小孙女趴在我的电脑旁，一副委屈的样子，直到我敲出"黑死病"三个字，她才好奇地问这是什么病？我回应了几次，好不容易解释得让她明白了，小家伙竟然高声笑起来，说：那不是吓，是黑，爷爷你将黑说成是吓，我还以为是"吓死病"呢！从伦敦鼠疫到新冠肺炎，瘟疫效应的形成，真的就是小孙女所说，一定程度是被吓的。

相比鼠疫、霍乱这些甲类传染病，新冠病毒、新冠肺炎，完全不应当在初起之时产生如此巨大的威慑。小孙女笑爷爷发音不准，将"黑死病"说成"吓死病"。果真人人吓得要命时，那站在窗口喊声加油就会传染病毒的谣言，也被宁信其有，不信其无。洁白的雪花里藏着阴险的病毒，也让太多人深信不疑。人怕黑，其实是怕吓。无边黑暗中，不知根、不知底的恐吓，是最可怕的。几个月前，就曾在全封闭的阳台上打着一只老鼠，打着也就打着了，将这讨厌的东西扔掉，再将阳台上没有启用的下水管口封好，用洗手液洗洗手就万事大吉，压根没有将里里外外灭菌消毒的念头。平常日子里，有老鼠出没的生活才正常，连老鼠都不肯去的地方，才是人所警惕的大问题。新冠肺炎肆虐，嘴里说的、心里想的，是要消灭病毒，骨子里是在拼命抵御无孔不入的恐吓。

"封城"第六天，元月二十八日清晨六点，一向睡眠极好的夫人突然叫起来："我流鼻涕了！不是的！"这话我懂，武汉人懂，湖北人也都懂。别人打电话时下意识地想知道对方有没有感染新冠肺炎，又不好直接问，只能来一句"你还好吧"。被关心的对方当然也不想正面说自己没有感染新冠肺炎，特别是闹小感冒时，只好回答"我不是的"。在各种各样的传播媒介上，新冠肺炎症状早被写烂了。夫人有哮喘，经常来一阵咳咳咳。医学术语叫变异性咳嗽，是哮喘的轻微发作，与新冠肺炎的干咳颇为类似。每次咳嗽，表面上看，夫人似乎若无其事，还在小孙女面前戏称自己是"客人"。我也不好进一步提醒，只能装出不经意的样子，在心里保持高度警觉，及早对每一串咳嗽做出判断。在新冠肺炎面前，谁都会心虚胆寒。正如英国首相，感染前后，判若两人。先前仿佛是金刚不败，说起话来气壮如牛，噎得死世界上一半的人。之后变成了邻家大男孩，懂得遇事负责，懂得关爱别人。夫人内心害怕那东西，好不容易流鼻涕了，可以确定是小感冒，这才为"不是的"而在万籁俱寂的清晨一个人欢欣鼓舞，振臂高呼。不久之后，在职人员报名下沉到社区时，夫人本可以不报名的，但她还是报名了。那一天，夫人与几位志愿者一道送爱心鱼到一个残疾人家庭，女主人收下物资后，非要他们再等一会儿，说是老公要面见几位。等了好一会儿，挂着双拐的男主人好不容易才从里屋挪出来，冲着他们深深地行了一个礼。一个失去行动能力的人，艰难地完成这么个小小动作，相较于正常人，就如同不顾个人安危的志愿者，在医院隔离区里独自一人卸下一整车战"疫"物资。一个重度残疾者，并非如他自己所说什么也做不了，似这样拼着命也要当面表达自己的感激之情，对于拼着命让城市血脉畅通流动的志愿者，是一种莫大的能量补充。

俗语有蚁穴溃堤一说。现实中千里长江大堤最怕的管涌，常常是旧中国腐败治水，填埋在大堤内部的芦苇腐烂后留下小孔所导致。非常时期，生命的主旋律，民族的复兴梦，男女老少的齐心协力，仁人志士的殊死意志，科学与人性的双重关爱，注定会落实到针鼻一样的小事上，然后，无论愿意或者不愿意，都会放大到等同于生死存亡。

一位刚刚入职的年轻男孩，二十岁不到，参加战"疫"突击队后，与另两位队员轮流照料一位疑似感染的年轻女子。那天晚上，轮到他在隔离处值班，深更半夜时，所照料的年轻女子突然大呼小叫起来——由于太紧张，致使生理周期紊乱，例假提前到来，随身用品一样也没有。不到二十岁的大男孩一时间手足无措，竟然将求援电话打给自己的女同学。一个大男孩深更半夜打电话向一个年轻女孩要卫生巾，那种尴尬与难为情，再过几十年也会令人面红耳赤。

多年之后，这位大男孩向女同学要卫生巾的故事，肯定会成为茶余饭后的一桩笑谈。甚至不用等到多年之后，只需要离开武汉、离开湖北若干公里，人们就能依仗安稳的本钱，将湖北武汉种种不同寻常的小事，当成乐不可支的笑话。"封城"战"疫"，每一件小事都要拼命才能完成，这样的痛点，讲笑话的人未必是视而不见，不了解"封城"中的每一件小事都是大事，想简单了却是不假。几年前，自己的膝盖就出现问题，上楼梯没事，下楼梯时便有疼痛感。每次去医院体检，都会强调这一点，医生看看体检表上的年龄，不仅懒得在体检表上填写，连简简单单的行话都懒得开口说一句。其实自己也清楚，对这种退行性毛病，就得认命，不要再想那癞蛤蟆吃天鹅肉的好事。武汉"封城"，之前因膝盖毛病天天坚持的游泳没办法进行，一咬牙就上了家里的跑步机。七十几天下来，除了头几天膝盖稍有不适，越往后跑得越舒服，下楼梯与上楼梯一样利索。人一旦真的要拼命，肾上腺素就会急剧增加。"封城"之外，关系好到能媲美高山流水的知音朋友，对"拼命"二字的理解，是真朋友的，他们对"封城"中人的感情会高出十个量级。

从武汉"封城"到湖北"封省"，是撬动中国战"疫"最重要的支点。同时还是一个国家、一个民族拼命拼出来的终极方法。

后来被人们喜爱有加地称之为"女神"的李兰娟院士，回忆国家做出武汉"封城"决定前几天的过程，也用"惊心动魄"一词来形容。

在新冠肺炎疫情面前，世界各地各出神招，选择各自认定的最佳方式。结果表明，中国政府采取的方式最为有效。相比那些抛弃公信的外国政要，这种最为有效的方式，保证全体国民在从未有过的疫情面前，少走弯路，少走险路，不走绝路和死路。通俗地说，不止一城，不止一省，而是举国上下，齐心协力，一起拼命，才是最为有效的方式！

有一种比喻，颇为形象贴切：新冠肺炎疫情如同高考试卷，在有限时间内，必须答对每一道题才能获得满分。武汉"封城"则是一道达到"奥赛"水准的超难度大题。有些人成心不想答对，三月八日，《纽约时报》在其官网上先后发布了两条推文。第一条发布于上午十点三十分："为对抗新冠肺炎疫情，中国隔离了六千万人，并对数亿人实施严格的检疫和旅行限制。这场战'疫'极大损害了人们的生活与自由。"二十分钟后，十点五十分，该账号又发布第二条消息："意大利封锁了米兰、威尼斯，以及北部大部分城市。他们冒着牺牲自己经济的风险在阻止这场欧洲最严重疫情的蔓延。"同样是"封城"，在他们的评价体系里完全不一样。有些人是成心与自己过不去，英国《每日邮报》三月十四日报道，印度一个印度教组织当天在德里举办了喝牛尿派对，希望借此保护自己，赶走新冠病毒。这种令人难以置信的事也曾在日本发生，日本一家大型交易网站上，有卖家出售"能预防新冠肺炎"的石头，便宜的标价为八百日元，贵的标价超过了一万两千日元，居然销售告罄。最奇葩的还是大洋彼岸的那位总统先生，他们国家感染人数已超过百万，当日死亡人口达到两千九百人时，竟然公开声称："既然消毒剂可以在一分钟之内消灭病毒，有没有可能给身体内注射消毒药水，杀灭新冠病毒？"如此一看就明白是答错题了，居然还有人跟在后面为其打上满分。极具讽刺意味，同时也极其悲哀的是，如此极端错误的判断与决策，最终导致其国家二十四小时内感染人数接近十万。武汉也好，湖北也好，在最困难的时候，也没有选择江湖郎中、黑白女巫。在第一份试卷必须交卷的最后一分钟，中国人拼着命匆忙写出了唯一正确的答案。在十四亿中国人里，是一个叫张继先的女医生，第一个动笔，写下这答案的第一行字。

二〇一九年十二月底，断断续续听到一些风声，三十一号早起，见到微信里在转武汉市卫健委的一份红头文件——《关于做好不明原因肺炎救治工作的紧急通知》，文件的最后一句话：未经授权任何单位、个人不得擅自对外发布救治信息。标注的时间也就是三十号。恰好，几天前，省红十字会编了一本书，请我作序，便信手将这份红头文件转发给红十字会联系我的那位小伙子。小伙子回复，自己也是刚刚听说。在问过武汉市有关方面后，他再次回复，确认文件是真实的，同时告知，华南海鲜市场的所有人员正在疾控中心接受检查。下一步可能要采取春节限流等措施。我下意识回复了一句：这个春节惨了！与此同时，还联系《湖北日报》一位朋友，他也不太清楚，转而问医卫部专门跑这一块的同事，然后回答我说，目前省、市卫健委还没官方说法，他们正在权衡要不要公开发布信息，怎么发布。但很明确，并不是二〇〇三年流行过的"非典型性肺炎"。

做事的只顾埋头做事，全然不顾好鼓也要重槌敲。反过来，无论好话坏话，一直说个不停，哪有精力做事啊！

有一个历史叙事的关键点，是武汉战"疫"必不可少的：二〇二〇年一月十八日，在湖北省卫生健康工作会议上，省卫健委负责人表扬了湖北省中西医结合医院对疫情保持高度警惕。

相比后来成为舆论热点的火神山医院、雷神山医院、武汉市金银潭医院、武汉市中心医院等，湖北省中西医结合医院很少被媒体关注。若不是住在附近，离得稍远一点的武汉人，都不知道还有这么一家医院。新冠肺炎疫情暴发之初，这家医院有两件事较为出名，一是某位新冠肺炎患者闹着要住院治疗，被接诊医生拒绝。一方面是医院里一床难求，另一方面是患者病情不重，完全可以在门诊治疗。患者急眼了，拿着家伙要动粗。二是来医院看急诊的人越来越多，戴口罩的人却很稀少，这一次是医生急眼了，冲着助手喊："谁不戴口罩，就把挂号的号根退了，让他走。"病人不理解地嘀咕："这人怎么这么狠？"医生更急了，直接让不戴口罩的人"滚"。这两件事，都发生在湖北省中西医结合医院，而且都与那位名叫张继先的医生有关。

从"封城"到解禁，七十六天惨痛经历，亘古未有。

二〇二〇年元月十八日，离冥冥之中将要发生的"封城"还有五天，武汉三镇常住人口中，找不到几个出门戴口罩的。受到万众爱戴的钟南山院士，临时挤坐在高铁餐车车厢，于深夜赶到武汉，第二天上午听完相关情况汇报外出察看后，返回下榻酒店，与我的一位朋友在门口相遇时，二人握手寒暄，也没有戴口罩。

回过头来细品，省卫健委负责人表扬湖北省中西医结合医院的一段话，内涵是对该医院呼吸与重症医学科主任张继先的高度肯定。省卫健委负责人表扬的基础，建立在作为专门机构早就知道，社会公众要等到日后武汉市卫健委疾控处处长对《长江日报》记者异常肯定地答复后才知道：自始至终，只有张继先向他们报告了疫情。也就是说，全武汉市共有十多万医护人员，依法依规上报疫情的唯有张继先！

话说回来，张继先上报疫情时，别的医院还没发现任何动静，不可能凭空大叫狼来了。

二〇一九年十二月二十六日这天，武汉天气晴朗。距离华南海鲜市场两公里的湖北省中西医结合医院来了两个就医者——一对年老的夫妻。妻子因为主要症状体现在呼吸，被张继先收进了呼吸科，丈夫因为乏力，浑身没有劲，被收入神经内科。二十七日，丈夫做常规检查，发现肺部有问题。经过几大科室医生会诊，发现不是神经系统的疾病导致他没有力气，而是肺部感染更重于他的乏力症状。"两个人都有病，CT影像类似，我们就开始警觉了。"在张继先的建议下，老两口的儿子也来医院检查，果然也是这个病况。"哪有一家三口同时得差不多的病呢？"张继先给一家三口做了甲流、乙流、腺病毒和呼吸道合胞病毒检测，全是阴性。"不是这些病，只能是新的。不是我们常见的疾病。"凭借"非典"时期练出来的敏锐，当天下午，张继先即按《执业医师法》和《传染病防治法》相关条款，通过自己所在医院，上报到江汉区疾控中心，区疾控中心迅速来人抽样检测，因为检测的项目与张继先做的一样，也没有发现什么异常。

二〇一九年十二月二十七日，张继先再次收治了一例症状相同的病人。第三、四天，即十二月二十八日、二十九日，又收治了三例。这四个人全都来自华南海鲜市场，且相互之间都认识。张继先再次向医院上报疫情，并请求院内十个相关科室专家会诊，然后第二次上报，而且是直接向湖北省卫健委和武汉市卫健委疾控处报告。在上报的同时，张继先还迅速组建隔离病区，收治类似病人，并加强医护人员的防护。所以，她的科室自始至终无医护人员感染，也没有病人交叉感染。十二月二十九日下午，省、市卫健委接到报告后，武汉市随即打响了武汉战"疫"的第一场前哨战，由市、区疾控部门进行传染病流行病学调查，并将张继先发现的七位病人中六人转院至金银潭医院。

就在张继先不断发现特殊病例的那几天，困扰绝大多数武汉人的是那躲无可躲、藏无可藏的流感。二〇一九年十二月二十七日，自己一不小心也中招了，还不得不赶早出门往北京。在高铁上反复用洗鼻器冲洗鼻腔，一下高铁就直奔中国出版集团大楼，参加《当代》创刊四十周年朗诵会"。受命上台朗诵前，说了一段话，称自己好长时间没有去《当代》杂志社了，不知道那张不知有多少作家坐过的破沙发还在不在。之前每次去，往那沙发上一坐，身子就会陷进去，一直到腰里。就这么坐着与朋友们聊天，十分享受。希望好好留着这沙发，这也是一种文脉。说完话，再朗诵《圣天门口》片段。没有等到活动结束就离开，到酒店休息，买了一盒方便面当晚餐。第二天，一早醒来，冲一包说是能治感冒的葛根粉喝下，就开始返程。到武汉站下车，乘地铁到岳家嘴站，从G出口出来，迎头就是一阵冷雨。人刚到家，没完没了的咳嗽也跟了过来，直到隔年的元月二日才停下来。那个时候的那场咳嗽是那种后来令人闻风丧胆的干咳，咳到嗓子冒烟，摸一摸脖子都觉得疼，非要到临近痊愈时才来点痰。"封城"后期，疫情大为缓解，一些医院能腾出手来给普通人做核酸检测，自己的三项结果全是阴性，将那场咳嗽与新冠肺炎的关系彻底否定了。

"传染病信息应该不是由临床医生来发布。临床医生是根据症状觉得这个病有传染性，可以传染人，但是传染性到底有多大，数据是由流行病学告诉我们的。临床医生得不出这样的结果。我们看到的是一个个的个体，我们看不到整体。一旦发现不同寻常的病例，我们需要向疾控部门报告，由流行病学专家来定义、研究这个病，进行推断、预测。"

张继先的话，说得很轻柔。在枪打出头鸟，天塌下来先压死高个子的俗世环境下，真正付诸行动，没有一点拼命精神哪行啊！否则就没有武汉市卫健委疾控处处长对《长江日报》记者说的那番话，也不会有闹着要住院治疗的患者在医生面前动粗，医生让不戴口罩的患者滚出医院等异常情况发生。

由最先发现病例的医生最早发出预警，第一时间通报给世界卫生组织，到只用八天时间就确定病原体，十六天时间就研制出检测试剂盒。从元月十九日中国自己培养的世界顶级呼吸传染病专家建议，在华南海鲜市场周围划出一片封闭区域，到元月二十二日，只用三天时间，最高领导人就做出武汉"封城"的史无前例决定。从科学的角度定义，中国，中国人，中国医生，中国国家机器，已经做到最好了。若是还有人嫌中国做得不够好、不够拼命，用一位诺贝尔化学奖得主的话说，除非中国拥有时光机！没有时光机的世界，只要往任何方向超过一点，就等于是重新上演经典寓言：狼来了！科学不是捕风捉影，中国的科学家和治国领袖不会逞口舌之快，更不会胡乱猜测世界军人运动会在武汉举行时，从国外来的嘉宾当中有没有谁谁表现异常。

拼过命的人，最理解什么叫拼命。

"假设华南海鲜市场不关闭，那感染的人数比现在翻一个跟头还不止。"

张继先后来专门说话提及关闭华南海鲜市场，是张继先率先报告出现不明肺炎苗头后，社会与政府共同发力，试图阻止疫情扩散的第一项行动。国家卫健委专家组于十二月三十一日上午赶到武汉，经过相关检测核实，在迅速召开的联席会议上提出建议，武汉市政府火速于第二天，即二〇二〇年元旦购物高峰之日实施。年根岁末，市场内六百多家商户都指望年关多出些货，突然关闭市场，赚不到钱，贮存的货物卖不掉，还要亏血本。从省长市长，到老板雇员，那种压力，不是拼命，很难挺得过来。三月三日，有关部门对华南海鲜市场进行整体消毒杀菌时，意外发现一家四口一直住在里面。算起来，武汉"封城"已经四十一天，从元月一日市场关闭起，更有六十三天了。论原因，说最危险的地方往往是最安全的就够辛酸了，实际情况还要辛酸艰难许多，那也得拼命挺着。

"封城"第五天，一月二十七日，受习近平总书记委托，中共中央政治局常委、国务院总理、中央应对新型冠状病毒感染肺炎疫情工作领导小组组长李克强，来武汉考察指导疫情防控工作。李克强总理当面对周先旺说，先旺市长，你还要什么，尽管说，我从全国为你调货。周先旺回答说，现在最缺防护服，没有防护服，防疫工作没法启动。就在现场，孙春兰副总理当即与有关部委联系，各部委再联系相关部门，偌大的中国，居然没有一家有现成的贮备。急难之时，大家想到了解放军。经过一番十万火急的寻找，终于在某战区找到一万件防护服。

局外人很难想象，此时此刻，比凤冠霞帔还珍贵的防护服，运到武汉后，优先发放对象不是医生，不是护士，排在那些可亲可敬的白衣天使前面、高度优先获得防护服的是殡仪馆工作人员，还有各大医院的清洁工。

武汉"封城"之初，自媒体天天都在转发一些满是新冠肺炎病人遗体的图片。这些不断转发的不明真相的图片，使得悲伤的善良人增添万分悲伤，同时也为一些流氓政客提供了恶意中伤中国人民、诽谤湖北武汉的子弹。这些图片是真实的，然而通过这些图片累计推理的数字却是不真实的。由于没有防护服，为了避免二次感染和交叉感染，存放在武汉市各家医院太平间里的遗体，一直没有挪动。图片中的遗体，是那个时间段日复一日地累加。

也就是说，李乙昨天见到的遗体数，包含了张甲前天见到的遗体数；王丙今天见到的遗体数，包含有张甲前天和李乙昨天所见到的遗体数。殡仪馆工作人员拿到防护服不久，那些陈尸太平间的图片也不再有了。将防护服优先发给清洁工的道理也是如此，那些新冠肺炎病人用过的医疗用品曾经堆积如山，清洁工穿上防护服后，堆积多日的高危垃圾才得以清理干净。

身为武汉市新型冠状病毒感染的肺炎疫情防控指挥部指挥长的周先旺，第一次与李克强总理对话就拼了命。李克强总理还没有表态，周先旺就急着开口请求支援。所以才有李克强总理后来主动发问，先旺市长，你还要什么？新冠肺炎疫情暴发时，全武汉市只有四台负压救护车。用普通救护车拉着新冠肺炎患者在大街上跑，无异于将感染源一路播撒！第一次与李克强总理面对面，周先旺顾不了那么多，开口就要求支援一些负压救护车。李克强总理直截了当地回问，你们要多少？有卫健委的人在周先旺身后小声提醒说，要四十台！从周先旺嘴里进出来的数字变成了一百台。李克强总理毫不犹豫地说，先旺市长说要一百台，我就给你们一百台！而据工信部一位司长介绍，在疫情防控之初，大量的传染病人急需转运救治，负压救护车成为社会各界高度关注的首批重要物资。截至三月三日晚，各省运达湖北省的负压救护车共有六百九十台，覆盖了全省十七个地市州，仅武汉就有二百三十九台，总体满足了湖北省疫情防控当前的需要。

撬动武汉战"疫"的支点是终于找到一万件防护服。

扭转武汉战"疫"的支点是一百台负压救护车的到达。

曾几何时，武汉城市工作最怕两件事，一怕陆逊陆少帅，火

烧连城，二怕关羽关帝爷，水淹七军。雨越大，越要防火，指的
是汉正街。那一带老街，商铺连接商铺，家家户户门前屋后易燃
的商品堆成了山，街道本来就窄，万一失火，消防车进不来，只
能眼看着望天烧。雪还没有落完，就开始防汛，指的是两江交汇
处的龙王庙，还有拦截汉口北面来水的张公堤。一九五四年龙王
庙溃口，导致半个汉口被淹。一九九八年夏天的大洪水，岌岌可
危的龙王庙，让武汉人两个月没有睡好觉。朱镕基总理站在惊涛
拍岸的龙王庙江堤上面色凝峻的那张照片所传递的信息不言自明。
武汉战"疫"最危难之时，从市长起，相关官员与市民每天都要
分身三处，上午关注防疫，下午关注防汛，夜里关注防火。

在湖北省委书记的小会议室，墙上只有四幅地图，前两幅很
常见，一幅是中国地图，一幅是湖北省地图。另两幅一般人难得
一见，一幅是湖北省森林防火地图，一幅是湖北省江湖防汛地图。
仅此可见，防火与防汛，对于湖北武汉是何其重要。

二〇一八年五月，湖北省委主要负责同志在这间屋子里与我
有过一次面谈。用内行的话说，那次谈话时间超长，有悖于对方
从来不爱啰唆的习惯。我们的谈话内容，看上去也不是非说不可
的。就因为，对方当过工人，我也当过工人，对方当工人时是车
工，我当工人时也是车工。对方当车工时最怕切削不锈钢，我当
车工时同样最怕切削不锈钢。并且我俩又都因不锈钢铁屑飞溅起
来，掉在身上，随着小股青烟冒起，而闻过自身皮肉的淡淡的烤
肉香。还因为，我有腱鞘炎，对方也有腱鞘炎。我的腱鞘炎是用
电脑写作时被鼠标和键盘折磨出来的，前后用了两百多支扶他林
自我按摩后，差不多痊愈了。对方的腱鞘炎是十几岁在家里当农

民，天天到洞庭湖边的烂泥田里干活累出来的，时至今日，只要天阴下雨就疼痛不已。于他于我，这两点都是蕴藏太久的情愫，一说起来就没个完。在二〇二〇年元月十七日闭幕的湖北省人代会上，人大代表用从未有过的全票方式通过了省政府工作报告，在"十三五"期间，湖北改革发展取得的成就是全方位、历史性的，经济总量先后跨越两万亿、三万亿、四万亿大关，是中部地区唯一GDP达到人均一万美元的省份，真正实现建成支点，走在前列。从二〇一八年九月，到二〇一九年十一月，如自己当初所愿，将全省一百零三个县市区全走了一遍，公开调研，私下探微，沿途所见所闻，上上下下对省内情势的巨大进步普遍认可。多年以来，荆楚大地鲜有白天鹅的踪迹。黄梅龙感湖，与洞庭湖仅仅一江之隔，因为贫瘠，历史上从未有过白天鹅的影子，二〇一七年开始有零星白天鹅不再去长江南岸的洞庭湖，而落在龙感湖过冬。二〇一九年深秋，来龙感湖过冬的白天鹅已经达到八万只，八万只白天鹅用翅膀和脚，为湖北投了八万张优雅高贵的赞美票。

钟南山说过，如果不是元月二十三号，等到过完除夕和春节，再晚五天"封城"，新冠肺炎传染的严重性要再翻上三倍。国家卫健委专家组第一次来武汉，在听取情况汇报后，湖北省委主要负责同志表示，可以按照当年广东省处置"非典"疫情的办法来做。非常可惜的是，湖北省委主要负责同志没有将自己的提议坚持到底。在座的各位专家亦认为，眼下才出现几十例，且最早发现相关病例的华南海鲜市场已经关闭，接下来的情况，有待进一步观察其变化。遍观后来新冠肺炎在全球肆虐，但凡达到武汉人口体量的国家和地区，也不会有谁做出过度反应。专家有专家的道理，从专业数据来判断，此时此刻才几十例，再增加十倍二十倍达到近千例，武汉市现有九百零八张呼吸道传染病床，也足以应对。

某次，与国家卫健委高级别专家组一位成员聊到，假若元月上旬来武汉的专家组与元月中旬来武汉的专家组在时间上互相调换，将元月中旬来武汉的几位专家改为元月上旬来武汉，将元月上旬来武汉的几位专家改为元月下旬来武汉，结果会如何？对方坦率地回答，估计结果是一样的。理由是两批专家专业能力其实相差无几，在人与病毒信息不对称的早期，将现有几十例病患数放大十倍二十倍加以考虑，已经留有相当大的回旋空间。经过放大十倍二十倍来考虑的疫情，用武汉市现有医疗资源都能应对，希望有谁来凭空做出放大一百倍、两百倍的推断与决策，这不是科学而是赌博。正如那些流氓政客硬指武汉感染人数达一百万，中国感染人数达两千万，死亡人数达两百万，是将自己放在打遍拉斯维加斯各大赌场无敌手的超级赌棍位置上。一旦发现事情真相在狠狠打脸，超级不要脸的粗口都能爆出来。先行者注定要为后来人当铺路石。长江后浪推前浪，前浪死在沙滩上。失败是成功之母，没有谬误，就不可能发现真理。这不是残酷不残酷，是一切科学都绕不过去的规律。

某些时候，人之拼命，得到结果还不如不拼命。这样的拼命就等于上苍给了一个账号，却没有附送密码。等到将拼命赚得的全都存入这个账号后，才发现无法取出来受用。对新冠肺炎的认知过程相当艰难。大家都在拼命，都有一个拼命的账号，有人得到了密码，有人却没有。

二〇二〇年一月二十日，作为国家卫健委高级别专家组组长的钟南山在接受央视连线时表示，目前可以肯定，此次新型冠状病毒感染的肺炎，存在人传人的现象。这个时候的钟南山，用词极为谨慎，他太了解"存在人传人的现象"与"事实上就是人传人"，在生生死死的现实中，差别太大了。疫情就是这么冷酷无情，从在武汉相关地点调查新冠肺炎，乘车来去没戴口罩，到判断"存在人传人的现象"只用了三天时间；从判断"存在人传人的现象"，到用惨烈"封城"的巨大行动证明"事实上就是人传人"，也只用了三天时间。人类由原始到文明的进步过程，淘汰了太多曾经当红的信条，唯独科学精神越来越受尊重，因为科学精神经得起实践的彻底检验。如此也倒逼科学家们，在向世界宣告每一项科学发现之前，必须穷尽一切手段来证明这项发现正确无误。这也难怪钟南山们在说每一句话时，都要谨慎以对，只想如何对得起真理，不去考虑如何抢先发布才可以成为网红。

按湖北省卫健委二〇二〇年一月六日下午四点二十分公告湖北省二〇一九年十二月法定传染病疫情信息，二〇一九年十二月全省报告的法定传染病例，其中甲类传染病无报告；乙类传染病报告十五种共一万一千四百六十三例，报告发病数居前五位的病种为：病毒性肝炎、肺结核、梅毒、猩红热、淋病，五种疾病的报告发病数占乙类传染病报告发病总数的百分之九十六点五七。对比二〇一八年十二月全省共报告乙类传染病十五种共一万二千八百四十七例，主要统计数据还有所下降。在大数据时代，仅凭两位数的病例，就将其当作阿基米德声称能撬动地球的那种支点，决定对一个千万人口级别的大都市实行严厉管控，确实太难了！

　　有一个流传甚广的方言音频，将防疫战"疫"的方方面面用生动诙谐的土话说得清楚明白："各位村民请注意，有几个事儿要说一哈（下）儿。目前已到了新冠肺炎的暴发期，但是啊，还有一些人，不自觉，到处捞（闲逛），蜂子诛（蜇）了屁眼样的坐不住。广播里头电视新闻里头手机里头，天天叫你们莫乱跑，减少接触，你们耳朵哈（全都）打苍蝇去了啊？有的人出门，连个口罩儿都不戴。你的脸比别个长得阔气些？还是你脸上绣了花？脸上搽的雅霜比别个多些？……有些人啊，瞄到这两天太阳出来了，又屁股安了滚珠样的，到处乱晃，说不出来捞哈儿过不得（难受）。那些一线医护人员不难过啊？那些每天坚守岗位的人不难过啊？就连捞（偷）东西的贼，都比你们难过。到街上去捞吧，街上冇得人。到人家屋里捞吧，家家户户哈有人。话又说回来，让你们在屋里，还不好啊？婆儿伙的（夫妻）在屋里，一天到黑公不离婆秤不离砣，这几好、几和谐咧。还有那些平时好吃，喜欢没事喝个檐贴水儿（蝙蝠）汤，吃个麻雀儿脖子的果（那）些人啊，你再莫瞎吃了。屋里有腊肉糍粑油面，吃不饱啊你们？大家要团结起来，众志成城一条心，铲除病毒不留根。我涎都说干了，不晓得你们听进去冇。"

　　外地人听起来，认为是湖北话，湖北人听成是黄冈话，黄冈人只知道是罗田、浠水、英山三选一，只有这三个县的人才清楚，说这话的是英山人。武汉"封城"七十六天，自己只发了几条朋友圈。必须发的这几条信息，有黄冈全境新增确诊病例率先清零，有黄冈全境确诊与疑似病例清零，因为那里是自己最为在意的家乡！在黄冈又以英山为突出代表。用英山县一位主官的话说，当时的情形，早"封城"半天，情况就会大不一样。英山县正是这么做的，元月二十号上午，黄冈市召开紧急会议布置战"疫"工作，当天下午县里就开始行动，率先紧急启动高速路口交通管制措施，公路设置卡口，逢车必检查消毒，逢人必登记测温，发现情况不对的立即进行收治。突如其来的动作，让高速路口的汽车排成长龙，很多人都不理解，连武汉都没管制，深山老林中的小县城出什么风头，管个什么制！随着疫情的发展，从上到下，大家莫不为早前当机立断，抢先一步对疫情实施管制而庆幸。第一时间启动战时机制，第一时间切断传播路径，第一时间发动群众参与，这种简捷明了的办法，最难做到的是"第一时间"，不是所有人齐心协力，每一秒钟都要拼着老命和小命去抢，稍一犹豫，"第一时间"的时间窗就会消失。英山县拼着命抢来的时间窗，或许是二〇二〇年这场"武汉胜则湖北胜，湖北胜则全国胜"的抗"疫"殊死作战中，从南到北，从东到西，有记录可查的"第一时间"。作为与武汉同为最危重疫区的黄冈市，一份由市防疫指挥部发布的内部文件显示：英山县在其下辖各县市的疫情防控考核量化评分中获九十九点零四分。

　　一念之间或是一念之差，是世事决策最常态化的样子。

　　一念之间的英山，不经意地成了市级政府发布动员令后，县级地方政府在国家法律授权下施行应急响应，最早"封路""封城"的地方。一念之差的武汉，错失及早用既有对抗"非典"经验的机会，只能退而求其次，亡羊补牢，由原本能够主动出击，变成被动防守。经历越苦痛，教训越深刻，反思越到位，再伺机出击，就不只是绝地重生，而是冠绝世界古今。"封城"最危情时用三天时间做到全城感染者应收尽收，就已经相当撼人。"解封"之后又出人意料地用十天时间，对武汉三镇除了六岁以下的婴幼儿，共九百八十九万九千八百二十八人进行核酸检测，查出无症状感染者三百人。像打扫战场，在确认战"疫"完全胜利之际，也将武汉战"疫"的战略战术形成人类应对瘟疫的经典。

在湖北，在武汉，并非才过十几年就忘了"非典"之殇。事后诸葛亮们越来越愿意承认，新冠病毒太狡猾了。这种狡猾完全是冲着人类的各种优点和各种弱点而来。也可以说，人类所经历的一切荣耀是人类自身创造的，人类所面临的一切苦痛同样是人类自己造就的。人的骄横傲慢、奢侈贪婪，时时事事都在奉行得寸进尺、得陇望蜀，不知所进退，不愿见好就收，让新冠病毒有可乘之机。人的过度善良，过于追求完美，过于相信那些得心应手的技术和经验，也让新冠病毒得以明修栈道，暗度陈仓。国际上某些政客死抱着表面上堂而皇之，私底下丑陋的信条，硬是不进行严格管控，还处处强调自身必须优先得到相关好处，真像他们自己所说的，感染越多，死人越多越显得伟大。新冠病毒自然不会那样雅致，那样温良恭俭让，一有机会就使出借刀杀人的手段，将政客们最擅长的煽阴风、点鬼火、明火执仗、巧取豪夺等无所不用其极的方式学到家，管你当初是几例、几十例和几百例，转眼之间便推波助澜到让其医疗系统近乎崩溃。

回过头来，当人们普遍重视后，比如张继先最早预警的华南海鲜市场，一月一日休市后，二十九人仍生活在市场里，"封城"一周后才戴口罩，三月三日市场全面消杀时才搬出，经过核酸检测，他们当中未发现任何人有过感染踪迹。疫情暴发初期的指证，越来越成为疑问，那座水产市场是不是导致武汉"封城"的根源？随着疫情在世界各个角落蔓延，经过大规模流调及检测，"封城"之下的武汉，感染人口与死亡人口对比欧美一些地方，相应比例低了许多。在一些国家和地区，不断出现初次检出时间早于武汉的新冠肺炎病例。美国新泽西州贝尔维尔市市长梅尔哈姆经过最新检测显示已有新冠病毒抗体，结合自身经历，他表示自己在二〇一九年十一月已感染新冠病毒。巴西圣卡塔琳娜联邦大学专家组公开宣布，在对巴西圣卡塔琳娜州首府弗洛里亚诺波利斯市去年十月到今年三月期间的下水道水样分析中发现，去年十一月份的下水道水样中存在新冠肺炎病毒。法国阿尔贝·施韦泽医院重新研究了去年十一月一日到今年四月三十日拍摄的总计两千四百五十六张胸片底片，发现最早出现带有典型新冠肺炎症状的病例，可追溯到二〇一九年十一月十六日。西班牙巴塞罗那大学的研究小组发布公告称，当地二〇一九年三月十二日采集的废水中已有新冠病毒的踪迹。日本关东甲信越地区二〇一九年一至三月期间采集的五百份献血血样中，有两份被判定为新冠病毒抗体呈阳性。

人世间有些事情真的要骂一句，狗日的命中注定！不说中国人俗称的黑死病、烂肠瘟等甲类传染病，最普通不过的四环素牙，一看就明白，唯独一九七〇年前后出生的孩子才会中这个招。这种例子太多：自己国家都死了一二十万人，感染人口逼近一千万了，还在坚称新冠肺炎没有流感厉害的某国总统；等到自己也患上新冠肺炎，不得不思考如何料理自己后事，才知道对方是何种杀手的某国首相。那些一个顶一百个的顶级精英，不是愚不可及，也不是恬不知耻，是他们找错了支点，拼错了命。

新冠病毒给全人类上了一堂关于地球的常识课。

除了地球自身，谁也不可能成为地球上的主宰。

所以，说新冠病毒太狡猾也是不对的，还没脱离人是地球主宰的旧式思想惯性。能在极短时间内给全人类上一堂谁也不可以缺席的大课，这样的导师，这么多年，唯有名叫新冠病毒的做到了。

天下人都懂得，书到用时方恨少！

天下有多少情怀能够理解，事非经过不知难？

人类进入二十一世纪后，科学技术的神速发展，无形当中让人类更加妄自尊大，将霍金预设多种前提，警告"人类将于二百年后自我毁灭"的忠言弃之脑后。如同世界中的某些国家，一千万人口的武汉"封城"了，美国确诊感染仅仅一人。六千万人口的湖北"封省"了，美国人依然漫不经心，还在那里傲骄地宣布，本国只有两个感染病例。有人还搬出文化传统来抵制戴口罩，西方古典剑客从来只有眼罩，东方大侠才会犹抱琵琶半遮面，用一块布挡着口鼻。新冠病毒丝毫不在乎自视尊贵的文化传统，也不在乎有多少艘十万吨级的航空母舰，有多少架隐形战略轰炸机，转瞬之间，就将东西南北各色人等统统打回破绽百出、弱不禁风的原形。二〇二〇年的世界，对新冠肺炎的认知，从头到尾都在轻视、重视、再轻视、再重视地螺旋式反复，还有一部分人重视、一部分人轻视的极度分裂。再往后又变为，不是轻视，更不是无视，是越想努力看清楚，反而越看越糊涂。是真糊涂尚有愚子可教之法，最可恶的是揣着明白装糊涂。当魔鬼设一道沟壑横在人类世界面前，不是团结一心共赴危难，反而心怀鬼胎，表面上站在人类一边，实际上在替魔鬼干些勾当。

世界的一半在拼命，世界的另一半在赌命。

拼命的有拼错的时候，赌命的也有赌对的机会。

赌命赌对了很像是拼命，拼命拼错了就像是赌命。

英山县的做法，对与错都是在拼命。因为"第一个'封路''封城'""第一个实现全县确诊病例清零"并不是他们心里想要的，只有各县市区按照统一部署，共同采取隔离措施，才会阻断病毒传播，彻底战胜瘟疫。正因为其余各县市无一不争先恐后，全黄冈市才能够让省委和省政府下达"决不让黄冈成为第二个武汉"的死命令，成为最终现实！

"这是一场灾难，不是你一个人的错！"

为了疏导一位感染新冠肺炎的同事，中南医院神经内科的肖医生成了第一个走进隔离病房的心理咨询师。同事因为连带传染了全家人，包括一名婴儿，极度自责，想以自杀来谢家人。这样情绪何止是一二特例。"封城"后期，每次看到其他省市新增的感染者来自湖北武汉，湖北武汉的每个人内心都会生出一丝愧疚。在新冠肺炎面前，那种用平常意义判断的"错"，发生在谁那里，谁那里往往会格外拼命。

武汉市急救中心调度员小周，一段时间里每天十二个小时都在接电话，每个电话都是与死神赛跑。由于救护车有限，给谁派车，不给谁派车，谁是急需安排的家庭，成为她每时每刻必须要做的生死抉择。那些关乎生死的电话，是与否，全靠这位二十岁的小姑娘自己即刻做出判断。她不清楚，电话那边的男人病得很重，因为意志坚强说起病情反而轻描淡写，因为自己一个"否"

字，那个家庭的顶梁柱就塌了。她也不清楚，不过是恐惧过度，却表现得死去活来的普通病患，因为自己一声"是"，让宝贵的医疗资源白白浪费。后来情况好转了，只要说起这些，小姑娘还会揪心地哭个不停。

武汉战"疫"将拯救生命的最后一道防线设在市肺科医院，在首批六家定点收治新冠肺炎患者的医院中，市肺科医院收治的全是危重中的重度，转移到这里的病人，按常规经验，二十小时以内死亡率或许达到百分之七十。从一月三日到四月十一日，共收治了八十一名新冠肺炎急危重症患者。这里的医生曾经一个班送别了三个病人，付出了百分之五百的努力，都救不过来，人都崩溃了。换作其他人，谁个敢说，我不关心疫情！面对摄像机，他们就这么说过："我不关心疫情，我只关心我手上的这几个病人，我的任务是救活他们。"那天，一位年轻护士从病房出来，衣服全部湿透了，趴在门口哭泣。护士长见到后马上过去安慰她。护士却回应说，她护理了一个月的那位患者终于有意识了，刚才她像往常那样与患者做唤醒说话时，患者插着管子不能开口，但眼睛里流出泪水来了。她不是伤心绝望，是开心和激动！最紧张时，这里动用了国家医疗队四分之一的兵力。浙江省援鄂（援汉）医疗队重症科护士长第一次进入市肺科医院ICU病房，就被眼前的一幕惊呆了：所有病人都插管，多名病人依靠CRRT（血滤），七名病人戴着ECMO，所有患者都处在昏迷状态。不是说得难听，事实就是这样，若不是医疗仪器发出的声音，与太平间没有两样。护士长说，偶尔有患者动一下嘴角，都能让病房增添巨大的希望！
（在给本书做定稿校订时，老母亲经历三次病危后，终于还是被推进了重症监护室。因为一些原因，得到医生的许可，自己全身披戴进到多重隔离门后的重症监护病房，在一溜排开的九位病人中，找到老母亲，紧紧握着她的手，好半天不见有任何反应。直到在她的耳边反复用自己的乳名称呼自己，说是儿子来看您了，她才抬了一下眼皮。只这一下，整个重症监护病房里就像是发出一声欢呼。）

在武汉市中心医院，"封城"前后，病人不断地往急诊科拥，后面的病区已经饱和，基本上一个病人都不收，从大厅到抢救室、输液室，不是挤满而是堆满了病人。一位家属找到急诊科主任说，自己的父亲在汽车里面不行了，因为地下车库已封闭，车子堵在外面开不进来。急诊科主任带着人和设备跑到汽车旁边，一看，人已经死在车上了。一位老人，老伴刚在金银潭医院去世，她的儿子、女儿都被感染了，照顾她的是女婿，急诊科主任发现老人病得非常重，赶紧让其住院。女婿要过来表示谢意，急诊科主任让他们快走，一分钟也不能耽误了。结果在送去病房的途中老人就去世了。一位白发老人的儿子，才三十二岁就死了，老人就那么盯着看医生填写死亡证明，一句话没说，一滴眼泪也没掉，像是个木头人。病人死了，很少看到有家属很伤心地哭的，一些病人的家属也不恳求医生救自己的家人，而是认命一样唉地长叹一声，说那就快点解脱吧！"封城"之下的医院，完全不同于以往，没有人吵，也没有人闹，所有的惊天动地都在医护人员心里。

当医生的人，都是由生生死死训练出来的。人间生生死死各不相同，若非生也训练有素，死也训练有素，强行拉上去，帮忙不成还会变成帮凶。后来我代表省内文艺界到机场送别援鄂（援汉）医疗队，才看清楚从全国各地驰援湖北武汉的医护人员中，医生比例较小，绝大多数是护士。如果将武汉"封城"战"疫"与刀兵相见的战争相比较，医生们是营长、连长和排长，毫无疑问护士们就是军号一响便要向前冲锋，直杀到对方阵地去的班长与士兵。

市中心医院发热二区的护士长，经历太多的悲伤挫败，那一天突然情绪失控，直接在周会群里当着所有领导面发飙，说不干了！援鄂（援汉）医疗队没来的时候，那地方都是一个顶一个没得替换的。护理工作隔行如隔山，她们不干，谁去干?！群里都是院领导，谁也没有站在道德的制高点去绑架她，说服她继续干。下班休息时，也没有谁给她多说一个字。隔了一夜，第二天早上，也没有人催促，护士长准时到岗，拉着她的队伍，又上去了。

市中心医院蔡医生送走的第一个病人，是一位五十多岁的大学教授。教授怕感染家人，自己开车来医院，当时呼吸都有点衰竭了，医院的呼吸机不够，教授决定自己掏钱买一台，顺丰快递已经在路上，那位教授还是没能等到。在生命的最后时刻，那位教授用最后一口气说："不要放弃我！"然而，在所有抢救措施用尽之后，生命还是放弃了他。医护人员都不忍看，蔡医生让大家走到病房外面去，一个人上前将对方的氧气面罩摘下来。二月中下旬，在援鄂（援汉）医疗队支持下，蔡医生撤下来才休息两天，第三天就返回医院，依次套上蓝色的隔离服、白色的防护服、戴上四层帽子、两层口罩、护目镜与面屏，再套上两层手套和脚套穿过清洁区进到病房。"这是我们的战场，我们上阵理所当然，更何况我还是党员！"蔡医生说的话，我们家的两位党员也说过。夫人是预备党员，坚持下沉到社区值守，因为变异性咳嗽，让一同值守的同伴吓得不轻，在解释清楚后，仍旧坚持到底。儿媳在新闻单位上班，本可以不用报名到社区当志愿者的，她还是在轮休时与别的志愿者一道，将一车车的青菜卸下来，再一包包地送到各家各户门外。

北京协和医院援鄂（援汉）医疗队的负责人说，二月七日出发去武汉前，"我自己包括我们的队员不敢接电话，目光也不敢跟同事、家属相碰。我们怕的是什么？我们怕在走之前承受不了那些亲人、同事的关心，我们怕把眼泪流在了这里，我们还没出发呢！"所有援鄂（援汉）医疗队的头头，都在受着超乎寻常的压力，害怕来武汉时的整支队伍，到回家时变得不完整。"封城"之下，武汉人普遍是如此，轻易不与人联系，包括亲人、朋友、师长和同事等等。自己所在单位，从小到十几人的部门，到整体百十号人，"封城"的前三十天，除了少数人偶尔出现在自媒体上，其余人安静得如同星际迷航。

整个武汉分明就是一座超大型的ICU！

偶尔有动一下嘴角那样的动静，都能看成是这座城市的希望。

武汉"封城"第五十六天，作家姜天民的女儿若知医生发来微信："刘叔叔，我已经从新冠肺炎专病一线顺利退役啦！我们医院所有病人都会在二十号之前清空，出院或者转院初步胜利了！之后医院会保留一个隔离病区，所有住院病人都会先进隔离病房，排查没有新冠肺炎后再转入普通病区。我目前很好，没有发热，没有咳嗽，明天早上体检，如果没问题，就可以等着接受下一个工作任务了。"在断断续续与小葛医生和若知医生的联系中，自己从不问她们在战"疫"中经历的事情，将来还是会小心翼翼不去触碰。明知她们经历过、承受过，还是害怕见到她们不堪回首的泪光。除非她们想找人倾诉，没有必要去问！真的，千万千万不要生出这类好奇之心！那些令天下尽知、带给天下太平的人和事，也是武汉战"疫"十几万医护人员的各种缩影。就像八女投江、狼牙山五壮士、黄继光、邱少云等名垂青史的战斗英雄身后，还有收藏起往昔的铁血英勇，默默生活在鄂西大山深处的张富清老人。人生如彼，许许多多，数不胜数。

当我们找不到支点时，就只能将拼命当支点。

武汉"封城"第四十六天，"三八"国际劳动妇女节当天，因新冠肺炎疫情而沉寂的国内外体坛，被一位中国女将"点燃"。中国首位终极格斗冠军赛（UFC）冠军张伟丽在拉斯维加斯举行的比赛中，激战五回合后以点数击败波兰选手乔安娜，成功卫冕金腰带。"在八角笼里我不喜欢讲任何垃圾话。我们要给孩子做好榜样，我们是冠军，不是暴君！"苍生在苦斗，苍蝇在嗡嗡。在乌鸦的世界里，天鹅是最大的罪恶。张伟丽赛后的这番表态，让人动容。张伟丽顶着巨大的压力，用一场惨胜实现了对对手的完胜，这也是疫情之下的每个中国人，"封城"之中的每个湖北人、每个武汉人，活生生的模样。

当我们都像张伟丽那样拼命时，命运的支点就在手边。

宋人吴潜有诗，欲知千载英雄气，尽在风雷一夜中。

疫情前在地铁里贴手机膜的残疾人，困苦到要靠免费分发的盒饭填饱肚皮，却每每骑着单车到十几公里以外卸救灾物资；默默接送医护人员回家，为了不感染家人，在外面开酒店一住几个月；把路虎当货车用，带着自己年轻的儿子，拉着各种物资到处送货；忍受着企业资金链断裂，坚持带领众人从事各种战"疫"活动；车祸八级伤残，却一直坚持干体力活；卸萝卜白菜，满身泥泞，自己蓬头垢面却给志愿者们当理发师等等。没有疫情时，他们是残疾人、工程师、全职太太、企业家、劫后余生者和大学教授，在疫情面前他们只有同一个名字和同一个职业：志愿者。似这样只记录在互联网某个角落的千千万万普通人，生不畏死，向死而生，用自己流血、流汗、流泪，印证这个春天里，愁恨暗消榕树绿，寸心漫拟荔枝红。

世界女拳王张伟丽说，在这个平台上，大家都是武者。在二〇二〇年春天的武汉，总忘不了自己是开奔驰宝马的上班族，是吃香喝辣、事业有成的企业家，是几级教授，是几级专家，是正厅副厅级，是仅仅靠颜值就能活得很好的白富美等等，需要别人一声断喝，提醒谁谁与一千多万城中人一样，都是血肉之躯，都有可能分分钟成为新冠病毒魔头的下酒菜，这样的谁谁才是这场战"疫"中最悲苦的。

如果有人不分轻重缓急，总在掂量湖北"首富""二富""三富"，就不会有阎志那样的义举。"封城"第三十九天，烟花三月的第一个傍晚，《楚天都市报》率先报道："三月一日下午两点十五分，武汉市硚口武体方舱医院，随着三十四名患者康复出院，这座方舱医院将进行休舱处理，不再接收患者。另外，入驻硚口武体方舱医院的山西救援队医护人员转入原地待命状态，救援物资和设备进行封存。"必须用强烈的语气来强调这一点：武汉三镇一千多万人都在心里叫了一声，天啦，这是武汉第一家方舱医院休舱，太好了！就在同一天，另一家方舱医院——武汉客厅方舱医院，也有多达一百三十二名患者治愈出舱。仅仅相隔十天，三月十日下午三点半，随着最后一批四十九名患者从洪山体育馆走出，运行了三十五天，也是运行时间最长的武昌方舱医院正式休舱。至此，武汉市所有方舱医院均已休舱，圆满完成历史使命。

"封城"第四十天，晚七点刚过，阎志发来一篇网文，紧接着再来电话说，有人写了一篇文章，提及二十六年前的我和他。我与阎志说，文章里有些溢美之词用过头了。二十六年前的春天，一位名叫阎志的文学青年，怀揣满腹梦想，加上一百八十元人民币，从黄冈乡下来到武汉，自己只是举手之劳帮了一下。就像那些年，同样不过是举手之劳，推荐了某些作品，日后成了人家的成名作一样。那时的阎志，哪会想到二十六年后的二〇二〇年春天，自己会捐建十家战"疫"医院，回报这座城市。武汉"封城"后，自己联系过阎志两次，阎志联系我也有两次。我联系阎志，第一次是在武汉"封城"最紧张的时候，医生们一边上火线战"疫"，一边还得自个想办法寻找医疗物资。得知阎志从海外采购了一批，就开口找他替协和医院发热门诊重症隔离区的小葛医生及其同事要了些防护服、口罩和护目镜。第二次是省文联的同事、省作协的同行，组成党员突击队下沉到社区，特别是省文联的同事，要去的地方是疫情极为复杂严峻的硚口一带老旧社区，却赤手空拳什么也没有，依然是找阎志，请他再支援一批防护服、口罩和护目镜。阎志第一次联系我，要去一批老作家、老艺术家名单，要给他们送些生活物资。第二次，也就是武汉"封城"第四十天时，媒体报道的有些数字不准确，他亲自解释并证实，经过二十几年打拼，阎志创立的卓尔集团共为湖北武汉捐建了整整十家战"疫"医院！设置九千五百六十七张床位，累计收治病人七千四百六十四人，截至三月三日，累计治愈出院三千三百四十七人！全武汉一共才有三万八千张床位（定点医院约一万八千张，二十三家方舱医院约两万张），卓尔集团捐建的应急医院、方舱医院的床位，不包括湖北省内其他市州的四家应急医院，也不算旗下两家物业做了隔离点，五家酒店（包括一家刚开业十几天的五星级酒店）用于接待专家和医护救援队，仅仅市区内捐建的六家医院，其床位就占了全武汉总床位约六分之一！

说是凭一己之力不太合适，说这惊世骇俗的捐赠是一个人的情怀，不会有任何异议。阎志从不承认自己是"商人""首富"，一直站在作家和诗人的立场上做人做事。阎志与大多数人一样，喜爱鲁迅是因为鲁迅是时代精神的支点，并不是因为鲁迅是著名作家。战"疫"开始后，阎志更是回归一个普通武汉市民的位置，为了尽快采购急需的医疗物资，他对集团的同事说过很牛气的话：无论花多少钱，无论货在哪里，都给我尽快弄到武汉来！这样的话，反而是最牛气的诗，也是最能进入小说叙事的典型人物的典型语言。

我喜欢怀着普通人的情感，活在武汉战"疫"的千万人群当中。得知医生护士们遇上很可怕的困局，下意识地打开手机里的联系人，只要觉得对方有可能帮上忙，再也不去多想，就将短信或者微信发过去。我很清楚，这么做百分之百是不对的。说重一点，是用社会道德绑架人家。说轻一点，是不知趣的骚扰和打扰。那个时候，正如病急乱投医，自己也是在拼命！人一开始拼命，肾上腺素升高，就理智不了，那些自以为是的行为全是生理反应。况且那个时节，也容不得自己去小心琢磨对方的心理。

我的同行朋友们，如果总是忘不了自己在社会上的地位，就不可能有冻土上的一株绿芽、戈壁中的一杯淡水那样的写作。真的德高望重，会以尽心作为尽力，能让世间多一分安全保障，少一点危险危害，于情于理足矣。俄罗斯作家阿斯塔菲耶夫临终时留下遗言，要自己的后人宁肯回老家种地打鱼，也不要再搞什么文学。阿斯塔菲耶夫当时说这话，是对从苏联崩溃成俄罗斯后，在其有生之年还在继续崩溃的现状痛心疾首。武汉战"疫"，国家在，政府在，人民在，文学也在，文学中人自己就是支点，也是拼命三郎、四郎和五郎。

第七章

冥冥中自有天理

疫情是一面很特殊的镜子，照出来的人间百态，没有一样是特殊的。

"封城"过后，协和医院恢复正常诊疗秩序。由于自己的眼疾，也不知惹起内外多少烦恼，终于到协和医院做手术的那几天，时常透过二十一楼的窗口，用没有染疾的左眼打量这座城市。免不了一次次问自己，重现活力的城市为何如此忧郁？挤满男女老少的病房里各种语音为何梦呓一般愁肠百结？同时也在想，因住院刚刚认识的小谭护士长，独自一人苦守这二十一楼的二十几间病房，紧邻的十里长街上也无一人一车，那日子是如何过来的？一般人会想象，那段时间，白白的床单、白白的墙壁上会留下她纤弱的身影。小谭护士长的感觉却非如此："眼科病房位于医院的门诊楼，当时门诊停了，眼科住院部也没病人。整栋大楼除了一楼急诊有人应对重大急症，其他全是空荡荡的，哪儿都黑漆漆的。"将上上下下无不洁白的医院相处为"黑漆漆的"，这等凄冷，可不是俗世生活中的黑白颠倒。

从"封城令"下达的前三天，到正式解禁的前两天，七十七天的苦守，只因小谭护士长受命直接对接本院所有感染新冠肺炎的护理人员，一个人专责处理这些姐妹们的随访、流调、会诊、复查、入院，以及院方各类相关数据的汇总、分析等。要与这些姐妹们说病谈心，寻医问药，从早到晚，听她们悲泣，抚她们伤痛。别人眼里所见是白衣天使，勇士逆行，小谭护士长见到的全是从战场上撤退下来的伤兵，从蓝天白云坠入凡尘的断了翅膀的天使。面对比亲姐妹还要亲十倍的姐妹，担此专责的前半个月，真真切切的悲情不分昼夜席卷而来，将心比心，感同身受，无法独自化解又不得不独自化解的小谭护士长，只用十几天的时间，就将几辈子的眼泪提前流干了。

在小谭护士长负责的病区治疗眼疾的那几天，断断续续地与小谭护士长说了一些话，她一直戴着口罩，看不到她的神情，那双秀目中积攒太多的忧郁，每每让人不敢就疫情之事多说一个字。可以判断，就个人状态而言，小谭护士长自己就是一名至今还没有彻底痊愈的"伤兵"，而这种没有被新冠肺炎从生理上击倒，却在心理上进行长期绞杀的伤害，其毁伤力更加可怕。

在小谭护士长职责所在的随访流调过程中，很多姐妹的家人也被感染了，一个人，两个人，甚至一家子的都有。好几次，随访电话那头的护士姐妹在不停地咳喘，呼吸困难已经到了讲不出一个完整句子的地步。类似这样的电话，一天下来仅是接通的就有一两百个，彼此沟通的短信和微信达数千条。同在本院工作的同学，十年不曾见面，这时候成了流调对象。平素要好的闺密或是姐妹们的家人，冲着她一次次地责骂。那些责骂，所指对象，本不是一般的员工。疫情最为凶险之际，最顽强的生命也显得极其脆弱。除了不懂事的婴幼儿童，男女老少人人都曾脱口斥骂过，骂新冠病毒，更骂因新冠病毒引发的种种异常人事。仿佛间，骂是自己最大的抗争，对多数人来说，关起门来，独对空室，一切言行只不过是换作极端方式的倾诉。对于小谭护士长，似乎"火线提拔"了不止一级，而是三五级，一下子就有资格承担这些本是针对上级领导的俨然极端倾诉的责骂。这亲耳听来和亲眼看到的一切，都由小谭护士长一个人来承受。她可以为姐妹们联系医生会诊，可以为姐妹们安排合适的病床床位，可以在各个社区执行"应收尽收"时，以娇小玲珑的一己之力，与庞大的行政机关争夺自家医院的姐妹，以让她们像回家一样，在本人最熟悉的医院里得到救护与治疗。在小谭护士长心里，塞得太满屡屡崩塌的悲情，却没有任何人、任何地方可以安置与分担。实在哭得止不住了，心里疼痛太难忍受了，只能够打电话，冲着心理医生大哭大叫大吼大闹。恨不能直接去到西院的隔离病区，与新冠病毒面对面厮杀，而不愿面对面看着或者听着姐妹们一天天地与新冠肺炎生死缠斗。

如此过度孤独，连以孤独为专业的我等也不敢想象，一个人要何等坚忍，才能使自己面对玉石俱焚的现实而幸免于身心俱碎？

小谭护士长说："总有一种力量让我们泪流满面，这种力量来自于你，来自于我，来自于我们中间的每一个人。尽管生命有时也会显得脆弱，尽管我们也不都总是那么坚强，当我们成了幸存者，当故事被翻篇，当新闻变成旧闻，但我们依然会记住，在这场灾祸来临时，挡在我们前面做盾牌的人，他们用生命在守护，我们用余生去纪念。"

党龄比工龄还长的小谭护士长，入职之前就曾经奔赴汶川地震救灾现场，这也是她被挑选出来独自一人为感染新冠肺炎的姐妹们服务的关键所在。被一千多万"封城"中人异口同声称为"天使""英雄"的她们，心里只有那些为自己抵挡死神的生命，只是弱弱地希望这段医护人员被尊重的记忆，能够消失得慢一些。希望特殊日子里的感动，能换来平常时间多一点的尊重。从来不曾想过，世上还真有一种名叫"火线提拔"的"好事"。事实上，这样的"好事"从来不会降临到与"护士"人事身份相同的许多人头上。

不在武汉，无法感觉武汉的苦痛。到了武汉，才知武汉全城没有不拼命的，谁不拼命谁就只有死路一条。危难之际，有太多的普通人挺身而出，在火线上自己提拔自己，将不属于自己的责任扛在肩上，拼了命也在所不惜。

那些拿着微薄劳务费的社区工作者；

那些连名分都没有的志愿者；

那些用私人财物为战"疫"出力的匿名者；

那些由普通公职人员结队下沉到疫区的突击队员；

那些向死而生的十万医护铁军；

那些被软暴力硬杀伤后，被要求犯而不校，顾全大局，将针锋相对，论是论非的念头，分分钟忍辱负重掉，唾面自干，打落牙齿往肚里吞，收拾心情，迅速投入战斗，以正直善良为天职的市民。

所有这些人，哪一位不是在火线上"自我提拔"起来的？

危情过后，一切归于平静，如此这般的"自我提拔"，全都"自我降职"，重新归零。

"封城"第四天，我将朋友寄来的防疫物资转寄协和医院的小葛医生，并微信知会她。小葛医生马上回复说，我明天就进发热门诊了，太及时了！即便是人微言轻、无权无势，自己也要从情感上实现对这些永无提拔可能的天使般女子的"火线提拔"！当她再说"太感谢您了"时，我情不自禁地回复说，你是我们的女英雄！

"汉水汤汤，其流有幸；大疫袭来，济世人和。""封城"过后，小葛医生写过一句废话也没有的短文，"我们综合科二支部有中共党员二十名，在这个特殊而关键的时刻，谁也没有逃避。'封城'第一天，一位院士出现疑似新冠肺炎症状，也是教授的综合科主任一时间找不到防护服，仅仅穿着隔离衣亲自参加面对面的各种检查。一位听名字就很美很动人的女医生无奈又自豪地说，姐姐我都穿上纸尿裤啦！发热门诊一天一千多个号就是靠一线的纸尿裤撑出来的！科室一位老资格的党员，主动请缨到西院最艰苦的地方去。她平时身体瘦弱经常受到腹痛的困扰，护士长非常担心她的身体。她请护士长放心，自己已经带足了止疼药。科室有一对党员夫妻，二月十四日，妻子在隔离病房值夜班，丈夫在方舱医院加班，因为收到紧急任务给隔离病房送仪器，久违多日的小夫妻在病区门口意外遇见而'执子之手'。在'最美逆行者'中，路途最远的一位医生，本在美国访问学习，排除万难回国后，时差都没调整好，就到急诊科治病救人。"小葛医生说，"这就是我们，综合科二支部的一群平凡的医护工作者，我们头上没有光环，但是心中却时刻牢记入党宣誓的句句誓言，在阴霾来袭之际个个毫不犹豫挺身而出。我们是党员，就是要有责任担当！"

正是身边那些普通党员的出色表现，让太多娇惯柔弱的护士姑娘，在隔离病区，在隔离住地，含着泪水，用写遗书的决心书写生平第一份《入党申请书》，将中国共产党人的理想、精神与个人价值观等同起来！

武汉战"疫"初期，最受公众非议的一些事，迅疾得到最高领导层的回应。"封城"第十七天，二〇二〇年二月八日十三点三十六分，中央纪委国家监委网站发布一条只有十五个字的消息：

国家监察委员会调查组已抵达武汉！在这条简单得无法再简单的消息背后，是与这十五个字最为相关的责任人所感觉到的肃杀。在调查组即将离开武汉时，一次偶然机会，某责任人与调查组不期而遇，预料中的难堪没有出现，反而是调查组一位负责人主动上前说："你们辛苦了！"少得不能再少的一句话，让彼此间眼圈都湿润了。

在武汉市新冠肺炎疫情防控指挥部汇编的每日动态通报上，首次摸清二月十一日之前确诊和疑似病例在医院、隔离点和居家详细分布情况："某地一万零六百八十一人，占比百分之五十八点一；某地一千九百二十人，占比百分之十点五；某地一千七百零六人，占比百分之九点三。疑似病人分布：某地四千一百七十七人，占比百分之二十七点六；某地两千八百二十一人，占比百分之十八点七；某地三千九百二十人，占比百分之二十五点九。"如此重要的数据，是由市直机关工委组织普通党员一个人头一个人头地统计落实下来的。

乌云压城之际，以中国共产党人为中坚力量的武汉战"疫"行动，摈弃排排坐、分果果的俗政，以人民的生命安全为第一要素，即便是那一时间找不到组织，表面上像是"乌合之众"的志愿者团体，核心成员大多数也是共产党员。

疫情越是危重，普通党员的奉献越多。难以相信，又不得不信。有些人是用"印着红字头A4纸"来标记的。真正的中国共产党人确实是用铁打的，比如上甘岭战役，连长舍身战死，排长挺身而出接任连长，排长以身殉国，班长冒死继任，全连官兵战至只剩下一名卫生员，卫生员就成了全连，在这样的"火线提拔"

中成长起来的共产党人如何不是无坚不摧？

从家乡黄冈在这场史所罕见的战"疫"中率先实现"清零"，到武汉全城解除封闭，再到中国全境社会生活恢复正常，国民生产总值在世界主要经济体中唯一实现正增长，如此显而易见的伟大胜利，居然还让某些人疑虑与费解，就像七十年前的抗美援朝战争，当初组成"联合国军"的那些人曾经不明白过，七十年后居然又犯起糊涂，十万火急之际，偏将令箭弄成了鸡毛。面对自己国家的疫情，恨不能让管治瘟疫的手下去惩治地铁公司，不该将阎王爷养在地狱里的恶魔宠物吵醒，钻出地面来散布瘟疫害人！某些时候，他们的言语与行为就好比汉味笑星们擅长的笑料："火车趴在地上跑不算快，站起来跑那才真叫快！"

彭德怀在朝鲜停战协议上签下自己的名字时留下名言："帝国主义在东方架起几门大炮就可以征服一个国家、一个民族的历史一去不复返了！"抗美援朝战争为七十年后的武汉战"疫"取得胜利奠定了坚实基础。七十年后，武汉人民与新冠病毒争夺每一个社区、每一条街道、每一栋楼宇、每一所公寓，其精神楷模出自七十年前在朝鲜半岛上，对上甘岭的死守，为松骨峰的死战。七十年后的武汉，每一个家庭都有冰箱冰柜的清凉，城中的每一个人都明白必须怀着邱少云般烈火也烧不化的意志。每一个家庭都不缺少物理取暖的温情，城中的每一个人都清楚必须有着长津湖畔零下四十度也要血战到底的勇气。回顾当年，"联合国军"的军事专家不免慨叹："彭德怀指挥的部队，就是用原子弹也不能全部消灭。"新冠病毒若是也会慨叹，不知它们会用何种话语来表示心中的懊丧。懊丧到哪怕是疫情最严峻时，那顶不知流传多少年的"东亚病夫"帽子，也不好意思再拿出来恶心一下中国湖北武汉。

在新冠病毒面前，一千多万人，全都是以黄继光为榜样的英雄儿女。我的医护朋友小葛医生和小谭护士长们，我的新闻主播朋友们和同事小陈们，我的患哮喘病的夫人与天真无邪的小孙女等家人们，以及我认识与不认识的武汉的人们，在战"疫"时从未有过"雄赳赳"，胜利了也不见丁点"气昂昂"，然而，过去、现在与将来，那些跨过鸭绿江的勇士留给中国人的大无畏精神，都会细水长流地传承下去。习近平总书记说得好：把中国人惹恼了，是不好办的。这话对天地万物都是真理。

武汉"封城"第六十二天，相关部门公布全市无疫情小区时，自己所在小区终于排在武昌区水果湖街道倒数第二名上榜了。名叫张家湾小区的排在倒数第一名。"封城"初期，具体感染情况没有通过媒体向社会公布，但在较小范围内，还能见到相关数据。在各区感染人数排序中，武昌区一直以最大数值排在榜首。第一次听见过这些数据的人说这事，自己还不相信。各种各样的媒体消息，一直是以位于汉口一带的江汉区和硚口区作为重点目标，几家都快被病患挤到崩溃的医院在这两地，春节之前人们习惯聚集的主要商业区也在这两地，反而由武昌区来坐这形象不佳的第一把交椅，道理上是说不过去的。对方轻轻一笑说，省直各委办厅局可都是在武昌！一句话点醒了我：这一带的餐饮生意向来极其红火，中央"八项规定"出台后，曾经萧条过，这几年又悄然缓过劲来。平常都这样，春节之前更不用说。秦岭向南，幕阜山向北，大别山往西，武陵山往东，这么大片地域的事都要到武昌来办，成与不成，一年下来，到了年根岁末，约到一起说说悄悄话，总要有个交代。这种常见的会饮，也就是后来流行病学调查，最关注的"聚集性感染"源头。与之相反，全武汉市那么多社区工作人员，受的累最多，吃的苦最多，担的风险最多，受的抱怨也最多，向上高攀时有劲使不着，向下落地时吃力不讨好，那些略带灰色的好处轮不到这一大批人，统计下来，反而无一人感染。知道的人说起这事，都觉得不可思议。用平常眼光来看公职人员，除去相关专业或职务必须接触感染源，剩余的感染者有多少是在工作岗位上造成的？拿着干巴巴三千元月薪的社区工作人员因为不在利益链条上，才没有落进"聚集性感染"这个"毒坑"。所以，武昌区感染人数排在全市头名，社区工作人员一例感染的也没有，看着很特殊，也还是一般规律。

只看到特殊性，看不到一般规律，这或许正是相当部分感染病例找不到源头的根源所在。假如纪律监察部门给这些人发一个特别的"绿码"，只追病毒，不究违纪，相信新冠肺炎的"流调"工作要顺利很多。

对有些人和事，外部可以免责，内心必须追究。

武汉"封城"后期，作为战"疫"中一项至关重要的创举，世界各地纷纷效仿，建设自己的方舱医院。事到如今，有句话需要重新提出：当初对方舱医院恶语相向的人们，可以不用说欠方舱医院一个道歉。除去某些邪恶势力——那是该当别论的——普通人众，话说得再过头，也是由于肾上腺素反应过激。但一定要记得，内心深处欠一个自我反省：大疫当前，大战当前，仅依靠既往的一点经验，便雷鸣电闪般发作，相当不妥！

从医学专业角度来看，新冠肺炎对生命伤害的关键在于，新冠病毒侵入之后，人体免疫系统反应过激，伤及自身脏腑器官。新冠肺炎疫情暴发后，世界各地的种种反应亦有类似反噬自身的。如不及时纠正，想要在污泥浊水中实现蝉脱浊秽，只怕要受三生三世之罪。

成都武侯祠前有长联，其中"能攻心则反侧自消""不审势即宽严皆误"的句子，都可以用于武汉战"疫"以及世界战"疫"。

平安无事之时，荒唐止于觉悟。

瘟疫肆虐之际，觉悟死于荒唐。

随着时间推移，新冠病毒的面目越来越清晰。当世人都在咒骂其狡诈无赖时，新冠病毒或许还认为自己是被冤枉的，还想着需要世人给其道歉。

不得不承认，人的天敌是人自己。

新冠肺炎疫情，最大的凶险不是病毒，而是人本身。

在一个分裂的世界里，我们无法战胜这种流行病。

在我们所有人都安全之前，没有人是安全的。

经过倒查后发现新冠病毒踪迹，最早发现于西班牙巴塞罗那大学于当地采集的废水中，时间为二〇一九年三月十二日。在差不多相同时间，日本关东甲信越地区采集的五百份献血血样中，有两份被判定为新冠病毒抗体呈阳性。科学实证确定病毒形态的时间是二〇二〇年一月七日二十一时，由实验室检出一种新型冠状病毒，电镜下呈现典型的冠状病毒形态。专家组这才认定，本次不明原因的病毒性肺炎病例的病原体为新型冠状病毒。好不容易完成病毒全部基因序列，上报给世界卫生组织的二〇二〇年元月十一日，是新冠肺炎给出第一个时间窗，让人类有足够时空来防患于未然。之后又给出第二个时间窗，让人类赶紧实行亡羊补牢。再往后的第三个时间窗，就只能是绝地反击，置之死地而后生。

全人类中只有名叫张继先的医生在稍纵即逝的最后时刻发现第一个时间窗。

全世界只有中国湖北武汉同样在稍纵即逝的最后时刻抓住第二个时间窗。

在接下来的第三个时间窗里，大多数国家和地区终于清醒过来，知道再不行动就是自寻死路。

《红楼梦》第二回有言：天地生人，除大仁大恶两种，余者皆无大异。若大仁者，则应运而生，大恶者，则应劫而生。运生世治，劫生世危。无论从哪种角度去看，这话都应在今日世界。

有一则笑点极低的网传文字：加州宣布封州，有人去排队做新冠测试，排了大半天后实在耐不住火气，就对身后的人说，我受够了！你给我占住位置，我去把"不靠谱"一枪给毙了。几小时后，他回来了。替他占位的人问：你把"不靠谱"毙了吗？那人回答说，没有，那边排队的人比这边的还多！

武汉"封城"第五十五天，疫情已发生根本性扭转。那一天是三月十七日，当百分之七十五的民众不认可法国政府应对疫情的策略后，法国总理终于开口说了一句极其蛮横的话，他唯一的兴趣是打赢这场战争。法国是最早在武汉开设领事馆的国家，二〇一一年十月二十四日，我受法国领事馆文化专员邀约，带上家人，在东湖边一家水上餐厅接待法国作家菲力普·克洛岱尔及其家人。文化专员是地道的法国人，她比住在东湖边的我们还熟悉东湖。我们以为东湖边的水上餐厅全都拆除了，她却知道有那么一家还留着没拆。有如此精明强干的外交人员，早将武汉"封城"的情报传回法国本土：武汉街头，除了没有坦克、大炮和导弹，每一个社区都是堡垒，每一栋公寓楼都是要塞，相比"二战"时抵御日本侵略军的武汉保卫战，在物质层面上，一切战时状态都具备了，一切战时状态都实施了，就只差公告中有那样一句话。然而，法国真正行动起来，晚了差不多两个月。

除了台湾岛上那个注定会钉在历史耻辱柱上的女人，这世界上还有第二个不希望武汉战"疫"胜利的男人或女人吗？无论脑洞如何大开，都不敢相信会有人愿意与她做伴！即便全世界的医学家达成共识，新冠肺炎年年都会死灰复燃，作为生命个体，人类尽快取得战"疫"胜利是唯一的希望。

武汉"封城"前夕，一位诗人从北京来信，约写一幅书法，交由"侵华日军南京大屠杀遇难同胞纪念馆"收藏。原本很快就写好四句话：六朝古都血，百年家国恨。冤魂三十万，复仇更复兴！还没有交寄，武汉就"封城"了。拖到"封城"第六十五天，快递公司才恢复收寄医药用品之外的东西。这时候，先前的四句话已经浓缩为四个字：还我天理！

一个民族不可以将自身的疯狂看作是命运。

一个人也不可能将自己的疯狂当成是自由。

新冠肺炎疫情暴发后，意大利重症与麻醉协会发布了一份文件，称可能"有必要"设定重症监护患者的年龄限制："这不是仅仅做出有价值的选择，ICU目前已经成为稀缺资源，这样做是为那些更有可能生存下来的人保留稀缺资源，其次是为那些能活更长时间的人保留资源，以期最大限度地造福于最广大的人民。"文件给出必须如此行事的理由，"解决这一问题在道德和情感上都是困难的，正是因为目前新冠肺炎疫情紧急，迫使重症医生只能将注意力集中在更容易治疗的病患。在资源不足以满足所有患者的情况下，为那些受益最大的人提供治疗。"这样的说辞也成为美国主流医疗机构的应对策略，按美国人自己披露的信息，"更容易治疗的病患""受益最大的人""能活更长时间的人"和"最大限度地造福于最广大的人民"的"是那些有钱人"。武汉"封城"的最后一天，四月七日，英国多地养老院及诊所，向患者发放《放弃急救同意书》，要求其承诺新冠肺炎病情恶化时不会叫救护车。为了自身存活，宁愿别人死亡。甚至有少数国家将这种血腥国策使用到国际关系上。有国际媒体报道，巴西东北部的马拉尼昂州偷偷从中国购买了呼吸机。鉴于前几次购买的呼吸机，被某些大国用各种理由干预并征用，他们制定一项"战时行动"计划，以保密方式将从中国订购的一百零七台呼吸机、二十万只口罩取道埃塞俄比亚，以逃避别国的扣押。为了避免被自己的联邦政府没收，这批货物没有在圣保罗进行通关，直接被运往向北三千公里的马拉尼昂州首府圣路易斯。整个行动共进行了二十天，涉及三十人，耗资约八百一十万人民币。类似情形，在欧洲大陆上也时有发生，大国可以横行霸道、打家劫舍，凡是急着救命的东西，没有什么你的我的，只要从老子的地盘上经过就变成了老子的。

天理昭昭，报应不爽。二月四日，日本丰川市向无锡新吴区捐赠了四千五百只口罩及防护服等抗"疫"防护物资。三月二十四日，日本疫情发展，爱知县丰川市回请支援的当天，无锡市新吴区政府立即向丰川市给予十倍的回赠，分批快递邮出五万只口罩。

同样是二月份，韩国仁川市向中国威海市捐赠了两万只口罩，三月二日，威海市向仁川市回赠了二十万只口罩。三月二十四日，意大利外长迪马约说，当初武汉疫情暴发时，他因为决定向中国赠送四万只口罩而被指责廉价抛售用来保护意大利人的物资，现在中国回赠了数百万只口罩，并且是意大利暴发新型冠状肺炎疫情后，世界上第一个向意大利提供医疗物资，并派遣医疗专家的国家。俄罗斯总统普京表示，当中国朋友在二月份遇到困难时，我们送去了两百万只口罩。现在，我们已通过各种渠道收到了一点五亿只来自中国的口罩。做了好事，该回报的总会回报。那些从不做好事的，自然也有回应的时候。

最有悖天理的，是曾几何时被不明真相者奉为天条的"群体免疫"。

遍观人类的进步，从结草为绳，屈指计数，啪啪啪拨得算盘珠子如落玉盘，直至当今的超级计算机，清楚明白地显现着世界如何大步迈向文明，又如何通过文明影响人类的智商智力与智能。武汉战"疫"的胜利本质上是文明的胜利。在中国之外的某些地方，新冠病毒初起时似乎对其有着怀柔之心，也正是这种反文明的优越感，才导致养新冠病毒为患。

世界卫生组织卫生紧急项目负责人迈克尔·瑞安表示过，群体免疫在农牧业中用于考虑牲畜整体健康而不考虑单个动物的情况。人类不是兽群，使用群体免疫时，要非常小心，不能只是残酷地计算，不考虑人民、生命以及所承受的痛苦。一些国家有超过半数的病例来自疗养院，这些人群没有得到适当的保护。一些国家可能认为即使缺乏针对性措施，什么都不做，也会突然神奇地实现群体免疫，就算在这一过程中失去一些老人也没有必要斤斤计较。这是非常危险的计算！负责任的成员国会照顾所有人民，重视社会中的每个成员，并尽一切可能保护人民健康和社会经济。

武汉"封城"第十一天，一位七十一岁的袁姓老人血氧饱和度一度低至百分之五十，最高时也只有百分之七十六，躺在抢救室走廊里不知道哪位逝者留下的一张躺椅上，心理崩溃，以为此生再也没机会站起来了。老人家已经自我放弃了，昏迷之前，就在拒绝各种治疗。在广东省援鄂（援汉）医疗队专家以及汉口医院本院医生们的拼命坚持下，采用超过诊疗方案推荐剂量的大剂量激素冲击疗法，将激素使用量每天不超过一百毫克的标准，增加至一百六十毫克，再使用大剂量的呼吸道祛痰药及黏液溶解药。治疗十天左右，老人家终于咳出一大口痰。这种平常极其令人厌恶的东西，竟然让医护人员惊喜不已。新冠肺炎病人的主要症状之一是干咳，能够排痰说明肺部功能正在改善。"封城"第三十五天，听说广东省援鄂（援汉）医疗队要逐步撤回，老人家躲进厕所里哭上一场，再出来告诉医疗队的专家们，自己用吸管在水杯里做呼吸训练，可以一口气坚持八秒。危重之际，在身边负责照料的儿子也没打算从医院全身而退，最终母子俩都成了命运的宠儿。除了病人"千万别放弃"，全社会都在帮他们拼命。中国有十四亿人，在天大的困难面前，绝对不会轻言放弃一个中国人。这是中国社会的天理，舍此没有其他。

作为万灵之长的人类，经过了千万年的进化，从爬行变为直立，原本就是为了挣脱极端的原始丛林法则。二〇二〇年年初，一纸看似文质彬彬的《放弃急救同意书》，难道是为了表明人类进入到二十一世纪，还有必要将一部分人重新投入荒原，回归与虎豹熊罴争食的动物世界，再现百万年前的原始社会生活？

万物皆有尽头，一场新冠病毒疫情，撕下伪装两百年的皇帝新衣，这也是天理。

不要找死！

不要怕死！

不要等死！

这是人在面对生死时的三种境界。

这三种境界，不是一成不变地存在于生命个体之中，而是你来我往，此起彼伏，翻转轮回。

世界卫生组织总干事谭德塞曾经警告，新冠病毒是一种非常危险的病毒，它利用了人与人之间、政党与政党之间、国家与国家之间的分歧。因此不要把这种病毒作为相互对抗或者赢得政治得分的机会。这很危险，就像在玩火。如果不能在各国国内以及各国之间加强团结，最糟糕的时刻即将到来。谭德塞从他的位置上看得很清楚，有些政客是在找死。这种找死甚至表现为对中国上下一心、举国协力，迅速扭转局面，全面掌控战"疫"局面的忌恨。自身战"疫"不力，尸横满地，还在想着为了能够再做一任老大，一心取悦那些失去工作的人，而不是那些失去生命的人，反正死人不会投票。对于那些显而易见的致命错误，一律用无耻至极的方式四处卸责"甩锅"。美国沃顿商学院设计了一个最新模型：选项A，美国现在解禁，但保持社交距离，到六月底，美国会死三十五万人，但只有五十万人失业；选项B，美国继续封闭，只有十一点七万人死亡，但失业人口会增加到一千八百六十万；选项C，什么都不管，美国会死九十五万人，但增加就业四百一十万人。在政客眼里，模型不够精准也没有关系，ABC三个选项，何去何从，他们早就用屁股做了决定。

北京时间三月二十四日，武汉"封城"第六十二天，世界卫生组织总干事谭德塞在例行发布会上说，新冠肺炎大流行正在加速。从确诊首例到全球病例数达十万，花了六十七天时间；而达到第二个十万仅用了十一天；第三个十万仅用了四天。同一天，据约翰斯·霍普金斯大学数据，美国确诊病例从三月十六日突破四千例，到三月二十三日突破四万例，只用了七天时间，就增加了十倍。在这些数字背后，有太多让人难过的现实愁苦。有行家里手指出，二〇二〇年一月十一日，作为国家卫健委指定机构之一的武汉病毒所，就向世界卫生组织提交了二〇一九新型冠状病毒基因组序列信息，在全球流感共享数据库（GISAID, Global Initiative on Sharing All Influenza Data）发布，实现全球共享。武汉病毒所和中国科研工作者的努力，对于国际防控疫情起了至关重要的作用。可惜中国人民共同努力和巨大牺牲争取来的时间，被国外某些政客白白浪费了。

武汉"封城"第六十九天，三月三十一日，国际顶级学术期刊《科学》在线发表了来自中国、美国和英国的二十二位科学家联合完成的研究《中国COVID-19疫情暴发的最初五十天内传播控制措施的调查》，自一月二十三日起的武汉"封城"对中国遏制新冠肺炎疫情起了关键作用。武汉"封城"作为人类历史上最大的人群隔离事件，叠加中国各地的紧急响应措施，到底有多大的效果？来自十五家全球顶级研究机构的建模分析得到的量化数据是：

中国新冠肺炎感染者的总病例数，因此减少百分之九十六。用这个比例进行换算，武汉若不"封城"，我家居住的小区，感染人数就不是九例，而是二百二十五例。武汉解除"封城"前一天的四月七日，全市确诊感染人数也不是五万零八例，而是一百二十五万零二百例。这样的结果，真是连想都不敢想。不是怕死，真的发生这种情形，十倍百倍怕死也没用。《科学》杂志的研究报告因而提及，随着疫情的蔓延，目前疫情严重的国家也正在采取或考虑采取"封城"（lock down）来控制和扭转疫情态势。世界上有哪个国家会站在那里等死，等着有可能的灭族与灭国呢？当世界疫苗研制巨头应一些野蛮政客的无理要求，承诺将可能研制出来的疫苗优先提供给特定国家使用后，其他七十个国家马上自筹八十亿资金，共同研制供全人类不分种族、不分国家平等使用的疫苗。当中国率先研究出能够用于临床的新冠肺炎疫苗后，马上加入全球共享计划。台湾岛上的那些无良政客曾经声称不使用大陆生产的疫苗，到头来不得不行掩耳盗铃伎俩，名义上说是从德国购买，实际上是中德合资企业在大陆生产的。

天理并非老天爷用如椽巨笔写在朗朗乾坤上，天理是用血肉良心加上灵魂，在每个人手脚上生成的不使自己胡作非为的筋骨。

病毒如人中恶棍，而不能当成敌人。是敌人就必须从精神到肉体彻底消灭之。病毒不仅无法彻底消灭，它的存在能对生命的进化有着催化作用。这就等于生活中的恶棍，任何社会都无法彻底消除这类人。相反，恶棍的存在会促使人们对自身和社会进行反思，回过头来，逐步设计出更加完善的社会规范。

"封城"第六十二天，北京时间三月二十四日，下午三点，午休起来，有阳光透过窗户照进卧室。夫人站在窗前的阳光里，忽然指着玻璃那边不无伤感地轻轻一声："啊，地上好多花呀！"高处的玉兰花如何含苞欲放，如何花团锦簇，我们还没看上一眼，她就带着最早的一片春天，悄无声息谢幕了。

从这一点感叹开始，这一天成了武汉"封城"以来第一个好日子。

自己习惯性地刚到电脑前坐下，小孙女就拿着语文课本走来，用小手指点了点《赵州桥》的倒数第二节，要按照老师的要求背书。盯着小孙女背完书后，就见到官方发布的消息，自己所在小区终于排在水果湖街道的倒数第二名上榜了，成了无疫情小区。隔离六十多天，一家人手拉着手，出后门进到院子里，隔着口罩也能嗅到都快被我们遗忘的春天的气息。接下来，儿子和儿媳只用半小时就隔空办好回他们小家所在小区的手续，小孙女终于能够与她最好的玩具玩伴们重逢了。还有一件重要的、关键的，也是喜人的事情：湖北省新型冠状病毒感染肺炎疫情防控指挥部发布公告，从三月二十五日零时起，武汉市以外地区解除离鄂通道管控，有序恢复对外交通，离鄂人员凭湖北健康绿码安全有序流动。与此同时，对符合一系列条件的外出务工人员，采取"点对点、一站式"的办法集中精准输送，可以安全有序返岗。公告将最重要、最关键，也是最喜人的决定，放到最后宣布：从四月八日零时起，武汉市解除离汉离鄂通道管控措施，有序恢复对外交通！

可以提前告知解禁日期，其潜台词表示主导解禁的那些人信心十足。这样做当然非常好，不会由于好事来得太突然，反而使人半信半疑，又能够让大家有清清楚楚的盼头，在接下来的两个星期，继续待在家里，好好打扫一下属于自己的那片抗"疫"战场。六十几天，放在平时，朝九晚五两头忙，一晃就过去了。"封城"之下的日日夜夜，没心情，没想法，天天就一个念头，看疫情公告，看日历和自己在电脑里累计的天数。每看到一个新的日子、新的数字，就免不了悄然长叹，不知何时是个头，不知何时能结尾。当初宣布"封城"，使劲地想，觉得以十四天为期就够了。十四天到期后，再打破头往后想，再加十四天拐个弯，有一个月难道还不行吗？一个月到了，危情还是那个危情，只敢想难道要"封城"两个月不成？从这以后，什么也不想了，要想也只想明天该如何。当解除封闭时间说得千真万确，就剩下十四天了，在这提前预告好日子即将到来的好日子里，心里反而生出百般郁闷。不是不相信，也不是相信，就是憋屈、胸闷，想开心点，却总是差那么一口气。后来的情形表明，在"封城"中待久了，人也成精了，能预知某些日后的事情。说是四月八日零时武汉全城解禁，紧接着的无症状感染一说，又接上来继续喧嚣，大街上解了禁，小区内封闭变得更严格。直到五月二号零点武汉全城降为"二级响应"，实实在在地计数，武汉三镇"封城"七十六天，然而，一千多万武汉人，整整封了一百天。直到这一天，全家人才扬眉吐气地走出小区，走出武汉。

"封城"的第四十九天，家人朋友圈中出现几朵无比鲜艳的茶花照片，茶花是大姐家小院里种的。大姐在下面留了一句话：我们现在基本解放了！大姐家的茶花，大姐所说的解放了，让困在武汉的我们羡慕得不知说什么好。眼看大姐家的鲜花我们也会有，大姐家享受的解放我们也将要享受，幸福的感觉没有来，反而来了一大堆垃圾心情，将自己的情绪堵塞得找不到出口。偶尔会有一闪念，那一天到来后，最要做的事情，是不是带着全家人去那群山之上的天马寨，看那传说中大别山区最为壮观的杜鹃花海？我确信自己这么想过，也将这个想法说了出来，因为我记得小孙女听说此言后的小小欢呼声。也记得家中其他人，近乎苦笑地咧咧嘴。

三天后，离武汉解禁只剩下十一天。三月二十七日，上午九点四十六分，突然收到信息，武汉大学一位资深教授的夫人于当天凌晨因冠心病去世。发过"国难家悲，天灾人苦"的唁文，同几位打听消息的朋友聊了一阵，心中忽然清晰起来。前几天听到武汉"解封"在即的消息，反而百般郁闷，实只为一种担心：最苦最难的日子都熬过来了，千万不要有谁倒在黎明前夜！

最可怕的是武汉都已经解禁了，都已经六项清零了，还有悲剧发生！

那天给去海南过冬暂时回不来的堂弟发微信，问三叔的情况如何，什么时候返回武汉。堂弟正在海上冲浪，稍后才回复说三叔很好，正在商量回武汉的时间。才过几天，堂弟突然来电话，还没开口就在那边抽泣不止。不用堂弟多说，自己就知道大事不好。三叔是父辈中身体最壮实的，黎明已经照亮大地，好日子都已经回来了，却让人万般孤苦，长天当哭，世无良方，唯祈福天堂。

新冠病毒确实没有辜负自己的"盛名"。不仅从肉体上摧残人类，精神上的折磨同样无所不用其极。"封城"的头三天，有除夕迎新的缘故，也有四世同堂之家连老祖宗都没有经历如此奇事的缘故，更是由于比压在人们头上的三座大山还要沉重的超量病患数据尚未现身的缘故，大家还在苦中作乐，将一些段子在传播过程中不断修改，变得更加幽默。三天过后，情况发生颠覆性改变。最初的幽默感被无边无际的口水所取代。不问青红皂白，不讲前因后果，不惜天理人伦，只顾个人情绪发泄、充满无妄戾气的文字受到无限追捧。除了医护人员——那是谁都尊敬的天使，凡是有丁点公众性质的人与事，都曾被这股貌似强劲——也的确强劲的戾气，弄得一会儿是妖，一会儿是鬼。"封城"四十天前后，时空忽然发生倒错，那替代现实生活、永远不乏燃爆点的互联网，也显得沉闷寂寥。有方舱医院因为病人全部出院而暂时关闭的好消息，点赞的红花也稀疏如晚秋。远不像大年三十夜里，中国人民解放军三军医疗队率先启程驰援武汉的消息那样感动得满屏泪奔！

湖北省新型冠状病毒感染肺炎疫情防控指挥部公告武汉全城将于四月八日零点"解封"的那一天，一家人手牵手出现在院子里的那一天，上网课的小孙女按照老师要求背诵《赵州桥》倒数第二节的那一天，小孙女背诵的课文如下："这座桥不但坚固，而且美观。桥面两侧有石栏，栏板上雕刻着精美的图案：有的刻着两条相互缠绕的龙，嘴里吐出美丽的水花；有的刻着两条飞龙，前爪相互抵着，各自回首遥望；还有的刻着双龙戏珠。所有的龙似乎都在游动，真像活了一样。"

生活永远是人生的导师，想不佩服都不行。有关部门宣布武汉即将解禁的这一天，名叫武汉小学的学校，安排让孩子们背诵《赵州桥》倒数第二节。孩子们太小，只当成一堂普通网课。见过雨老烟荒的自己，在一旁听得怦然心动。小家伙将课文中"还有"的"还"字背诵掉了，也丝毫不会影响其美轮美奂。天下人文之美，最是家有读书声。"封城"中的武汉，缺少音乐歌唱，缺少汽笛长鸣，缺少市井聒噪，一个孩子的读书声，在此时此刻的武汉三镇，开始行云流水般弥补所有欠缺。当年赵州桥的建成，何异于一九五七年建成的武汉长江大桥！天地之间有一座名叫天人合一的桥梁，武汉小学的老师和学生，于冥冥之中，代表我们，代表所有一千多万武汉人，吟诵着走上这座有二龙戏珠、利吉御邪、坚固美丽的桥。

或许又有人以为这是"假的"。

"封城"第四十三天，一直待在武汉战"疫"一线的国务院副总理孙春兰到一处社区察看民生民情，一位嫂子站在高高的楼上高声呐喊：假的！这拼命一声喊，将大小舆论全都震动了。后来相关人员协商的皆大欢喜的结果，只是免除疫情期间地下停车场的停车费。这也难怪事发社区的志愿者会生气地回呛，要对方下楼来，当面对质，到底假在哪里？自己有没有往她家送过生活物资？还有之前痛斥物业和社区的女教师，后来也成了志愿者。"封城"之下，我们家从没见过爱心菜和平价菜，弟弟家和妹妹家也是一样的。那些有过联系的朋友、同事和熟人，都差不多。自己还是坚信不疑，因为夫人下沉到社区后，多次往"四类人员"家里送爱心物资。因为儿媳当志愿者，亲自动手卸下整车爱心菜，再分成小份，一一登门送给陌生人家。人间的事，不能因为自己没有见过，更不能因为自己大大咧咧地见过，只是不留心没有记下来，就当其不存在。大家都在过着白菜萝卜的日子，不能因为自己只拿到一棵大白菜，就否定萝卜的存在。

或许又有人以为这是作秀"加油"。

武汉"封城"第四十八天，三月十日，意大利也开始在全国范围内实行"封城"禁令。艰难时刻，居家隔离的民众在自家阳台集体唱起了国歌，一位意大利民众在推文中写道："这样我就感到不孤单了。"没有人去研究意大利人是不是向中国人学习的。武汉"封城"第六天，一月二十八日，大年初四，大大小小的微信群中群情激奋，那时所说留守武汉的九百万人——不是后来确认的一千多万人，邀约晚八点打开窗户齐唱国歌。到晚八点时，家里大人小孩真的打开窗户放声齐唱，整个小区看得见的窗户也都打开了，相距较远，也没有谁指挥，唱得出奇的整齐。十分钟后，又用同样的方式唱起《我和我的祖国》。之后看手机里各种视频发布，非常悲壮感人。偏偏这时，有某人自称医生，说这样做会传播病毒，要各个网管赶快阻止。用"医学"与"医生"蛊惑人心，大概说不上有何居心。情急之下，顾不了那么多，见到起风就以为要下雨，将假说成是真，是何原因？

新冠病毒肆虐导致武汉"封城"，算得上是天大的事。

将这天大的事放在心里，容易引发痴迷的不是人的故事，是故事里的人。

对人的痴迷，不是生，也不是死，是从生到死的过程中，人道的苦行，人性的裸奔。

欧美地区的文化基础，建立在"原罪"上。一代又一代，只要有人出生，就无法避免产生贪婪、嫉妒、傲慢、仇恨等等"原罪"。中华文化圈对人的理解，是以"人之初，性本善"为出发点，信奉善对恶的包容改造。二〇二〇年新冠肺炎疫情空前大流行，东西方文化命脉不同，各自采用的应对方式也不同。在新冠病毒面前，西方社会崇尚群体免疫，淘汰老弱病残，留下健康青壮，将人性的裸奔表现得淋漓尽致。在东方，中国率先垂范，通过群体的巨大努力、自觉与不自觉的隔离封闭，动用一切财力、物力和人力，将新冠病毒传染链强行斩断，用拼命的科学、科学的拼命，使得人道的苦行具备更胜一筹的幸福感。

中国人讲人的本性，是站在人的道义立场上。武汉"封城"，上千万人集体对空喊几声加油，让少数人觉得侵犯到自身的生存权；一部分人有机会享有爱心捐赠物资，无缘得享捐赠爱心的另一部分人就认为这是假的。这种与站在人的道义立场上讲人的本性的传统习惯相悖的突发情形，足够成为研究人性与人道新的范例。反过来，滴水之恩当涌泉相报，这种经典人道范本，是否就等于某人顺路用车载过一位陷入困境的人，某人顺便将到手的医用酒精分了一半给别人，某人顺手打了一个电话救了谁谁一时之难，谁谁就得涕泪谢恩一辈子，连半个不字也不许说出口？

"封城"之下，人的社会属性失去用武之地。身为社会动物，不可以一日无社会，于是就将手机里的朋友圈在短时间内演绎成自以为是的大社会，真的将朋友圈当成万能的。忘记了这些原本只是物以类聚人以群分，意气相投、互相铁粉的小圈子。看上去是百花齐放，其实只有一百朵桃花在开，不是一百种鲜花在开，称不上活色生香。听起来百家争鸣，实际上是一百张嘴在重复同一内容，而且还想让别人噤若寒蝉。于是就有了一个圈子与另一个圈子的隔空对战。在纯自然、纯生理，不带一飞克或是一飞米情感的病毒面前，这种全民参与，各自为争取生存优先权的争斗，第一次将关于人性的话题放到人性的本义上，不再像过去多少年，说人性，论人性，骨子里的支撑都是人道。

情场老手们有种说法：婚姻不是1+1=2，而是0.5+0.5=1。男女二人分别去掉自身个性的一半，结合在一起，才是完整的这一个。"封城"之下，人的家庭属性基本保持不变，社会属性只是自媒体中的草草撮合，没有经过历久弥新的检验。身在隔离病区的感染者，在寂寞长街上奔波的志愿者，在老旧街区一天等待一天过日子的弱者，在独栋小楼里自主设计生活的成功者，各种各样的经历感受，各种各样的考虑思量，封闭在同一时空，难度远远超过1+1=2。在新冠肺炎疫情蔓延的世界，不同地区的不同人群，加上肾上腺素激发出来的人体中不曾有过的那一部分，加上怀着相同鬼胎无耻政客的操弄，更是1.5+1.5+1.5=4.5的貌合神离的杂居状态，怎么可能达成一致？

能用生死做表示的是人性，无法用成败来标记的是人道。

让"封城"之下的各色人等与新冠肺炎波及的世界各地达成共识的唯一希望，是借用0.5+0.5=1的婚姻真谛，用0.5的人性，加上0.5的人道，等于一心一意，才能彻底战胜这场危及全人类的特大灾难。

没有脑子的病毒，比长有脑子的人类更聪明，这是有脑子的人想事想歪了的现实耻辱。

在世界范围里，人对人的戾气，甚于人对病毒的消杀，根源不是病毒，也怪不得病毒。是某些人心里的戾气积攒得够多，新冠病毒刚好供其"借东风"。武汉"封城"战"疫"后期，生理意义的疫情得到有效控制，赫然变化的社会心理，需要我们对战"疫"的学习与实践进行更新，需要有新的操作系统领衔研究。常规学习与实践模式，难以解释那些披着病毒外衣的戾气。这种戾气的产生，部分原因是面对新的现实，只会沿用几十年如一日的既有资源，不理睬新的学习实践模式。就像一些长者手里拿着的"老人机"，说起来也是手机，同比旧时有线电话，无异于换汤不换药，只换手套不换手。

世界著名病毒学家彼得·皮奥特曾担任联合国艾滋病规划署执行主任，也是埃博拉病毒的发现者之一。前些时被任命为欧盟主席特别顾问，不幸感染上原本要由他专门负责处置的新冠肺炎。在近两个月的时间里，彼得教授经历了自己所称头骨疼痛不是痛，头发都异常疼痛才是痛，肌肉退化，难以正常行走，肺部呈磨砂玻璃样，呼吸困难，心脏出现房颤，心率高达每分钟一百七十次的多重危机。"新冠病毒的威力被远远低估了。"康复者中只有一半人能在一年内完全恢复正常，持久的后遗症给另一半人带来的伤害包括肺、心脏、肝脏、肾脏、睾丸、心脑血管循环以及精神疾病等等。从鬼门关前脱身，这位比利时人终于回家后，忍不住掩面痛哭："我一生与病毒战斗，现在它来复仇了……"

被病毒复仇的世界著名病毒学家，不得不与一位无家可归的流浪汉、一位哥伦比亚籍清洁工和一位孟加拉人，挤在重症监护室前厅的一间隔离室接受治疗，非常具有象征意义：当人们无法有效地在新的现实环境下学习与实践，往昔的"著名"和"伟大"就会彻底贬值。面对潮水般涌来的新现实与新环境，还在顽固坚持用老习惯和旧传统，以为"著名"和"伟大"是永久保质保鲜的天赋权利，以为自己那铁板一块的"睡后收入"可以从上半辈子吃到下半辈子，让嫡传子弟躺着再吃一辈子，忘记了自己也要在时光大帝的账上列支"睡后支出"，不用等到一脚踩歪，往昔无上荣誉就会变成令后来者乐不可支的"凹凸曼"桂冠。

二〇二〇年一月十一日，武汉病毒研究所的中国科学家向世界卫生组织上传了新型冠状病毒的全基因序列——一组拥有三万个"生化字母"的遗传密码。一万公里之外的美国科学家，没有受到那些抱着旧现实和旧环境不肯松手的别有用心的政客的干扰，科学地运用这组密码，成为全球新冠疫苗研发的领跑者之一。

在科学对既往学问发起挑战时，立足何处是关键。

当代最著名的物理学家霍金给后人留下遗言，不可以主动与外星人进行联络，哪怕侥幸收到外星人漫无目标地发来的联络信号，也要假装没有发现，绝对不可以暴露出地球在天体宇宙间的位置，以免给地球招来杀身之祸。霍金的话，完全不符合天文物理科学的传统。霍金希望地球能偏安一隅，过好自己的小日子就行。作为一位大科学家的遗训，这种看似有违科学精神的话，本应当作为普通人的思想朝向。霍金的天才学不来，用霍金看问题的方法，处理自己的新旧观念并不难：科学不只是人文精华积累，还是对脑子中那些时过境迁陈腐之物的清理。从全球战"疫"的角度上讲，陈腐之物如同人体内的基础性疾病，使得新冠病毒有可能发起致命攻击。二十世纪八十年代，人们通过学习"重放的鲜花"，达成"思想解放"的实践。在社会形态高速变化的二十一世纪，睁眼闭眼仍然只欣赏鲜花重放的辉煌，就会演绎成用治疗"流感"的方法来抗击"新冠肺炎"的悲剧，成为自然淘汰法则的殉道者。从这个意义上讲，年长者更需要抓紧时间更新自己的"操作系统"。

"封城"期间，家人在一起举行"精神会餐"，提及第一次吃河豚时的情形。女儿五岁时，有一回带她去东湖边的一家餐馆吃鱼。同行的朋友见菜谱上有河豚，就高兴地点了。不曾料到女儿在旁边山崩地裂般一声惨叫：不能吃河豚，河豚有毒，吃了会死人！那天傍晚，在场的所有人都在想方设法解释，江湖传言拼死吃河豚，是野生河豚，还有一种人工培养的减毒河豚，由专业厨师进行烹饪，是不会毒死人的。五岁的小女孩好不容易听明白了。越是对大局缺乏了解，越是会轻而易举地说些大话狠话。站在个人角度看，这样的拼命方式可以理解，也是必须理解的，兔子急了还会咬人。"封城"之下的武汉，有些人、有些事，不能简单地认为是心眼不对。任何一台超大型机器都有一段调试期，比如国产航空母舰"山东号"多次海试，就是准备它会出问题，特意预留时间进行改进。

武汉"封城"初期，境外有媒体借用某些专业人员的话，预计中国会有超过百分之十的感染者。"封城"第四十八天，三月十日，德国总理默克尔在议会党团会议上发出警告："百分之六十至七十在德国的人，将会感染新型冠状病毒。"英国帝国理工学院新冠肺炎反应小组三月二十六日发布第十二份报告，对今年感染新冠肺炎人数给出了三个场景：高感染场景，全球不采取减缓疫情措施，预计约七十亿人感染；中感染场景，各国在每十万人每周死亡一点六人时开始采取抑制疫情措施，预计约二十四亿人感染；低感染场景，在每十万人每周死亡零点二人时各国就开始采取抑制疫情措施，预计约四点七亿人感染。该研究团队三月十六日发布第九份报告后，被认为对英国和美国政府大幅强化防疫政策起了一锤定音的作用。在这三个场景中，今年全球死亡人数分别约为四千万、一千万和一百八十六万（到本书校订定稿之日，全球死亡人数已超一百零八万）。

世界巨大，世事剧变，再凶猛的喧嚣也代替不了武汉"封城"，湖北"封省"。"封城""封省"甚至"封国"，也替代不了一个家庭的封闭。大战前夜，万物皆会出奇安静。颇似霍金所希望的地球能偏安一隅，过着自己的小日子。在天地深处悄然进行的，不是"封城""封省""封国"，而是一个个家庭过着不同寻常的日子，以及过着这些日子时的省察与研习。

"封城"第十七天，朋友送来几瓶医用酒精和84消毒液。从门岗那里取回来的路上，发现自家楼栋墙壁上钉着一块鲜红的铭牌：无感染楼栋。一时间那种开心简直无以言表。此后一连好多天，夜里出门放垃圾时，就会多走几步，到门口将那鲜红铭牌看上一眼，再转身进屋。再往后没完没了的春雨来了，等到这一场春雨停歇，趁着星星重新外出，那鲜红的"无感染楼栋"铭牌竟不见了。刚开始还以为是自己眼疾的缘故，多看了几遍，确信没错，一种沉重感油然而生。接下来两个夜晚，出门放垃圾，看自家楼栋各个亮晶晶的窗口，总有一种不寒而栗的感觉。既然本楼栋不再是"无感染"，任谁都能想到那就是"有感染"了。一样亮着的窗户们，全都一声不吭。熬到第三天，自己终于忍不住给物业公司经理打电话。人家经理平静地回应说，整个小区的相关铭牌全拿了下来，之前那么做，是想提高大家的防范意识，后来发现这么做有诸多不妥，不只是我们小区这么改进，全市各个小区也都这么改进了。听经理说话，一边松气，一边憋气，这么重要的变化，为何没有及时公告？抱怨的话都到嘴边了，又想他们其实更不容易，就没有多说什么。"封城"后期，战"疫"情势出现根本性好转，全市新增确诊病例降到一百以下，有关部门开始隔三岔五披露全市无疫情小区情况。相比前一阵的危机四伏，自家小区仍旧一次次上不了绿榜。虽然大家都明白，到这一步，垂死的瘟神再也掀不起大浪了，但那种煎熬，特别像是担心用最后一根稻草来压垮骆驼。全市百分之九十四点七的小区无疫情时，自己家所在小区才榜上有名。此时此刻，想起希望地球能偏安一隅的霍金遗言，真是太妙了。在茫茫天体中，地球人充其量是混迹其间的普通生物，绝对不是什么万物之灵。感染新冠肺炎的比利时人彼得·皮奥特，被打回原形后才懂得，自己与流浪汉和清洁工一个样。任何人都不要以为自己有多么了不起，能够过好小日子，不给人间添乱添堵，同样是有效的学习与实践。

侥幸没有被新冠肺炎夺走性命的彼得·皮奥特声称，自己这一生，对病毒充满尊重。俗话说，三人同行，必有我师。这说法有很大的自谦成分，若说世间万物皆为我师，反而更接近事实。那些开了聪明孔的人，会看出村口孤零零的大树其实是一位智者，会将小路上横着不肯让路的老牛真心当成尊者。相对彼得·皮奥特对病毒的尊重，二〇二〇年以后的人类需要进一步放下架子，真心向病毒学习。新冠病毒的横空出世，一方面证明人类发展空前迅速，以至于病毒们不得不以更聪明的方式才能与人类相伴相生，一方面证明人类发展越是生猛，就有可能变得越是脆弱。只要有丁点骄横傲慢，不齐心，不团结，离天塌地陷的日子也就不远了。

病毒越是聪明狡猾，越能帮助人类实现文明的新进。

在生理上，新冠病毒会极其灵敏地测试出哪些个体患有基础性疾病，一旦发现破绽，便辟为捷径，大举入侵，起到人类所倡导的事半功倍效果。在心理上同样如此，但凡在心理上存在或多或少的基础性问题，精神上受到新冠病毒的刺激产生的负面影响就越大。人类只要明白其中道理，对自己的了解与改进也会有事半功倍的效果。

曾经像测试那样问过一些人，武汉市收到第一批紧急支援的一万件防护服，被用在什么地方？人都不假思索地回答，当然是分发给身在救护一线的医护人员。不是当局者，确实难以想象，在这座十万火急的城市里，还有一群殡葬工、清洁工比治病救人的医护人员更需要这批防护服。如果不是新冠病毒，无法设想偌大的社会，偏偏要将最紧缺的公共资源优先交付给这些毫不起眼的弱势人群。也只有"封城"战"疫"，才能凸显小区垃圾车每天轻轻驶过自家窗外时，那种特有的声音，是如此美妙动听。那些在平凡人群中也排列最后的清洁工们，是如此高尚尊贵。

"封城"之下，危情蚀骨。同样道理，不是新冠病毒，或许永远无法理解，出门放置生活垃圾这样的琐事，可以看成是春秋大义的缩小版。从打开家门，到放好垃圾，也就六十秒，更多的时间里，是听自己对自己说话：人生的路自己行走得比较长、比较久了，做什么都是强弩之末，玩不出太大的花样了。孩子们不一样，他们还年轻，还有更大更多的可能，还有更好更美的愿景要去实现。假如生在那个逼着长者签署《放弃急救同意书》的国家，为了孩子们自己也会照着去做。这么久长的"封城"，从未碰见同样必须放置生活垃圾的邻居，本身就是奇迹。那些做同样事情的邻居同样很明白，与别人家不明不白的生活垃圾近距离接触，多一秒钟，就多一堆危险。在这种小得不能再小的学习与实践中，联想遥远他国的长者被要求自愿放弃使用呼吸机，是异曲，非同工，是人的本性，非人的道义。

生命之树常青，生活的小草也会常绿。从大城回到小家，居家封闭，真正的危险，就是来自离家最近的那些生活垃圾。"无感染"和"有感染"的关键交集，不在生活垃圾又能去哪里呢？邻居甲出门放置的垃圾"无感染"，邻居乙放置的垃圾就不一定是"无感染"。万一碰上"有感染"的垃圾，人类进化史上所遇到的"最流氓的病毒"，或许正等着一天二十四小时中唯一有可乘之机的六十秒，一丝阴风也不刮，却比十八级飓风还可怕，一着阴招也不用，却比十八层地狱里的毒招还凶恶。"封城"的日子里，同一屋檐下，邻里之间，从未在楼道里相遇。一定是众人发自内心的默契，谁家开门之前，先在门后听听外面的动静，有没有大人小孩的脚步声，有没有钥匙串的哗哗声，有没有电梯抵达楼层的电子语音声。放垃圾也是一样，自己家在一层，就总在深夜时分最后出门。放过几十回垃圾，就有了对邻居们的特殊好感。"封城"之前，年关逼近，各家各户生活垃圾增加很多。单元门前只有一只垃圾桶，那些生活垃圾再摆放三只垃圾桶也装不进去，太多的生活垃圾只好扔在地上。扔了也就扔了，还有许多垃圾从破损的袋子里散落出来，那样子、那气味，实在不敢恭维。"封城"之后，生活垃圾略有减少，垃圾桶里依然装不下。随着"封城"的日子越拉越长，不知不觉中，邻居们放垃圾的水平也大为提高。垃圾桶装满后，只能放在垃圾桶旁，不管是垃圾袋、纸箱，还有用过的各种玻璃瓶与塑料壶，摆放的那种整齐，快要达到超市货架的水平。从这种细小的文明方式来看，是新冠病毒逼着人们检点自身行为，不善待垃圾，又如何能够善待生命？

必须坚决相信，一场无人幸免的世纪大战，一场人人都是战士的世纪大战，一场从实的物体到虚的空间，都用来拼命的世纪大战，赋予每个人的使命完全相同，都是先锋，都是中坚，都是后卫。最终都要将那些不曾具备的良好品质释放出来，让男人成为好父亲、好儿子和好丈夫，让女人成为好母亲、好女儿和好妻子。让胆小怕事的人成为放开手脚的无敌勇士，让胆大妄为的人成为谨小慎微的定海神针，甚至还可以让闻到羊肉气味就心烦意乱的人，也成了羊肉烹饪者。

"封城"前，眼看就要过年了，亲朋好友上门来要些书法和签名本，顺手捎带些土特产。特别是十年工厂生涯里一起打拼过的那位工友，明知我当工人时就不沾羊肉，每年这个时节，非要带来两只风干羊腿。这是黄冈一带的习俗，除了我和夫人，家里其他人也都认为那是天下最好的美食。朋友每年来，都是原话，去年你不吃，今年一定能学会并喜欢上的。"封城"的日子一长，贮存的物资越来越少，到后来原先挂满年货的架子上就只剩下两只风干羊腿了。实在没办法，只好戴上口罩，又将正在忙着翻译之事的儿子叫来厨房。父子俩用菜刀砍，用厨用手锯锯。风干羊腿骨，比当车工时加工不锈钢螺杆还要难缠。幸好年前网购了一把电锯，准备过完正月十五用来打理院子。将电锯从柜子里翻出来，装上锯条，耗费两个小时才将两条羊腿分割成功，硬是弄熟了一锅。完全无法想象，从不吃羊肉的家长，捏着鼻子将一大锅膻腻煮熟，居然受到孩子们疯狂追捧，连锅底的一点点汤水也要用面条蘸起来，不吃个干干净净誓不罢休。真的吃得干干净净后，还上下嘴唇吧吧地搭在一起，发出馋涎欲滴的声音。"封城"之后，情绪有些脆弱的女儿，更是抱着妈妈，长时间地亲个没完。

只有本领高强的病毒，才能让足够骄傲的人类躬身反省，从细枝末节开始更新，从一地鸡毛中发现黄金至宝。

二十世纪九十年代后期，武汉有了第一台四十米超高消防云梯，接着又有了第一架警用直升机。二十年后，当初各种稀奇之物，都成了这座城市随处都能见着的大路货。"封城"战"疫"到了对感染者"应收尽收"阶段，满城都在传言，某天夜里，要将武汉市各家医院容不下的病患，转移至新建的黄冈市大别山区域医疗中心。传言的目的有两个：一是让大家一齐发声，阻止这种一路播撒新冠病毒的愚蠢行径；二是万一阻止不了，可能成为车队行进路线沿途的居民，要关好门窗，备好饮用水，防止可能的传染。传言很快就因为太假而无人提及。接下来的消息却是真的：全市各医疗单位收治的新冠肺炎患者，都要用救护车转移至专门医院。很难想象"封城"战"疫"之前，整天没完没了自诩的"大武汉"只有四台负压救护车。这也难怪战"疫"之初，见到有救护车来，没有不退避三舍的。

关于新冠病毒，人们对它的了解，可以形象地用负压救护车做量化表述。

从最早全市只有四台，到专业人员提出来需要四十台，到武汉市市长开口请求支援的一百台，再到最后武汉市实际使用的二百三十九台，湖北全省共有六百九十台，这种随着情况变化不断加码的数字，正像人类对新冠病毒认知过程的数字模型！请一定记住，并一定相信，这不仅是武汉，也不仅是湖北，从最偏远的非洲内陆，到最便捷的欧美都市，人人都是一样，个个皆无例外。大家说不会人传人时，是四台负压救护车的认知程度。大家说可能会人传人时，是四十台，最多一百台负压救护车的认知程度。等到一致认定百分之百会人传人时，大家对新冠肺炎的认知程度才达到二百三十九台负压救护车的水准。

武汉"封城"，前所未有，那些可以预见和无法预见的问题，只能在"封城"的日子中一边发现，一边解决。那一次，和湖北省委主要负责同志一起回忆当初在工厂当车工，加工不锈钢螺杆的情形。曾被青年工人视若至宝的教科书《车工》上白纸黑字写着，不锈钢切削须采用Y系列硬质合金刀片，不可以使用高速钢车刀。在自己当车工的十年时间里，加工不锈钢T型螺杆的定额达到每个班十六根。而当地机械水平最高的县汽车配件厂的车工，一个班连一根不锈钢螺杆都拿不下来。经过实践摸索，我们放弃了价格昂贵的Y系列硬质合金刀片，大胆使用俗称白钢的高速钢车刀。白钢车刀切削不锈钢螺杆时的样子，让专门跑来学习的县汽车配件厂的车工看得心惊肉跳，摇着头表示，这种让钢铁放声尖叫、无异于铁与火的微型战争技术他们学不了。在他们看来，我们这些车工将传统技术丢在一边不管不顾，只会与机器拼命。这也不假，在他们厂，车床是三年一大修。在我们厂，所有的车床用不了两年就要大修。

将一切人力物力财力全部用于战"疫"的武汉，似乎也是在过度拼命。一千多万人齐心协力拼过命的城市，会不会留下什么样的后遗症？是不是也像我的车工工友们那样，因为过度拼命，不得不使车床提早进行大修？还是化危机为机遇，使得武汉三镇在人类社会的文明进步史上留下超凡脱俗的一笔？

古往今来，人类的每一场战争，如上古时代的涿鹿大战、第二次世界大战的莫斯科保卫战、二十世纪九十年代的第一次海湾战争等等，都不得不在战后对社会进行彻底大修。武汉"封城"战"疫"是一场不见电光石火的血战，该拼命的都拼过命，不该拼命的也拼过命。"封城"第六十二天，武汉战"疫"最高权力部门在宣布解除全省出省通道管制的同时，提前十四天宣布武汉即将解除"封城"，已不仅仅是拼命了。在公告背后，是一系列用拼命换取的科学管理模式在发挥决定性作用。提前十四天宣布解除"封城"，相当于提前十四天开始对全城进行修复。

也只有到这个时候，自己才有心情对孩子们说。

当然，这时候孩子们也才有心情听我说。

武汉不同于长江沿线的重庆、南京和上海，天生缺少闲适气氛，就算满是闲适之心的杭州人和成都人，到了武汉也闲适不起来。这两年总算可以用东湖绿道、武大樱花做些姿态，刚有点势头，就被一场世纪瘟疫打回原形。不得不退回到辛亥首义和武汉保卫战那样的战乱氛围，以及一九五四年和一九九八年面对特大洪水，还有专门制造重型机器的特大企业建了拆，拆了建，和平时期也要连年拼命的日子。

武汉这座城市，对于我们家，也是与生俱来要拼命的。

二〇〇四年三月，在法国参加巴黎国际书展上的"法中文化

275

年"主题活动。在一场大型文学对话活动中，来自海峡对岸的一名女子发言，极度美化日本侵略者对宝岛台湾的殖民占领。轮到自己说话，我用爷爷的遭遇举例说明，在世界文学中，唯独中国文学和法国文学拥有一个让本民族蒙羞的名词。在中国文学中，这个名词叫"汉奸"，在法国文学中，这个名词叫"法奸"。那场对话结束后，在联合国同声翻译组织任职的一位中国籍女翻译，破例从同声翻译的玻璃屋里走出来，眼含热泪对我说，多年来，她听了太多攻击中国的言论，碍于同声翻译的职业条例，又不得不照本宣科。有时候，一边翻译一边恨不得要打自己的嘴巴，今天是她从事同声翻译工作以来最解气的一次。发言中"汉奸"一词我只用了一次，她却加重语气重复了三遍，翻译成"汉奸、汉奸、汉奸"。她说自己有意这么做的，太解气了！

爷爷的遭遇，发生在一九四二年春夏之交的武汉。

爷爷是我们家第一个来到武汉的男人。作为老家黄冈一带小有名气的织布师，爷爷完全可以在汉口三民路的布厂继续提升自己的织布手艺，凭借能将民众乐园里听来的说书，原汤原汁复述给工友们的天赋，进步为带头大哥也是可期的。一九四二年春夏之交的某个早上，不是赶着去上工的爷爷看日本鬼子不顺眼，爷爷与绝大多数中国人一样从骨子里痛恨这些侵略者，但那天早上在人潮中匆匆赶路的爷爷没时间打理心中的仇恨——完完全全是日本鬼子看爷爷不顺眼，就在离布厂咫尺之遥的六渡桥街边，几个横行霸道的日本鬼子嫌爷爷在他们面前走得太快了，用枪托加皮靴将爷爷毒打至九死一生，扔在街边躺了一整天。武汉的春天忽冷忽热，夏天如火炉蒸烤，秋天时间太短没有人能赶得上，冬天阴冷湿冻。所幸天地垂怜，时值武汉一年四季中的春夏之交，稍为好过一些，重伤的爷爷挺到傍晚，被下班的工友发现，想方设法送回黄冈乡下，将息了一年才活过来。

我从黄冈老家到武汉落户之初，六渡桥一带还有些老样子。有一阵，很想去档案馆或者图书馆查一下当年日伪报纸，看看有没有爷爷几乎惨死街头的旧闻。单位一位老人得知后，劝我不要劳心费力。老人一辈子没有离开过汉口，很熟悉当年的情况，像爷爷那样被日本鬼子摧残的中国人每天都有一大批，日伪把持的汉奸报纸不会报道，也报道不过来。

从罪恶的角度比较，二〇二〇年春天在湖北武汉肆虐的新冠肺炎疫情，是当年在中国土地上无恶不作的日本鬼子的翻版。在新冠病毒和日本鬼子眼里，没有一个中国人是无辜的，否则就找不到施行暴虐的理由。爷爷能够活下来，在于他拥有一座名叫故乡的"金银潭医院"。

爷爷在武汉拼了命也不成，轮到父亲再来拼命。

一九九八年七月，我在西藏待了一阵。那场大洪水来袭之前，父亲带着他的外孙，从老家来武汉，陪伴我的儿子、他的孙子。那一天，年过七旬的父亲领着两个大男孩，从解放公园路步行到永清街，再从永清街步行到三民路，又从三民路步行到长江大桥桥头，最后步行来到武汉关前的码头。武汉"封城"战"疫"第六十二天，与孩子们谈起这事时，儿子只记得那天跟在爷爷身后累得要命。累得要命这话，自己从西藏回来时就听儿子说过，为此还特意到六渡桥的麦当劳店，请他吃了两份"巨无霸"。带着两个大男孩冒着酷暑跑遍半个汉口的七旬老汉，在两个大男孩眼里像是老顽童。其实不然，父亲觉得外孙和孙子还小，只将真相告诉了我。父亲在"九八抗洪"前夕带着他的外孙和孙子行走的路线，是年轻时他在武汉最后一个夜晚的拼命路程。

爷爷在武汉差一点丢了性命。六年后，父亲也差一点在武汉丢了性命。与爷爷在织布技术上的进步不同，通过爷爷的介绍在三民路同一家布厂做工的父亲，其进步表现在革命思想上。父亲加入共产党的地下组织，为配合解放武汉，白天在工厂做工，夜里悄然上街，将地下党交给他的标语传单，张贴在从三民路布厂到永清街工人宿舍一带的街头巷尾。武汉解放前夜，也是红色组织成员遭捕杀最多的时刻。一九四八年腊月，布厂放假过年之前，父亲的反抗行动被"伪政府"（注：此为沿袭当年长辈对抗战胜利后的一九四六至一九四九年国民政府的称谓，故加引号）的军警发现了。多少年后，父亲在长航总医院做完白内障手术，躺在病床上，用蒙着厚厚纱布的眼睛看着我说，一九四八年年底，他本来不打算回家过年，那天晚上，父亲和几个同伴正分头张贴标语传单，脑子里突然灵光一闪，觉得大事不妙，扔下还没贴完的标语传单，顾不上扭头看一眼，直起腰来，撒腿就跑。正如"封城"战"疫"，一千多万武汉人，个个都有肾上腺素升高的搏命反应。父亲的下意识反应，成了他没有陈尸武汉街头的救命稻草。父亲沿着天天上班，对每个角落都很熟悉的路线，跑过最近的街角，身后就响起了枪声和警笛声。父亲没有回工人宿舍，也不往僻静小巷里躲藏，径直穿过爷爷几乎丧命的六渡桥，经过三民路上的布厂，向前一直逃到汉江边，这才转身顺江而下，来到当年名叫江汉关，如今叫武汉关前的码头，赤手空拳上了名叫"汉九班"

的小客轮，回到黄冈乡下老家。这当中只要有一步没走对，父亲只能与许多热血青年一样，看不到一九四九年五月十六日下午六渡桥一带红旗招展，欢迎中国人民解放军第四十军第一一八师进驻汉口的场景。父亲为武汉的这场拼命，太像二〇二〇年春天面对新冠肺炎疫情，一千多万武汉人奉行科学的逃避，斯时斯地，只有正确的战略撤退，才能拥有战略反攻的强大活力。

父亲的两位弟弟，我的二叔和三叔，也是在武汉拼过命的。二叔拼命是学文化，在老一辈，二叔读书最少，技术上却最为懂行。二叔参加工作后，不是因为文化水平高，而是因为出身好，被派到武汉学习电信技术。二叔常说，来的时候自己基本上是文盲，回去后成了单位技术骨干，他说，五十年代的年轻人，为了学技术，个个都在拼命。三叔在武汉的拼命与所有人都不同。三叔是我们家的第一个中学生。中学毕业后参军入伍，再转业到一家涉密部门工作。高高大大的三叔爱上了一位美丽娇小的武汉姑娘。一九六九年冬天，三叔带着他的新娘，第一次到我家，父亲将他们安置在区公所的一间客室，算是度蜜月。每天早上，自己领受爷爷交给的任务，去喊他们回家吃早饭。隔着窗户叫过三叔三婶后，自己就会不好意思地躲到一旁，不敢跟在他们身后穿过小镇。那时候区公所改名叫"革委会"，小镇上还有戴红袖章的人群。三婶挽着三叔的手臂穿过的街道不足两百米，引来目光却有万余丈。三婶挽着三叔手在前面走，落后老远的自己，心里总觉得三婶就是白茹。那时候，我们只在《林海雪原》和《钢铁是怎样炼成的》中见到过爱情。那些躲在自家门后偷看的小伙伴，却一致认为三婶是冬妮娅。伙伴们说三婶是冬妮娅，带着那个时代并无恶意的贬义。反而是镇上那些戴红袖章的人，写了一张满是恶意的文字张贴在街边的专栏上，威胁要揪斗批判。三叔的样子这时候显得格外伟岸，他没有生气，也没有退让，像是没有见到一样继续他们的爱情。美丽的武汉姑娘刚刚成为我们的三婶，三婶的中学同学就弄出一个有严重问题的秘密组织，让三婶险些不再是我们的三婶。三婶被隔离审查了一年多，家人一边倒要三叔离婚。三叔执意不从，不惜丢掉自己的政治前途，从党政核心部门调到那个年代谁也瞧不上眼的一家带着"筹备"二字的金融单位。被卷进风暴眼的三婶最终查明是清白无辜的。三叔的武汉爱情故事，成为我们家最不一样的拼命方式。

武汉"封城"前一个月，八十一岁的三叔就去了海南。本以为会躲过这场瘟疫，想不到武汉"封城"后期，堂弟突然来电话，还没开口，就已经泣不成声。三叔不过是被空调吹了，有点感冒，不肯去医院就诊，就在家吃点感冒药，害怕狗日的新冠病毒。过了几天，发烧咳嗽很厉害不得不去医院，诊断为普通肺炎，三叔不肯住院，只是来回跑着打针，还是害怕狗日的新冠病毒。拖了几天，病情更严重了，经过检查，发现整个肺部全白了，三叔不肯待在重症监护室，仍然是害怕狗日的新冠病毒。三叔将身上的针管全扯掉了，五位护士都按他不住，只好由着他，回到普通病房，由堂妹堂弟牵着他的手，一天到晚守护着，直到呼吸完人世间最后一口清洁空气。

世上所有与我们共生共长的生物、植物、动物和矿物，我都极其尊重，我还是要对新冠病毒大骂三声。三叔三番五次不肯去那疑似新冠病毒设下的陷阱，导致次生灾害的发生。我们家上一代人个性都很坚强，三叔的坚强，令当年的政治压力在爱情面前彻底失效。二〇二〇年春天，面对新冠病毒，三叔用生命拒绝了他的世界里最后一种丑陋！也给我们的世界留下可以复制的个人品德：不要让爱毁于妒恨，不要让爱情毁于恶意。

意大利北部山区有座小城，美到令人不忍打扰。疫情恶化后，仅仅一个月，有近一万人确诊，尤其是七十岁上下的老人，全部过世了，整整一代人，全没了！我不愿意以此来联想我们家，我只联想武汉市区的光谷一带。这些年光谷的繁华与名气已经将江汉路甩下好几条街。光谷一带清一色是创业的年轻人，偌大街区，活力有余，安稳不足，就是因为很难见着皓首苍颜的长辈。爷爷为武汉拼命，动机来自天然本性。父亲在武汉沿用拼命本能的同时，学到了与历史和时代共同进步的实践方法。二叔和三叔为武汉拼命，为和平时代的后人做了更适合的榜样。有这样的上一代人在，美好生活才显得安详可靠。

三叔的安好，维系着我们家上一代男人的存在。父亲走的时候，我不在他身边，他没来得及对我说说话。二叔走的时候，我也不在他身边，他没有来得及对我说说话。三叔这次走，我还是不在身边。但是，堂弟对我说，弥留之际，三叔无法言语，就用手指，在空中不断地写着我的名字。隔着幕阜山，隔着五指山，隔着洞庭湖，隔着琼州海峡，我明白三叔的意思！三叔在，上一代人就在。三叔不在了，就该醒龙你这位长子带着下一代人完完全全地顶上来了！

一场瘟疫，让我们没有任何退路地顶了上来。

做顶梁柱，做奠基石，责任所在，才是自我。

　　提起旧事，记忆最深的是父亲后半辈子对子女说得最多的一句话：我们是老农民的后代，没有社会主义，我们家都不晓得去哪儿讨米要饭。在父亲这话之外，必须还要说，好的时代，好的年华，要用平常心去体会；好的社会，好的国家，也要用平常心去体会。

　　人的心性，依仗本能是可以的。在天然的基础上，保持重新学习和实践的姿态是可行和可靠的。一个从小到大贪吃热干面的人，一天到晚骂着本土不好，狂想一切他乡都比本土好，这不叫天然、天性、天马行空，而是天狗吃月亮的天方夜谭。从爷爷到父亲和二叔，再到三叔，是一道用命运搭建的天梯，一级一级十分清晰。天生要与人类共舞的新冠病毒，被其意想不到的武汉"封城"所阻截，也被将武汉"封城"运用到自己身上的三叔所阻截。唯有锁定人的胜利，冥冥之中的其他只好且行且珍惜。

　　二〇二〇年四月七日夜里，三月二十四日就曾预告的全城解禁时刻就要到来，一千多万人都在等候送走这一天的最后一秒钟，迎来新一天的第一秒。按说这是个前无古人、后无来者的大日子，内心的激情却一点也不像是激情。再看家人，看院子里的邻居，还有小区内的街坊，大家都心如止水。

　　武汉全城封闭的最后一秒终于过去！

　　武汉全城解禁的第一秒钟终于来到！

　　一家人相拥在一起连喊三声：解禁了！解禁了！解禁了！接下来独自饮了一大杯衡水老白干，再拿起剃须刀，将蓄了七十六天的胡须剃掉了。做完这些，一家人你看着我，我看着你，什么话也没有，什么情绪也没有。二十分钟后，女儿忽然说："去武汉关看看吧！"

武汉全城解禁第五十分钟，一家人站到武汉关前。马路两边，有些零零散散的年轻人，有人之前来此参与制作以武汉解禁为主题的电视节目余兴未了不肯离去，有人是像我们这样临时起意来此用时光做个纪念。年轻人们喜欢这里一大片百年以上的老房子，痴迷于它的华美与壮丽。

在老房子相反方向，翻过近处黑沉沉的长江大堤，就是繁华了数百年的旧称江汉关的码头。一九四二年春夏之交的一个深夜，几位乡亲抬着只剩下一口气的爷爷，从这里登上回黄冈老家的"汉九班"小客轮，一点点地拉开与鬼门关的距离。一九四八年腊月底的一个深夜，父亲也是从这里登上回黄冈老家的"汉九班"小客轮，逃脱了"伪政府"军警的搜捕和追杀。这才有我们这些后代，承接前辈传统，再为这座城市拼一回命。我们的拼命，与其说有多么惨烈，不如说有多么平凡，与其说有多么艰难，不如说有多么闲适。缺失了轰轰烈烈，也不够惊心动魄，唯有一家老小人人都是亲历者的刻骨铭心。

爷爷在武汉拼命拼出凄惨，父亲在武汉拼命拼出英豪。在爷爷和父亲之间，有一位姑奶奶。二〇一八年出版的长篇小说《黄冈秘卷》，有段文字写世上最贵的皮鞋："在与黄冈高中相邻的一家鞋店里，我们的父亲最终选择了一款售价两百多元的女式皮鞋，这在当时的黄州城内确实是最贵的。父亲让我拿着鞋盒，一路出了汉川门，冲着东坡赤壁公园而去。在东坡赤壁公园门外，我们的父亲忽然向右一拐，进了路边的一所院子，然后逢人便问某人的住处。等到进了这个人的家门，父亲才向我介绍，说对方是熊家表姑。父亲跑了半个黄州城才买到的女式皮鞋，是要送给熊家表姑的母亲，我们的姑奶奶。我们的父亲说了几句话，眼睛就潮湿起来。当年祖母去世早，没人给他们做鞋，祖父差点被日本人害死，奄奄一息地躺在那里什么也做不了，家里太穷，一年到头没鞋穿。冬天一来，就靠着姑奶奶一针一线地纳鞋底、做鞋帮，给三个侄儿一人做一双鞋。姑奶奶当年是童养媳，五岁时去了熊姓婆家。为了给娘家几个没娘的孩子做鞋，又怕婆家的人责骂她吃里爬外，常常天没亮就爬起来，躲在蚊帐里面做。没有姑奶奶做的布鞋，家里的人都得光着脚过冬。父亲小时候曾经冲着姑奶奶亲手做的新鞋发誓，将来一定要买一双世上最贵的鞋来报答姑奶奶。"武汉"封城"第十七天，妹妹从黄冈来信，姑奶奶的后人、我们的熊家老表，正月初几患新冠肺炎去世了。妹妹早前与熊家老表住在同一院落，凑巧听说了。我赶紧打电话问另一位熊家表兄，没想到还成了报信者。与所有在这段时间逝世的人一样，熊家老表去世，除了殡仪馆，他的家人不曾有任何形式的讣告。若不是殡仪车开进那处院子里，若不是穿着防护服的殡仪工进了单元门，若不是邻居听到搬移重物的声响从猫眼里往外看了一眼，知道这事的就只有与熊家老表同居一室的至亲！生命是这么虚轻，多少年前，夏夜里习惯在室外乘凉，大人们要孩子数流星，然后叹息就这么一会儿又有多少人不在人世了。熊家老表走的时候，连流星都没有告诉，那个清清朗朗的春宵，天上所有的闪亮，都与熊家老表没有丝毫关系。

爷爷四十一岁在六渡桥街上惨遭日本鬼子摧残，离世之前，胸口那碗大的疤痕再次渗出淡淡的血水。爷爷那般拼命，拼的只是能够活下来。父亲二十三岁在永清街头奋力脱身捡回一条性命，那般拼命，拼的是一个时代的理想。二叔在武汉学会了拼命由文盲变成技术标兵，恰如其分地担起建设新社会的责任。三叔在武汉写下那个年代最难谱写的爱情长歌，在新冠肺炎次生灾害面前，再次用手指写出下一代家中男子的名字，这样的拼命预示着幸福生活有了新的朝向。还有那么样的熊家老表，在武汉东去百里的黄州，一丝一毫的动静也没有，用世上最悄无声息的方式走远了，我们只能将泪水凭空洒在天地间，连一声"你还好吗"都无处说。这大概是在象征活着的我们与比我们更年轻、更有活力的人议论得最多的那个话题：从今以后，这个世界理想的生活方式，是与包括病毒在内的一切天赐事物平衡相处。正如武汉战"疫"，过度消杀，过度治疗，过度防范，都会适得其反。

人生最重要的节点，总是一个人为之拼命的那些事。

长江大堤外面的春潮，如何再令江汉客魂销？

站在熟悉而陌生的江天里，想起十四天前公告即将解禁时想过的问题，心中清晰浮出了答案。

二〇二〇年元旦前两天，在大姐家，母亲说好不来武汉过年，而后经过一番谦让，作为尊者的母亲理所当然地坐在沙发上，身为后辈的我坐在很多年没有坐过的小板凳上，听任母亲拉着我的手对我说："前天晚上，我做了一个梦，梦见了你爸爸。你爸爸去世这多年，从没有梦到过，前天晚上终于梦到了。你爸爸对我说，他刚刚吃了两碗面条，还没有吃饱。过了这么多年，这么大年纪了，你爸爸还有这么大的食量。我这样子也动不了了，过年之前，你替我去一下你爸爸的坟那里，给他带点吃的去！"我对着母亲承诺了。母亲又补上一句："多带点，别让你爸爸又叫饿！""封城"之前，堂弟从老家来武汉时，自己特地问过他，得知老家风俗，吃团圆饭之前给先人送去吃的是最尊重的。腊月二十四，儿子和侄儿结伴先回了一趟老家，在他们爷爷的坟前放置了不少好吃的。自己则打算，年三十回老家去肯定不方便，那就安排在腊月二十九。后来的腊月二十九，成了武汉"封城"的第一天。

第七十六天过去。

接下来的日子不再是第七十七天。

新的一天来临，无论外面的春天还剩下多少，自己第一要做的是谨遵老母亲命，回黄冈老家，在那座名叫小秦岭的小山上，伏下身子，长谢这春秋不了，生生不息的母亲大地！

有些话必须藏在心里。老母亲虽然挺过了这段最难的日子，身体情况却越来越糟，糟到有些情况都不好开口说。糟到那天早上起来，好好地往椅子上一坐，突然就不行了，四肢无法动弹，张大着嘴，瞪大着眼，任亲人们千呼万唤，也只能用潮湿的双眼稍做回应。幸亏那边解禁得早，弟弟已将老母亲从罗田县城大姐家接回到英山县城的自己家，早前率先清零的英山县急救体系恢复得好，四十分钟以内就施行了有效抢救，一天一夜时间便转危为安。似这样的事不宜用来惊扰故乡，况且，病愈后的老母亲整个换了一个人：小的们若是不见了玩具，去老母亲的卧室准能一找一个准。特别是那只毛毛熊和那只电动小风车，毛毛熊被她拿在手里一遍遍地静静地抚摸无限，电动小风车被她拿在手里，一边转，一边像小的们那样独自笑个不停。小的们自己想玩时，所有人都拦着，先让给老母亲玩。老母亲玩得越是开心，我们的心越是疼痛欲裂，无法言语。新冠肺炎疫情夺不走我们家最尊长的老人，却夺走了我们家最历久弥新的睿智。

一个小女孩，离开了七十年、八十年，再回来时依旧是个小女孩。

故乡不会不理解，也不会不接纳。

我却找不到老老实实地叙述的情绪。

我只能倾心告诉血脉所系的故乡：除了三叔，除了熊家老表，我们都还好！

二〇二〇年五月二日凌晨初稿于因"封城"困守一百天之斯泰园

二〇二〇年十月十五日定稿于自青岛返汉而再次隔离过程中

武汉，我们的生死之交

——答《文艺报》《中国新闻周刊》《楚天都市报》《南方周末》记者问

问：你在武汉"封城"第三天接受媒体采访时说，武汉是一个遍地英雄的城市，是一个顶天立地的城市！从疫情一开始，你是否一直充满着信心？从你在各个渠道的表达来看，似乎没有低落过。事实上是这样的吗？你是否也有犹疑、情绪的低落？

答：说实话，接受采访那天，自己从空无一人的街道上穿过，心里非常不安！在约定地点见到两位记者时，更有一种魔幻之感，有一瞬间迟疑要不要上前相认。可是，怕有什么用？就像小时候，被什么弄疼了，在那里放声大哭，大人们就在一旁说，哭有什么用，难道哭的声音大就不疼了吗？那种说自己情绪没有低落过的人是在硬充好汉，肯定不是心里话。只要身在武汉，遭遇情绪上的大起大落是再平常不过的事。我一向睡眠很好，"封城"期间却经常失眠。平常总想着减体重但总也减不下来，"封城"期间，没办法挑肥拣瘦，管他是不是高脂肪与高热量，能吃也有吃的就不错了，到头来体重反而掉了三公斤。"封城"之前，自己就患眼疾，"封城"后没法医治变得日益严重，造成很大的心理压力。人都是血肉做的，别人有的情绪我也有。比较起来我或许只略多一些自律和自重。这也是没办法的事情，在家里我是爷爷，是父亲，是儿子，是丈夫，是男人，这是生就了的，更是一个人从小到大所能领会的教养。中国的男孩是崇拜关羽、杨家将长大的，是敬礼狼牙山五壮士、八女投江、黄继光、邱少云和江姐长大的，是读着岳飞的《满江红》和王翰的《凉州词》长大的，也是在心里怀着一曲《松花江上》长大的。所以，每每大难临头，都说中国不会亡，正是因为中国人有着这种千金难买的宝贵传承。

至于信心，也不是什么充满与充不满，人生本当如此。前些时，央视一个摄制组到我年轻时曾经待了十年的工厂采访，得知我在车间当车工时年年都是先进生产者，感到很惊讶。当年工厂里的先进工作者是评给坐办公室的人，只有在一线超额完成生产定额、出全勤、不出丁点产品事故和安全事故的工人才有资格获评先进生产者。他们先前采访过一些当过工人的文化人，多半是勉从虎穴暂栖身，称得上是好工人、合格工人的极少。我理解的信心，无非是真诚面对眼前的生活，尊重努力劳作的自己与他人，不浮肿，不虚脱，为自己能够完成当天必须完成的工作而开心。我生性好孤单，武汉"封城"后，仍有那么多人主动问候支援。有时候，深受感动也是一种信心。

问：我看到你当时的朋友圈里说，你的家人也有在抗"疫"前线的，能说说他（她）的故事吗？

答：武汉历史上历经多次劫难都挺了过来。但从出人、出力、出物来讲，从来没有像这样，无论你是什么角色，处在何种位置，每一个人都在全力以赴地同从未见过的病毒、从未有过的疫情抗争。在肆意攻击的病毒面前，每一个人都是黄继光，每一个人都在用自己的胸膛去堵住病毒的枪眼。面对新冠肺炎，不需要敢死队式的冲锋，但绝对人人都是上甘岭一样的死守。

一千多万武汉人，留守家中，用生命的每一个细胞进行拼搏！有些事做了也就做了，没必要多唠叨。千家万户全都在一线抗"疫"，大家情况都差不多，不过有两件事还是值得一说。一是孩子在新闻单位上班，轮休时就在小区当志愿者。有一次孩子生气了，因为有人在自媒体上说，志愿者都是假的，孩子便回了一句，今天我们几个女的卸了整整一车白菜，就因为没有送到你家门口，你就当没看见吗？另一件事，刚好相反，夫人当志愿者，送青菜和鱼去一户残疾人家，男主人伤残很严重，平时都不起床，这一次却非要让家人搀扶着，走到他们面前，深深地鞠一躬。有一阵，当说志愿者都是假的时，朋友圈里的激愤像是火山爆发。当说残疾人如何体恤志愿者时，同样的圈子里却安静得如同万米海沟。我一看人都变成这样了，就不想再玩这种东西了。我家有六口人，是本社区人数最多的家庭之一，从头到尾没有收到任何抗"疫"物资。但我们还是非常感激全国人民对武汉的支援。十月十日去青岛中国海洋大学，与一众学界人士正式见面时，我只开口说一句，感谢山东人民对我家乡黄冈的支援，就泪流满面说不下去。疫情期间，自己因为眼疾当不了志愿者，但也做了些事情。武汉降为低风险地区后，有新冠肺炎患者家人给我送来锦旗和感谢信，我借故没有见面，就放在省文联办公室里，至今也不好意思打开看。有人建议送给抗"疫"博物馆，我也不想那样做，那会更加不好意思。人做一些分外之事，多半是为了求得心安。那时候，晓得有这么一个家庭，五口人中，一人因感染新冠肺炎去世，另有三人已经确诊，剩下一个小孩也还在发烧，就试着帮一帮，没想到帮成了。做这种事，也是一种对自己的激励。

问：武汉"封城"期间，你家人是都和你住在一起吗？你疫情期间的家庭生活是怎样的？如何处理好在家工作的作息、心态问题？

答："家大口阔"这个词，近三十年来已没有人使用了。武汉

"封城"期间，我们家差不多就是家大口阔。一家三代，共六口人，第一次在同一屋檐下共同生活这么久。特别是头三个星期，方方面面都没做好准备，日常起居的不适应，生活物资相较缺少，心理状态的不到位，这么多人在一起，有时候几个小时没有一点动静，甚至该吃饭了，连喊几声也没人答应。那样的沉默让人深感不安。"封城"前几天，因为眼疾，几乎天天都在跑医院。"封城"之后，因为蔬菜紧缺，将冰箱里的烂菜叶清理一番，剩下来的炒熟吃了，弄成食物中毒。一开始不明原因，那种状态极像是中了新冠病毒的招，有十几个小时，人几乎要崩溃了。好在身边有一个八岁的小宝贝，总有机会将家里弄得像是开心乐园。加上家里人人都有活要干，有主持网站工作的，有替国外一所大学翻译急需资料的，有冒着疫情天天到单位上班的，还有上大学网课和小学网课的。正月十五以后，大家各忙各的，才真正缓过劲来。生活上，基本上与大家相同，沾准备过年的光，主食与肉食都不缺，缺的是新鲜蔬菜，还缺消毒用的酒精。"封城令"下达当天，好不容易在一家小超市抢到两小瓶一百毫升装的医用酒精，赶上一个女孩也想要，就分了一瓶给她。这一百毫升酒精成了"封城"初期我们家抵御新冠病毒的唯一武器。正月初九那天，在新闻单位工作的孩子出门上班时，我们让孩子将用剩下的酒精带上，孩子坚决不肯，说家里这么多人，就这么点酒精，自己上班后可能有办法。孩子空着手拉开一道门缝离家而去，让我们揪心不已，直到孩子来电话，说办公室里有消毒酒精，才放下心来。

问：你的勤奋历来都是文学界的榜样，近年来，从《蟠虺》

《上上长江》，到《黄冈秘卷》《刘醒龙文学回忆录》，你几乎每年都有新作问世，武汉"封城"期间，你有文学创作活动吗？在疫情之后，你最想做的事情是什么？最近有写作计划吗？

答：武汉"封城"后，开始时零散写了点文字，有访谈，有随笔。也写过一首歌词《如果来日方长》，被谱成曲后，反响还不错，自己索性将一些断断续续的文字，重新构思写成一部十八万字的长篇散文，篇名也叫《如果来日方长》。从老母亲在疫情高峰时患重病起，到二叔因为疫情次生灾害病故，尽可能从细微处入手，表现"封城"之下一个武汉家庭，男女老少，力所能及，所思所想的生活情愫，以细流通江海的襟怀。疫情过后，我最想做的事当然是先治好眼疾，目前为止，做了两次手术，扎了几十回针灸，服了一百多服中药，虽然眼科专家表示，只有百分之二十的治愈概率，自己还是挺乐观的。我也不允许自己不乐观，因为一直想动手的"青铜三部曲"之二正等着我去写。

问：我知道，你作为一个写作者，在疫情期间也没有停止写作，更没有停止思考，写了些什么？你也曾在采访中感叹过在像疫情这样的重大灾难中文学的"苍白无力"，这种感觉现在还强烈吗？你思考最多的有哪些？

答：我承认自己是有过这样的情绪。"封城"的第三天，是大年初一，女儿一整天不说话，只顾拿着手机看各种各样的消息，不时地背着我们躲到一旁流眼泪，最痛苦的时候，还在妈妈怀里埋头痛哭，问起原因，她只说了两个字：武汉！我第一次发现自己毕生为之珍惜的文学，是那么苍白无力，甚至还不如女儿那滚烫的眼泪！

现在，我还是觉得，"封城"之初，那些铺天盖地的文字，只是各种各样不同的文学元素，并不是文学本身。疫情暴发之初，病毒是什么性质的，病毒在流变过程中如何置人死地，病毒的破坏性该如何战而胜之，如此万众关切的问题，与我们所熟悉的文学毫不相干。那些不得不动手写下的相关文字，只有一次次对支援武汉的人们表示感激的句子，过后读来似乎还留得住。

一九九〇年代我就曾说过，文学不是直接站在潮头上弄潮，而是从潮头上退后半个身位，不与即时报道的新闻争宠，用更加厚重的观察，更有体系的体验，重建这股大潮的艺术形象。前两年，在一个国际文学交流活动上，莫言谈了一个观点，什么都可以快，唯独文学应当慢下来。那个活动是由我来做会议结论，我强调了莫言的这话，却被媒体说成是我说的。不管怎样，之前与之后，我们的理解是一致的。

"封城"之下的文学，找不到先贤留下来的现成经验，更不知能给后人提供哪些风范。在长篇散文《如果来日方长》中，我虽然写了几位在火线上"自我提拔"以卑微的身份担起巨大职责的医护朋友，但我依然觉得，这不过是身陷火线的我们，用相对一手的文学元素，给未来的某个文学天才做些预备。所以，我尽可能完整地写出一个人或者一件事。比如，我熟悉的一位护士长，五十五天没有与幼小的孩子见上一面，每天在电话里互诉相思。好不容易从隔离病区出来，走到家门口，孩子却躲在门后，用发自内心的声音，奶声奶气地不要妈妈进屋，说妈妈身上有病毒。母亲也不让她进家门，隔着老远递上几样她最爱的美食，她就在门外的楼梯间里蹲着吃完后，转身重回医院。这样的人性该怎么审美，这样的亲情该如何抒发？不要说一部《鼠疫》，就是再用十部《鼠疫》也说不透武汉"封城"的平常与特殊。

有一句话说，没有人能熄灭满天星光。文学做不到朗月，也做不到骄阳时，能做到星光满天也好。宁可眼下像星光般苍白无力，也绝对不要乱放邪火。不要用蛮力，用力过猛，太粗鲁了，过犹不及就不是文学。

问： 随着疫情的发生、发展、控制，武汉人的内心、对事物的评判，也是不断发生变化的。你怎么看待这种心理变化？经过疫情之后，你对文学的认识是否有改变呢？

答： 人世与人生，其实一直都在变化之中，只不过疫情将这种变化放大了，让人人都能清楚看出过去与现在的不同。有一种变化叫进化，如果将进化也称之为变化，理解起来肯定更加透彻。还有一种变化叫退化或者固化。说起来，连新冠病毒都在不断用变化来进化自身。人类中的个体，孰优孰劣，标准就在于是进化、退化还是固化了。人的智慧是病毒比不了的，怕只怕有人将愚蠢当成智慧，所犯下的蠢事，连病毒都会笑掉大牙。

俄罗斯作家阿斯塔菲耶夫临终时留下遗言，要自己的后人宁肯回老家种地打鱼，也不要再搞什么文学。阿斯塔菲耶夫当时说这话，是对从苏联崩溃成俄罗斯后，在其有生之年还在继续崩溃的现状痛心疾首。武汉战"疫"，国家在，政府在，人民在，文学也在，文学中的自己也在，不用像阿斯塔菲耶夫那样，只有回老家种地打鱼，才能安身立命。对于新冠状病毒我所知甚少，对于新冠肺炎的治疗我也知道得不多。高攀说来，前者比不上钟南山和陈薇，后者比不上张伯礼和张继先。实际上，在家里每每谈及这些带有专业性的话题，六口人中，我所了解、所能认知的，排名倒数第二，只超过八岁的小孙女。想由医学专业精进是不可能的，如果必须有所改变，我只想说，经此一疫，世人更应当明白，文学不是以作家身份进行创作，必须是以人的身份进行再造。文学不是作家手中的专用工具，必须是人的灵魂呈现。

问：我看到武汉"封城"期间，你与文学界的朋友有各种各样的交流（比如寄送防护物资等）。在你看来，文学写作者在这样的历史面前，应该担起怎样的责任呢？你与其他文学家朋友有讨论过这个问题吗？

答：人在危难之际，首先想到的总是最熟悉的人。在文坛几十年，手机里保存下来的两千多位联系人，多半是与文学沾点边的。"封城"之初，连医护人员都缺少防护用品，就想着无论如何也要帮他们一把。自己将手机里全部联系人，从头到尾重新阅读一遍。不仅见到陈忠实、红柯这样去世多时，却不忍删去的兄长和老友的名字，也见到一些被记忆尘封的熟悉的陌生人。原则上只要觉得对方可能与医疗机构有关联，就不管三七二十一，将短信或者微信发过去。手指刷屏的那一刻，根本没有去想，自己这么做，合适不合适。武汉全城危情稍有缓解，心情踏实了一些，再想此前一系列冒昧唐突之举，竟然得到那么些作家同行的支持，想来只有一句话才能解释：同舟共济，相互信任！文坛很小，其间三六九个人，大都耳熟能详。文学很大，大到高山仰止，海阔无边。将心比心，以己度人，天下作家哪个不孤傲清高？平素喜欢独对书香，笔走龙蛇，无力也无心于世俗经营。能在世界屋脊上找到两件防护服，能在深圳这样的明星都市寻得一只护目镜，在太多作家那里都是难以完成的艰巨任务。换作我自己，假如别处有事，需要此种支援，很有可能像大多数作家那样，心有大爱，却无小用。一个人的能力有大小，我深深信任这些全力做好每件小事的同行，就像伟大的作品从来不是用大话狠话来写的。做力所能及的小事，写才华能够处理好的小人物，才是行稳致远的唯一正途。如果总是忘不了自己在社会上的地位，就不可能有冻土上一株绿芽、戈壁中一杯淡水那样的写作。真的德高望重，会以尽力作为尽心，能让世间多一分安全保障，少一点危险危害，于情于理足矣。

问：在疫情中你一直留着胡子吗，是到后来"解封"的时候剃掉的吗？当时蓄须是有什么特别的用意吗？

答：实在不好意思，这种事你们也注意到了。最初的时候，封闭在家里，不用出门，就有些不修边幅，偶尔还用来与家中小宝贝逗着玩。之后听传言，说是要封闭一个月，还有点不相信，便有些与新冠病毒赌气，想看到底是新冠病毒害人的时间长，还是自己的胡须长得长。这才蓄了起来。想不到竟然蓄了两个半月，七十六天。说实话，我早就晓得自己的胡须蓄得越长越不好看。爷爷当年在世时，就曾留着长须，即便在孙辈眼里，也与美髯公相去甚远。爷爷长着一把山羊胡，自己如何能逃得脱爷孙之间的遗传？四月八日零点一到，自己就毫不吝惜地剃掉了。不管怎么说都行，就是不能当成蓄须明志。做事就做事，弄些花样出来，就没意思了。

问：你作词的《如果来日方长》开头很特别，今年的水仙花不开，怎么想到用这个意象？现在家里的水仙花开花了吗？接下来两句，母亲的梦惊窗扉，父亲的酒才半杯，这个情境也很能打动一个个普通的有父有母有儿有女的家庭，与你在疫情期间的感受深度相关吧？背后是有什么典故吗？你当时写这个歌词的创作情况是怎样的？

答：夫人的一位朋友年年春节都会提前寄来水仙，正好在过年时节开花，水仙的清香特别淡雅，有天然的春天气息。今年春节收到水仙后，养了多时也不见开花。《如果来日方长》谱成曲唱开后，有几个朋友说，原以为只是自己家里的水仙不开花，没想到你家的水仙也不开花。有一个朋友，当医生的女儿要上一线了，他拿着酒杯，说是给女儿壮行，只喝了一口就再也喝不下去，背过身去，落下的眼泪，反而比喝下去的酒还要多。疫情之下，花且有灵，何况是人。朋友一家后来全都安好，对于这两句歌词，我们从不触及。人心之敏感，只可意会，不能言传的有很多。这一点，在武汉"封城"的前前后后显得更加突出。协和医院的一位医生，将这首歌与战"疫"期间亲手拍下的各种图像一起做了一个短片，用于自己医疗团队的一个活动。她在微信里只说，同事们都觉得这歌真好听！我当然晓得这话是不能说第二句的，便只回复"谢谢"二字。因为再说下去，必然是泪如雨下。疫情期间，我们家直系亲属中总体情况还算不错，就是老母亲病重，没法上医院，让人揪心。疫情刚过，老母亲一连三次报病危，特别是第三次，连ICU室都放弃抢救了，让转回普通病房，好让家人们在一起陪伴。熬了四十多天后，最终还是挺过来了。老母亲出院时，在场的医生护士都朝她鼓掌，连连声称是奇迹。望着老母亲脸上重新出现的慈祥笑容，真的觉得母亲身上从头到脚全是奇迹。

另外，这首歌词是应朋友邀约写的。对方是代表当年创作《为了谁》的那个团队发出邀请的。在将歌词发给对方时，我即表示，大疫之下，城里城外哪怕真的感同身受，也会大不一样。"封城"中人的命运感，很难为"封城"之外的人所理解。反向来说，"封城"之外人们的情绪也难真正合到"封城"中人的节拍上。就像某次与一位"封城"期间驻守武汉的著名媒体人私下交谈，即便她也在"封城"之中，所有体会也与任何一位武汉人绝不相同。因为无论哪个武汉人，都需要对一大家子亲人负责，而非仅仅是他自己。所以，可以这么说，任何一首让武汉人集体感动的歌曲，出了武汉三镇，感染力就会大打折扣。虽然如此，也还是要努力，哪怕花上全部心血完成的作品，只能感动一个人，也绝对不能放弃。

问：四月八日凌晨，我看到你去了江汉关的照片，当时整个武汉都处于一种胜利的喜悦之中，当时你的所思所想是怎样的？当天是怎么想到要去江汉关的？

答：那天晚上，零点一到，家里人张开双臂紧紧拥抱在一起，夫人和孩子们有没有落泪，我顾不上看，松开手臂后，赶紧去卫生间，一边擦干净眼眶，一边剃去胡须。剃完胡须，家里人仍旧待在客厅里，一点睡意也没有。大约零点三十分时，才突然起了去江汉关看看的念头。我们到江汉关时，已是零点五十分，临江的街道旁有不少年轻人，在那里一次次腾空跳将起来，让同伴用手机抓拍。那一刻，自己突然想起，一九四八年春节前，为了逃避国民党军警对共产党地下组织成员的抓捕，在汉口一家布厂当工人的父亲正是从江汉关码头上了小火轮，逃回黄冈乡下。江汉关一带是经常要来的，以往从来不曾如此联想过。常说细思恐极，自己这样子，大概是恐极细思了。我还想到一九九○年春节过后，自己在江汉关前与一位作家兄长握别，没过多久，那位兄长就病逝了。从古至今，江汉关一带由于是大码头，不知演绎了多少人间别离。这么联系起来一想，二○二○年四月八日凌晨，大家都去江汉关，怎么就不是送别那个时常跳出来对人类进行一场全方位大考的老对手？

问：两个多月的封闭生活非常难熬，疫情期间你都经历些什么？印象最深的都有哪些？经历了这个历史事件，你对武汉的感情是否有微妙的变化？

答：我的老家虽然是黄冈，上两代人却与武汉有着生死之交。历经七十六天的"封城"，自己与这座城市也有了生死之交。当年爷爷从乡下来到汉口做工，上班时路过六渡桥，差一点被几个日本鬼子活活打死。后来父亲也从乡下来汉口做工，在永清街一带，因为参加共产党地下组织的活动，差一点被追捕他的国民党军警一枪打死。我也是从黄冈乡下来武汉，二○二○年元月中旬，为了治疗眼疾，连续多天，没戴口罩，光着嘴泡在医院，不知多少次与新冠病毒擦肩而过，当时的那种后怕，真的是草木皆兵、杯弓蛇影、心惊胆战，好在终究还是平安无事，这些记忆加经历，使人对这座越来越时尚的城市多一些沧桑之感。最让我刻骨铭心的是大年三十，一架紧急运送抗"疫"物资的大型国产运输机降落在天河机场。我和孩子都是军迷，看到电视画面时，齐声叫道："运20"来了！一声叫毕，禁不住热泪盈眶。从"封城"的那一刻起，全国人民就齐心协力，倾尽家底，给予支援。后来得知作为大国重器的"运20"，全部都在飞往武汉，那种震撼感不是军迷很难完全体会。

问：对你来说，武汉这座城市意味着什么？

答：那还用说，对于我们，两江四岸的武汉三镇，过去是生活与存在，现在是生死之交。

问：这一年你所目睹的、所经历的，会对你未来的创作有什么影响吗？

答：加缪的《鼠疫》中有一段话："别人说：'这是鼠疫啊！我们是经历了鼠疫的人哪！'他们差点儿就会要求授予勋章了。可是鼠疫是怎么一回事呢？也不过就是生活罢了。"反过来听，这话里有鼠疫将琐碎生活放大的意思。武汉"封城"战"疫"将人们日常生活中各自默默承受的灾难、苦痛、忧郁与孤独，用同一种诱因，统一集中在同一时段、同一区域，一千一百万颗眼泪分散开来，都还是眼泪，而将一千一百万颗眼泪汇聚到一起后，就不只是眼泪了。

　　一九九五年秋天，我曾在武汉西郊的职工疗养院小住两个星期。在职工疗养院小住期间，我一口气写了两部中篇小说，一部叫《挑担茶叶上北京》，一部叫《分享艰难》。武汉"封城"之初，我曾对采访的记者说过："如果有可能，为眼下的武汉分享艰难，我宁可不要这两部作品，而让知音湖那里所有的天地灵气，都用于治病救人！"《挑担茶叶上北京》后来获得首届鲁迅文学奖。而《分享艰难》在发表之初就曾引起巨大争议，争论的焦点在于，为谁分享艰难？为什么要分享艰难？二十多年后，武汉暴发新冠肺炎疫情，几千名平凡的建设者只用十天时间，就在职工疗养院旁边建起举世瞩目的火神山医院。如果延续当年那些"反方"论点，火神山医院建设者们的拼命，包括浙江儿女在内的四万多名援鄂援汉医护人员逆行赴死，一千一百万武汉人足不出户没日没夜的死守，也会成为新的巨大争议。好在从"分享艰难"到"大善大爱"这条精神主轴一直都在，二〇二〇年的中国大地上，哪一个不是在与武汉、与湖北、与我们的国家和民族分享这从未有过的艰难！

　　越是遇上不同寻常的时刻，越是不能因情志不遂，乱发肝火，乱用蛮力，太粗鲁了就不是文学。前两天，也是感慨这一年过得太不容易，将自己十几年前的一段旧话写成书法：庚子去，辛丑来，春秋已经轮替，世界还在疫海沉浮。因有风景这边独好的句子，更要晓得记录这个世界的种种罪恶不是文学的使命，文学的使命是描写罪恶发生之时，人所展现的良心、良知、大善和大爱；记录这个世界的种种荣光不是文学的任务，文学的任务是表现荣光来临之前，人所经历的疼痛、呻吟、羞耻与挣扎。

问：我们为疫情期间武汉人民的英雄作为叫好，为这里英雄的人民叫好，作为武汉的一位老居民，你认为在这次抗击疫情的斗争中，湖北人和武汉人的可贵之处在哪里？你认为我们国家从这次疫情中吸取到的最重要的经验教训是什么？

答：就医护群体来说，男有张定宇，女有张继先，二位医生在疫情初起时的表现，最能体现鄂楚风骨，江汉风范。

最先发现并报告武汉地区发现不明原因肺炎的张继先医生说过，当医生的她只是通过病患的不同寻常，判断此肺炎非彼肺炎。至于疾病如何传播，她也是外行，必须由专事流行病学研究的专家来解决。像张继先这样敏锐的医生尚且如此谨慎，更加外行的我们，万万不可以再闹出某相声演员讲的那个笑话："比如我和火箭专家说，你那火箭不行，燃料不好，我认为得烧柴，最好是烧煤，还得用精选煤，水洗煤不行。如果那位科学家拿正眼看我一眼，那他就输了。"后面这句话很关键。"人民至上 生命至上——抗击新冠肺炎疫情专题展览"中，有个防治新冠肺炎的中医处方"汉方一号"，因为自己眼疾的复杂，凑巧找到开这处方的国医大师梅国强先生名下，几服中药服下去，眼疾大有好转。因为处方中有一味药是蜈蚣，我就与他说，是不是将药方中一条蜈蚣，减为半条，想不到他在新开的药方中加上一条，变成两条。就像说相声那样，如果听了我的，那他就不是国医大师了。新冠肺炎疫情肆虐之际，人们普遍关心也是理所当然的，硬要将写小说的本事用于治病救人，那才是天大笑话。

在元月二十八日的《中国新闻周刊》记者的采访中我就说过，很多专业部门的决策者往往是非专业人士，对病毒认识粗浅，缺乏担当精神和科学决策能力，只能等上级下文件。我们不能都指望钟南山，钟南山只有一个，何况钟南山也是人，只要是人就有可能犯错误，万一有钟南山解决不了的问题怎么办？以往武汉城市管理者最担心汉正街，因为汉正街怕火，但这么多年汉正街都挺了下来。疫情大如火，这次空前疫情所造成的危机，更需要城市的管理者本着科学的方法与精神，即时应对与处置，不能遇事老等上级表态，下红头文件，城市管理更需要用科学的态度。城市应急管理方式的提升迫在眉睫，比如人人都有手机，手机可以做体温监测，体温超过三十八度五，就自动将信号发出去，在保证个人隐私的前提下，这可以作为一种流行病学信息采集的更加科学的方式，在流行病多发季节，这样的管理成本会小很多。这次新型病毒阻击战提示我们：真正科学的城市管理已经迫在眉睫。要以此次大灾大疫为契机，加快城市的科学化管理速度。上面这些话，是我在东湖绿道入口处站着对记者说的。那天上午，小区还没彻底封闭，经社区或物业同意，还可以外出。

有一点现在值得一说，新冠病毒没有选择北京、上海这些管理水平较高的城市，而是找上了武汉，说明必须加大城市的科学管理力度。武汉"封城"之初，《中国新闻周刊》记者采访时，我就提出，平时挂在嘴边的大数据与智慧城市都用在哪里了，这时候不用更待何时？后续情形表明，武汉向科学管理靠拢还算及时。十月十日，我去青岛中国海洋大学参加王蒙研究中心的一个活动，恰好赶上青岛当地的一波疫情，十一日返回武汉后，必须遵从相关措施。正好市里一位领导有事联系，就顺便说了自己的情况。对方马上告诉我，那个时间段从青岛来武汉的准确人数。换作元月上中旬，这样的数字不知会惹出多大的动静，相隔才九个月，相关部门处置起来，已是胸有成竹、井井有条了。作为人民政府，毫无疑问，任何时候，发生任何事情时，敢于担起责任是第一位的，比如关闭华南海鲜市场。现在分析起来，华南海鲜市场很可能与后来各地散发的阳性病例一样，是由冷链引起的。但在当时，十二月三十一日晚间专家建议一出，元旦当天六百多家商户的整个市场就被封闭起来。那样的时节，许多人正指望能在一年当中销售的最旺季，多挣些养家糊口的赚头。市场突然要封闭，无论对谁都是极其艰难的抉择。而这也成了二十多天后，武汉全城封闭的小型推演。多年来，一直都在说武汉从地理到文化，都是一盘散沙，表面上是城市管理水平，深层原因是市民的文化素养。武汉"封城"的全过程表明，只要政府一心一意将民众福祉当成唯一出发点，民众就会真心实意地执行政府所发布的相关政策法规。否则，科学技术再先进，经济实力再雄厚，也只能眼看着无可奈何花落去，空有一江春水向东流。这活生生的例子就摆在太平洋上。

问：当初你还曾建议战胜疫情之后，要为这座城市建一座纪念碑，后来，包括当初持有不同意见的人，也开始认可。"对于一个超千万人口、九省通衢的城市采取封闭措施，这在人类历史和城市发展史上前所未有。坐拥大江大湖，尽收长江汉江交汇，地给天赐，注定武汉要成其伟业。这场伟大的战'疫'，从胜利的那一天起，就不再是以往所说的东方的芝加哥，而是傲立东方的武汉，世界为之倾倒的武汉，人类历史永久铭记的武汉。所以，当这场武汉保卫战胜利结束后，不论这场胜利是完胜还是惨胜，一定为这个城市立一座纪念碑。纪念属于我们的武汉保卫战，也纪念一个不漏地参加了这场保卫战的所有武汉人！"重读你那时说的这番话，你自己有没有新想法？

答：汶川地震时，温家宝总理在已成废墟的小学黑板上用粉笔写下"多难兴邦"四个字，不知感动和振奋了多少中国男孩。疫情过后，再见到自己说过的话，我也为自己而感动。感谢自己没有对自己的城市，对自己的国家看走眼！

问：从很短的歌词《如果来日方长》，到长篇散文《如果来日方长》，你能简单用几句话来描述一下吗？

答：毫无疑问，"来日方长"一词同时具备了过去、现在和未来三种时间状态，一旦用"如果"二字作为主动语，"来日方长"作为被动语，其意思就大不相同。武汉"封城"，正是建立在太多"如果"之上，中国战"疫"取得决定性胜利却是建立在绝对不能出现"如果"的基础之上。文学也是如此，真正表现时代命运的史诗，从来不会以"如果"作为骨骼与灵魂。

问：经历了疫情，很多人都有心理创伤，你建议大家怎样疗愈自己？

答：疫情的来龙去脉大家都清楚，疫情的伤天害理大家都清楚，疫情带来的各种各样问题大家也都清楚，科学上的难题一般人解决不了，经济上的问题一般人解决不起，心理与精神上的伤痛，所需要的总是最简单的办法最有效：陪伴！我写这部《如果来日方长》，最重要的体会也是这两个字！

问：如果在多年后回望二○二○年，这一年对你来说会是怎样的存在呢？

答：用《如果来日方长》中的一句话说：疫情是一面很特殊的镜子，照出来的人间百态，没有一样是特殊的。

二○二○年十二月二十九日于斯泰苑

图书在版编目（CIP）数据

如果来日方长／刘醒龙著 ． —— 北京：作家出版社，
2021.1

ISBN 978−7−5063−8453−7

Ⅰ．①如… Ⅱ．①刘… Ⅲ．①散文集−中国−当代
Ⅳ．① I267

中国版本图书馆 CIP 数据核字 (2020) 第 270024 号

如果来日方长

作　　者：刘醒龙
责任编辑：罗静文　杨新月　张　平
装帧设计：意匠文化·丁奔亮
出版发行：作家出版社有限公司
社　　址：北京农展馆南里 10 号　　邮　　编：100125
电话传真：86−10−65067186（发行中心及邮购部）
　　　　　86−10−65004079（总编室）
E-mail:zuojia@zuojia.net.cn
http://www.zuojiachubanshe.com
印　　刷：北京盛通印刷股份有限公司
成品尺寸：152×230
字　　数：200 千
印　　张：19.75
版　　次：2021 年 1 月第 1 版
印　　次：2021 年 1 月第 1 次印刷
ISBN 978−7−5063−8453−7
定　　价：68.00 元